シェアハウスかざみどり

名取佐和子

幻冬舎

シェアハウスかざみどり

contents

序　章　5

第一章　ヒーローはここにいる　9

第二章　わたしの竜宮城　75

第三章　ハッピーバースデー　143

第四章　風見鶏に願いを　209

終　章　クリスマスのシェアハウス　281

装丁　大久保伸子
装画　新目 恵

序章

今日も風が吹いている。山から町を抜けて、海へ。

山は町の北に連なり、海は南にあった。

この町の人が「南」「北」を「海側」「山側」と呼ぶのは、彼らの日常風景の中に、それだけ海と山が溶けこんでいるからだ。

そして海と山が近い分、町の起伏は激しかった。オフィスビルや商業施設が目立つウォーターフロントから山側へ一歩踏み出したとたん、細い坂、長い坂、なだらかな坂、いろいろな坂道があらわれる。個人の住宅のほとんどがそれらの坂道に沿って、かしぐように建ち並んでいるため、この町に住む人々はどこへ出かけるにも、坂道をのぼったりくだったりしなければならなかった。

その古い洋館もまた、ミシン坂と呼ばれる急坂の上に建っていた。

三階まである建物の各階には庇(ひさし)が設けられ、三重の塔のようだ。フロアは一階部分が一番大きく、上に行くにしたがってすぼまっていくが、形はどの階も八角形である。これだけでも十分周囲を圧倒する外観なのに、さらに八角形の赤い屋根のてっぺんに取り付けられた大きな風見鶏に、ひときわ奇妙な迫力があった。

丸い胸をそらし羽をむっくりふくらませた風見鶏からは、金属製にもかかわらず、今にも動き出しそうな息吹が感じられたのだ。


そんな風見鶏に見おろされ、一人の青年が三階のバルコニーでラジオ体操をしている。

尖(とが)った矢のように細長い体を持つこの青年は、全身黒ずくめという服装のせいか、にこりともしない表情のせいか、ひどく無機質な印象があった。スピーカーから流れる伴奏に合わせて、長すぎる手足を機械的に動かしている彼より、動かない風見鶏の方がよほどいきいきして見える。

青年が体を斜め下に曲げてから胸をそらす運動に入ろうとした矢先、シンプルな呼び出し音が鳴った。表情を変えずに伴奏を止めると、青年は黒のパンツのポケットからスマホを取り出し、耳にあてる。

「何?」

表情と同じく、愛想のかけらもない、ぶっきらぼうな喋(しゃべ)り方だ。薄い唇から覗(のぞ)く尖った八重歯が、吸血鬼の牙(きば)に見えてくる。

しかし次の瞬間、青年の態度と印象は一変した。頰を紅潮させ、前のめりになり、天を仰いで「マジか」と漏らしたのだ。たちまち全身から青々とした少年の名残が立ちのぼる。

「もう見つかったのか」

彫刻刀を走らせすぎたような切れ長の目が、らんらんとかがやきはじめた。

「さすがだね。おたく、優秀だよ。お疲れさんでした。で、ここへはいつ頃？」

青年はそれから少し込み入った話をして電話を切ると、頭上の風見鶏に向かってパンパンと柏手（かしわで）を打った。

「これで、全員揃（そろ）った」

満足げな声とは裏腹に、青年の横顔はやっぱり不機嫌そうなのだった。

第一章

ヒーローはここにいる

広いバス通りから横道に入ったとたん、蟬の声がぴたりと止み、雨粒が大きくなった。
前を行く不動産屋の男性のスーツが濡れて、みるみる色が変わっていく。汗のふき出した肌にべとりとはりつくTシャツの感触に、晴生は顔をしかめた。

「やれやれ。豪雨に捕まっちゃいましたねえ」

不動産屋は口笛を吹くように言って振り向くと、「はい、どうぞ」と持っていたビニール傘を晴生に渡してくれる。

「あ、でも、それじゃ」

あなたの傘がなくなります、と晴生が言い終える前に、不動産屋は小さな折りたたみ傘を取り出す。スーツのポケットに無理矢理突っこんでいたらしい。

「私はこちらを使いますんで」

すごい、と晴生は口の中でつぶやいた。あわてず騒がず常に感情はニュートラルに、準備はしっかりと、プロの仕事ってこういうことを言うのだろう。

折りたたみ傘が小さいため、左の肩が濡れてしまっている不動産屋の背中を、晴生はまぶしく見つめた。

中肉中背の体格といい、グレーのスーツというあたりさわりのない服装といい、同じ後ろ姿が千人は見つかりそうなサラリーマンだ。ついさっき振り向いたはずの顔が思い出せないほど、印象の薄い男である。けれど、一介の大学生である晴生に好条件すぎる物件を惜しみなく紹介してくれる誠実さと、引っ越し当日まで付き合ってくれる情熱を持ち合わせたスーパーな不動産屋だった。彼が熱心に、また、辛抱強く付き合ってくれなければ、いくら条件のいい物件とはいえ、晴生はとっくに引っ越しを諦めていただろう。

「風間（かざま）さん、就職活動の方はいかがです？」

はかったようなタイミングで水を向けられ、晴生はぐふっと変な声を漏らす。

「まだ決まりません。内定が一社も出ていないのは、ゼミで俺一人になりました」

雨と共にむわりと体を包む湿気にあえぎながら、晴生は「本当は、引っ越しなんてしてる場合じゃないのかも」と自嘲気味につぶやいた。細い道は徐々に勾配をつけはじめ、ついに階段があらわれる。

「ずいぶん、正直に話してくれるんですね」

不動産屋が困ったように笑った。ああ、そうか。世間話の一環としてあたりさわりなく「まあ、ぼちぼちです」とでも答えておけばよかったのか。晴生は透明なビニール傘に弾かれる雨粒を目で追いながら、ため息をつく。

俺の就活がうまくいかないのって、たぶんこういうところだよな。

不動産屋は印象の薄い微笑みを浮かべて前を向くと、「あとひとふんばりですよ」とささやくように言った。

「え？　内定まで？」

段差の大きい階段がつづいて息のあがった晴生に、不動産屋は「いえ、ベイリー邸まで、ってことですけど」と申しわけなさそうにつづける。

そっちか、と晴生はため息をついた。よく考えればわかりきったことだ。客の就職活動の行く末まで言えたら、それはもう不動産屋じゃない。占い師や予言者のたぐいだ。

「観門（みかど）の北屋（きたや）丘町（おかまち）は港と坂の町ですからね。苦しいのは最初のうちだけで、すぐ慣れますよ。私も慣れました。はははははは」

本心からではなさそうな笑い声をあげると、不動産屋は曲がりくねった階段をわざとらしい軽快さでのぼっていく。見れば、跳ねた泥水でズボンの裾が汚れていた。

働くってこういうことさ、と言葉を使わずに言われた気がする。

雨に濡れたTシャツとデニムがふいに重く感じられ、晴生の背中が丸まった。

結局、目的の場所に辿（たど）り着くには、『ひとふんばり』ってやつをあと五回くらいしなければならなかった。

ひとふんばり×5の先に建つ洋館は、坂が多い町の中でも頂上付近に位置しており、山を背負っているように見える。今までのぼってきた坂道の方を振り向けば、段々になった住宅の屋根の隙間から銀色の海と大きな船が並ぶ港が見えて、なかなかの眺めだ。

勢いの弱まった雨が傘の上で跳ねる音を聞きながら、晴生は背中にくっついたTシャツを指でつまんで、風を送った。

「さあ、着きました。今日からクリスマスまで、風間さんがシェアする洋館です」

不動産屋にそう言われ、晴生は反射的に姿勢を正す。

「すてきな家ですね。思っていたより、ずっと新しく見える」

明治三十二年の御触れにより、日本にいた外国人達はやっと居留地以外に住むことを許された。この洋館はそんな外国人達がこぞって北屋丘町に建てたお屋敷の一つだと聞いている。『ベイリー邸』という通称は、おそらく最初の家主の名前を引き継いでいるのだろう。つまり相当な年代物だ。

けれども今、目の前の建物を眺めると、クリーム色のペンキが塗られた板張りの外壁にも、繊細な彫り物が入った扇形の欄間にも、八角形の赤い屋根にも、こまめな手入れと修理の跡があり、清潔で、みすぼらしさは微塵(みじん)もない。晴生は『趣(おもむき)』という言葉の意味をはじめて実感した。

屋根を見あげたついでに二歩、三歩と後ろにさがって、建物全体を見やる。ふと思いついてスマホを取り出すと、不動産屋が「写真？　撮りましょうか」と手を差し出してきた。

「SNSやブログなんかに投稿なさるんでしょう？」

「いや、俺はただの記録として――」

「きっと『いいね！』がたくさんつきますよ。はい、撮ります。か、ざ、み、ど――」

「は？」

いきなりの展開に晴生がついていけずにいると、不動産屋は晴生のスマホを構えたまま、屋根の上に立つ丸々とした鶏のシルエットを指さした。

「か、ざ、み、ど——」

「りー?」

パシャッと軽いシャッター音がする。晴生は敗北感に近い感情を抱きながら、不動産屋の返してくれたスマホをたしかめもせずポケットにしまった。

「この建物、不思議な形でしょう? 正八角形の三階建てなんて珍しいですよね」

「はあ」と晴生はパタパタと手で顔をあおぎつつ見あげる。西の空が明るく、いつしか雨はあがっていた。何か言わねばと、半ば義務感にかられて口をひらく。

「まあ、たしかに。法隆寺の夢殿をサイズ違いで三つ重ねた感じ? あまり家っぽくないですよね。ザ・洋館って形でもないし」

三階にはバルコニーがついていた。あそこに立てば、町を一望出来そうだ。さらに視線をあげると、八角形の赤い屋根のてっぺんに立つ丸々とした風見鶏が見える。風雪にさらされたボディが、西から届いた陽射しで金色にかがやいていた。

はじめて観門市に来た日の夕方、晴生はこんな色の海を見た。

十八歳まで暮らした故郷の町には海がなかったから、ちょっと興奮したものだ。山がそびえ、川が流れ、海が広がる。良質の服を着て、やわらかい言葉を話す人々の間を、風が通り抜けていく。小さいけれど、何もかも揃った完璧な町に思えた。

その印象は、観門のアパートに住み、観門にある大学に通い、三年が過ぎた今も変わっていない。つまるところ、晴生は観門という町が好きだった。だからこそ就職先も出来れば県内、せめて隣の県で見つけて、大学卒業後も観門に住みつづけたいと願っている。

今のところ、その願いの報われる気配はなく、無念きわまりないのだけれど。

「では、私はこれで」

不動産屋の声が耳に飛びこんできて、晴生は我に返る。車寄せのポーチがある玄関前でおろおろと振り返った。

「え、ちょっと、あの、これから俺はどうすれば？」

「荷物は先に届いていると思われますし、まずは呼び鈴を鳴らしてください。後は管理人が案内してくれますから」

シェアハウスに管理人がいることは初耳だった。いや、聞き逃していただけかもしれない。他に聞き漏らしたり勘違いしたりしていることはないか、晴生はあわててたしかめた。

「えっと、クリスマスまでの期間限定『シェアハウスおためしキャンペーン』では、月に一度、シェアハウスの暮らしや住み心地に関するレポートを提出するだけで、いろいろタダになるんですよね？」

「はい。観門市の中でも高級住宅地にあたる北屋丘町の由緒ある洋館に無料で住めて、引っ越し費用や光熱費まで、当社が負担いたします」

不動産屋がうなずき、「ですから安心して、洋館暮らしをお楽しみください」と請け合うのを聞いて、ようやく晴生の覚悟が決まった。やっぱりこれしかない。四ヶ月間ここに住んで、浮いた仕送りは、就職浪人した時の生活費にまわすのだ。

晴生は人さし指をそらして、黒いボタンだけのシンプルな呼び鈴を鳴らした。ブーというそっけない音が響いた後、しばらくしてドアが細くあく。

「はい？」

思いがけず低くぶっきらぼうな声だ。晴生はとっさに助けを求めて後ろを振り返ったが、目に入ったのは鈍色（にびいろ）の水たまりに映った風見鶏だけで、不動産屋の姿はもうどこにもなかった。さっそく顔が思い出せなくなる。名前も出てこない。

「あ、あの、不動産屋さんから紹介されて、『シェアハウスかざみどり』のおためしキャンペーンに参加します。風間晴生です。えっと、今日からお世話になります」

仕方なく自分から自己紹介を試みるも、長めの前髪から覗く目は冷たく、無反応だ。気まずいくらいの長い間ができる。無愛想な住人だな、と晴生が先にしびれを切らした。

「あの、管理人さんはどちらに――」

「俺」

「は？　嘘でしょ」

思わず晴生の本音が飛び出すと、無愛想な相手はドアをいきなり全開にした。

「何が嘘だ。正真正銘、俺が管理人だよ」

晴生は目の前にあらわれた相手をまじまじと見つめる。黒ずくめの恰好がまず目についた。

身長は晴生と同じくらいだが、ずいぶん華奢だ。青年というには顔つきが幼く、まだ発育途中の少年に見えた。黒い七分袖のシャツから覗く手首も、襟元から伸びた首も、黒いテーパードパンツに包まれた足も、奇妙なくらい長くて細い。顔も小さいので、見ていると遠近感が狂っていく。艶々と濡れたように光る黒髪の下の切れ長の目はやたら眼光鋭く、不機嫌そうな顔つきをしていた。

う……怖い。嚙みつかれそう。晴生が無意識に後ろにさがると、管理人はその分前に出てくる。そして玄関ポーチの隅に積まれた段ボール箱を横目で睨みつけ、いまいましげに舌打ちした。口をひらくと、やけに尖った八重歯が覗く。

「管理人のキュウゲツだ」

「は？　吸血？」

晴生が思わず聞き返すと、管理人は切れ長の目を細め、尖った八重歯を見せつけるようにニヤーと笑った。怖い。怖い。怖すぎる。

「弓月だっての。はい、手ぇ出して」

「手？」

わけもわからず晴生が両掌を上にして出すと、弓月はポケットから取り出した鍵を無造作に落とした。

「これ、おたくの鍵ね。玄関のドアと裏にあるゴミ捨て場のドアがあけられるから」

「あ、テンプルキー」

弓月が怪訝(けげん)そうに眉をあげたので、晴生はあわてて愛想笑いする。

「いや。建物が古いんで、鍵も古い感じのやつかと勝手に想像していたんです」

「うち、別に史料館じゃないから」

ぞんざいに言い放ち、弓月は晴生を招き入れる。広々とした玄関ホールの左右に向かい合う形で立派な階段と暖炉があった。これは本当に暖を取れるのか？　晴生が暖炉の前で聞こうかどうしようか迷っていると、弓月は天井からさがった豪華なシャンデリアを指さし、

「あれは、最近イケアで買ったやつ」と肩をすくめてさっさと奥へ進んでしまう。

「住む人の快適性や安全性を高めるものはどんどん取り入れるというのがオーナーの意向だから」

「あ、オーナーがいるんだ？」

「もちろん。ここで暮らしてはいないけどな。俺はただの雇われ管理人、ていうか、ほとんど修理人だな。水回りも電気系統も不備はないはずだ」

そう言って、弓月は得意げに胸をはる。どうやらベイリー邸の趣を作り出しているのは、この管理人の意外な勤勉さに負うところが大きいらしい。

「シェアハウスの住人には基本的に建物の一階と二階を自由に使ってもらう。一階には個人の部屋を用意した。三階はオーナーの私物が置かれているから、原則として管理人以外立入り禁止な。他の住人の、あ、その中に住みこみ管理人の俺も入るんだけど、みんなの了解が得られたら、自分の部屋に友達、恋人、家族、誰を連れこんでも構わない」

連れこむって、と晴生は目を伏せる。少年の面影が残る弓月の口から飛び出す、身も蓋もない言葉に動揺してしまった自分が悲しい。

弓月は板張りの床を鳴らして歩き、階段を素通りして正面のガラス戸をあけた。

目の前に広がった光景に、晴生の口から歓声が漏れる。

「すげえ!」

そこには、回廊に囲まれた八角形の中庭があった。三階建ての八角形の建物を正面から見あげていた時には、建物の裏にこんな空間が広がっているなんて想像も出来なかった。けれど、よくよく考えてみれば、一階部分が横に張り出す形で一番大きくなっているのは、玄関ホールの後ろにこの回廊と回廊に面した平屋建ての部屋があったからだろう。

晴生はおそるおそる回廊に足を踏み出す。八辺ある壁のうち、玄関ホールへのガラス戸がついた一辺とその向かいの壁の一辺を除く六辺に、それぞれ違う色のドアが取り付けてあった。このドアの向こうが部屋になっているらしい。晴生はカラフルなドアも気になったが、まずは手すりから身を乗り出して中庭を見てみる。

青い芝の真ん中に、大きな木が一本立っていた。南側の玄関ホールを一階とする三重の塔を背にして立つと、北側にはもう高い建物がないので、木が山を背負って立っているように見える。そのせいだろうか。一本だけなのに、やたら存在感があった。

「あの木は?」

「ああ。あれもイケアで買った」

「え……レプリカ?」

「なわけない。嘘だよ。あれは本物の銀杏の木。樹齢百三十五年くらいかな」

してやったりと鼻にしわを寄せて笑う弓月の顔を見つめ、晴生は小さくため息をついた。

「管理人さん、おいくつですか?」

「二十五」

嘘つけ、と心の中で毒づく。こんなに内面も外見も幼いやつが、自分より年上なんてありえない。目をむいた晴生を、弓月は平然と見返し、「おたくは?」と聞いてきた。

「二十二歳になりました」

「大学四回生?」

「ええ」

「就職先は決まった?」

「……いえ、まだ」

晴生の声は自分でもわかるくらい暗くなる。弓月の視線から逃れるように、銀杏の木を根元から目で追い、空を見あげた。真上にまだ大きな雲が居座っているけれど、雨は止み、空は明るい。西の空が赤く染まって、夕焼けが拝めた。

隣では、弓月が回廊をぐるりと見まわし、説明をはじめている。

「中庭に向いた六つのドアの先が、住人それぞれの部屋だよ。鍵はないから、心配なら錠前でも買ってきて自分でつけて。まあ、ドアの色をすべて変えてあるし、ドアの脇に表札代わりのプレートもつけといたから、うっかり間違えて他人の部屋に入ることはないと思うけど」

　言いながら、弓月は玄関ホールの前から時計とは逆回りに回廊を歩いていく。

　まずあらわれたのは、紫のドアだ。プレートには『管理人室』と書かれていた。

「俺の部屋。なんかあったらノックして。何もないならほっといて」

　弓月は真顔で言い放つと、さっさと次の赤いドアの前へと移動する。プレートには『由木暢子』という明らかな女性名が書かれていた。

「在室中っぽいな」

「本当？　じゃ、挨拶だけでも」と晴生はノックしてみたが、返事がない。

「いないみたいだけど」

「いるよ。たいていいつもヘッドホンつけて漫画読んでるから、気づかないだけ」

　由木暢子さんはインドア派なんだ。晴生は嬉しくなって赤いドアを見つめる。

「俺も漫画好きです。最近ネットで話題の『元ヤンおかんの言うことには』っていう漫画ブログなんて、流行る半年前から読んでましたし――」

「俺にアピールされてもね」

　弓月がそう言って、心底興味なさそうに鼻を鳴らすので、晴生は口をつぐんで先の部屋に進む。

　次にあらわれた黄色のドアの脇にも『喜多嶋麻矢』という女性名のプレートがかかってい

た。

「キタジママヤ？　『ガラスの仮面』……」

「ああ。そんなタイトルの漫画の主人公が同じ響きの名前らしいな。本人いわく自己紹介の鉄板ネタだそうだ」

「でしょうね。ところでこのシェアハウス、女の子もいるんですね」

「女の子？　ああ、女の子、ね。……住人は女二名男二名でちょうど半々だな」

「そっか。四人かあ」

　晴生の頭に一瞬浮かんだ楽しい妄想を覗いたように、弓月が鼻を鳴らした。

「おたく、恋人は？」

「えっ？」

「いないか」

「なんで決めつけるんですか」

「じゃ、いる？」

「……いないけど」

　厳密には四ヶ月前にフラれたのだが、管理人にそんなことまで伝える義務はないだろう。

　唇を真一文字に結んだ晴生をおもしろそうに見ながら、弓月は次の部屋へと進む。

「おたく、『シェアハウス』って言葉に妄想ふくらませすぎだと思うけど」

「別に妄想なんて」

してません、と反論しかけてやめる。からかわれているのだとやっと気づいたからだ。晴生は話題を変えるために、ちょうど中庭を挟んで向かい側にそびえる形となった三階建ての建物を指さした。

「三階はオーナーのスペースとして、じゃあ、二階は？」

「食堂とキッチンでほぼ占めていて、後は風呂、洗面所、トイレ、洗濯機なんかも置いてある。いわゆる共同スペースってやつだ」

「共同か。使う順番とかあります？」

「さあ？　ないんじゃない？　あ、でも、キッチンに関しては、毎週水曜の晩にひらく食事会のために、住人の持ち回りで夕食当番の日が作ってあったはずだ。たしか」

「へえ。食事会だなんて、結構交流があるんですね」

思わず声をはずませた晴生の横顔を覗きこむようにして、弓月が尋ねる。

「おたくは人見知りとかしないわけ？」

「あ、大丈夫な方だと思いますけど。そういうのが苦痛なら、『シェアハウスおためしキャンペーン』なんかにそもそも参加しないし」

「あそ。俺は人見知りだ」

そう言って、弓月はフンと小鼻をふくらませる。こんなにいばりくさって人見知りをアピールする人間も珍しい。晴生は「へえ」と流しておいた。

回廊の東側半分が終わり、西側に移る。喜多嶋麻矢の隣の部屋は緑のドアで、『川満有（かわみつたもつ）』

とはじめて男性名が書いてあった。強面じゃありませんようにと祈りつつ、晴生はそそくさと通りすぎる。

川満有の隣、中庭を挟んで由木暢子の部屋の正面に位置する青色のドアが晴生の部屋だった。

回廊をぐるりと一周まわってきたことになる。

「はい、到着っと」

「由木さん以外は、みんな出かけているみたいでしたね」

「ま、いろいろ用事があるんじゃない？　今日は平日だしな」

それもそうだ、と晴生はさっそく自分の部屋のドアノブをつかみかけ、ふと顔を横に向ける。視界の隅に白いドアをとらえたからだ。

「あれ？」と晴生は首をかしげ、頭の中でベイリー邸の見取図を描いてみた。六つのドアがあって、シェアハウスの住人は四人……いや、管理人の弓月を加えて五人。

「ひょっとして一部屋余ってます？」

晴生の視線を追って、弓月も白いドアの方へ向き直る。ドアの脇にかかったプレートには、何も書かれていなかった。

「うーん」と唸って、弓月が黒髪をかきあげる。

「余ってる……ていうか、今はあかずの間なんだ」

ごくりと鳴ったのが自分の喉だとは気づかぬまま、晴生は白いドアを見つめた。

「あかずの間って?」

「あかずはあかずだよ。あけてほしくない部屋だ。じゃ、えっと、不動産屋から聞いてると思うけど、ベイリー邸の『シェアハウスおためしキャンペーン』は今年の十二月二十五日までね。この日より前の退去も長く居座るのも禁止。オーケー?」

　晴生は強引に話を変えた弓月の肩をつかんで、ゆさぶった。

「オーケーだけどオーケーじゃない! あかずの部屋ってどういうこと? やばい部屋? あの、ここは古い洋館だし、その、出る的な話だったら勘弁してほしいんだけど」

「出る的? おたく、何言ってんだ?」

　細い首がそのままポッキリ折れるんじゃないかと思うほど頭をゆらしながら、弓月は切れ長の目を吊りあげる。その眼光の鋭さに気圧(けお)されつつ、晴生は必死に食いさがった。

「出るは出るだよ。この屋敷、オバケ的なものが出るんじゃないの? いくらキャンペーンといっても、北屋丘町みたいな高級住宅地の洋館に無料で住めるなんてうまい話、おかしいと思ったんだ」

「なるほど」と弓月はうなずき、自分の肩をつかんだ晴生の手をおもむろにひねりあげる。悲鳴をあげてうずくまった晴生を見おろし、「安心しろ」と言い放った。

「オバケ的なものは出ない、たぶん。この屋敷に伝わるのは『風見鶏の七不思議』くらいなもんだ」

　たぶん、って? 晴生は突っこみたかったけれど、他に聞かねばならないことがある。

「七不思議って何？」

「あれ？　おたく、知らないの？　観門じゃ結構有名なんだけどな」

弓月は真顔で冗談のようなことを言い、両手を頭の後ろで組んだまますらすら諳(そら)んじてみせた。

・ベイリー邸の風見鶏は鳴く。
・ベイリー邸の風見鶏は飛ぶ。
・ベイリー邸の風見鶏は願い事を叶える。
・ベイリー邸の風見鶏が海を見ているといいことがある。
・ベイリー邸の風見鶏が飛び立つと悪いことが起こる。
・ベイリー邸の風見鶏は悪運をはらう。

弓月は「以上だ」と言い切ったが、晴生は今一つ納得出来ない。回廊から身を乗り出し、八角形の赤い屋根に立つ丸々とした風見鶏を見あげて首を横に振った。

「待って。悪運をはらうって、別にここの風見鶏に限っての特徴じゃないよね？　広く一般的に、風見鶏ってそういう魔除け的なものだって聞いたことがあるよ。あと、飛び立つと悪いことが起こる？　じゃあ、基本的にいいことしか起こらないって話にならない？　屋根に固定された風見鶏が飛び立つことなんてあるわけないんだから」

「本当にないといいけどね」

弓月にぼそりと低い声でつぶやかれ、晴生は鼻白みながらも精一杯強がった。

「ないよ。ないない。あと管理人さん、六つしか言わなかったけど、七つ目の不思議は何？」

「俺、六つしか言ってなかった？」

「はい」と晴生がうなずき、聞いたばかりの六つの不思議を繰り返してみせると、弓月の目が細くなり、「めんどくせ」と小さくつぶやいた。

そこへ女性の声がかかる。

「何してんの、吸血くん？　住人をからかったらダメよ」

「弓月、だ。それに、俺は何もからかっちゃいない」

弓月が声のした玄関ホールの方を向き、口を尖らせて言い直したが、そこに立つ女性は意に介さない。弓月を親指で指して、晴生に笑いかけた。

「どっからどう見ても美少年の吸血鬼やんなあ？」

その言い得て妙なネーミングに晴生はつい「たしかに」とうなずいてしまう。

「あら、結構正直者？」

女性はネギとセロリのつき出たエコバッグを抱え直し、少しだけ真面目な顔になった。

「吸血くんはいろいろ無礼やけど悪気はないのよ。だから、気にせんといてね」

「あ、はい。了解です」

当の弓月を無視して話を進め、女性はすたすたと晴生に近づいてくる。スモックのようなワンピースをまとった体は全体的に丸く、やわらかそうだ。簡単にひっつめただけの髪は黒々としているが油分はない。ほうれい線が少し目立ちはじめた顔には力みのない笑みが浮かび、その笑みがふっくらとした頰にえくぼを作っていた。友達の母親の中に、彼女とよく似た雰囲気の女性が五人はいた気がする。

シェアハウスに雇われた家政婦か何かだろうか？　晴生は緊張を解いて、軽く会釈した。

「風間晴生です。よろしくお願いします」

「喜多嶋です。よろしく」

「えっ。キタジマ？　黄色いドアの部屋のキタジマママヤさん？」

思わず大声を出した晴生に、女性も「えっ」と驚く。

「そ、そうやけど。『ガラスの仮面』の北島マヤと同音異字の喜多嶋麻矢ですけど。何？」

「えっ、あ、いえ、別に」

しどろもどろになる晴生の顔を覗きこみ、弓月が鼻を鳴らした。

「喜多嶋さんがあまりに女の子だったから、ビビってるんだ」

このクソガキ！　晴生は自分の顔が赤いのか青いのかわからないまま、強ばった愛想笑いを浮かべるしかない。

麻矢は「ああ、はいはい、そういうことね」と察しよく応じ、コロコロ笑った。

「シェアハウスって聞いたら、たしかに普通は若者達の共同生活って思うよねえ」

「すみません」

「謝らなくていいって」

「すみません。いや、あの、すみません。あっ」

晴生が壊れたカラクリ人形のように頭をさげたおしている間に、弓月は玄関ポーチに積まれていた段ボール箱を抱えて戻り、麻矢に押しつけた。

「これ、おたくの荷物。午後イチで届いてたぞ」

麻矢はエコバッグを肩にかけ、弓月から押しつけられた段ボール箱を両手で抱える。

「早っ。もう届いたんだ。さすがテレマキオ」

「また通販か」

「そっ。話題のふとんクリーナー買っちゃった。一ヶ月に百万台も売りあげたんやて。ラーラララー、マキオーマキオー、テレビ通販『テレマキオ』、オー、イエー！」

とつぜん歌い出した麻矢に驚いたが、その歌は晴生も聞いたことがあった。たしか落語家のような着物姿でざぶとんに正座し、べらんめえ口調で商品を紹介しまくる社長のキャラクターがウケているテレビショッピングの番組だ。

弓月が晴生を見ながら、顎をしゃくって麻矢を指す。

「この女の子は、通販が生き甲斐なんだって」

「『えー、時が経つのを早く感じるようになったら年寄りの証拠なんてぇことを申しますが、今年ももう三分の二が過ぎました。いやぁ、早いですな。皆様いかがお過ごしですか？　買いそびれた物はございませんか？　マキオサービスネット代表、牧尾潤壱でございます』

……どう？　似てる？　似てるでしょう？」

どうやら麻矢はくだんの社長の声色を真似たつもりらしいが、あいにく晴生には似ているのかどうかも、おもしろいのかどうかも、よくわからなかった。ついでに言うと、このシェアハウス生活をやっていけるのかどうかも、わからなくなってきた。

晴生の視線をどう受け止めたのか、麻矢はふっくらした頰にえくぼを作る。

「じゃ、私はごはんを作ってこようかな。今日が食事会のある水曜日でよかったね。夕飯の時間には、みなさんが揃うと思うよ。あ、川満さんは仕事でドタキャンしがちやけど」

「由木さんは？　ご挨拶出来ますかね？」

はずんだ声で尋ねる晴生の顔をしげしげと眺め、麻矢は慈悲深く微笑む。

「出来ると思うよ。由木さんと川満さん、人生の先輩達にちゃんと挨拶しときなさい」

「先輩……え、喜多嶋さんより？」

わかりやすくうなだれた晴生の頭を、麻矢は「よしよし」となでていった。

＊

数日後、リクルートスーツに身を包んだ晴生は、高層ビルのエレベーターホールでうなだれていた。ここに「よしよし」をしてくれる人は誰もいない。

壁一面ガラス張りの窓からは、埋立の人工島に建つ企業ビルや団地やホテル、埠頭、瑠璃(るり)色の海、海の上に架かる赤い大橋、向かい岸の大きな観覧車とタワー、そして町の後ろを東西に伸びる緑の山々が見えた。真夏の陽射しが乱反射して、まぶしい。二度と見られない景色だと思うと、ますますまぶしくなる。

三十年以上前、この埋立地で博覧会が行われた時期にあわせて建ったというビルは、高層といえども十三階までしかない。その最上階にオフィスを構える、モバイルオンラインゲーム会社の最終面接が先ほど終わった。文字通り、『終わった』と思う。

「面接の結果は、一週間以内にメールか書面でご連絡いたしますので」

そう言った面接官の顔は明らかに引きつっていた。就活をはじめてから今まで、数多の企業に書面で突きつけられてきた「今回はご縁がなかった」という文字が目の裏に浮かんでくる。

――会社という小さな社会は、嘘も方便って時が多いからね。

晴生の歓迎会を兼ねた『シェアハウスかざみどり』の食事会に一人遅れてあらわれた人生の先輩、有から聞いた就職面接のコツが耳の奥でこだまする。ベンチャーのソフトウェア会社で社長付の運転手をしているという有は、五十代にしてはしわの多い顔にさらにしわを寄せて太い眉をあげ、南国の出らしいどんぐり眼(まなこ)をぐるりとまわしながら言ったものだ。

――間違ったことに間違っていると言いたいなら、まずは入社して実績をあげておかないと。

わかってる。晴生は唇を噛む。そんなことは、自分でもわかってる。だけど、どうしても、自分がその会社で仕事をすると考えた時に、見過ごせない、聞き流せないことが出てきてしまうのだ。相手が触れてほしくないことまで突っこんで聞いてしまったり、ただうなずいておけばいいのに余計な一言を付け加えてしまったりする。

今回もそうだ。最後の最後に面接官が冗談めかして言った「一緒にお金儲けしましょう」という言葉に引っかかった。笑って「がんばります」と頭をさげておけばいいって、わかっているのに口が勝手に動いていた。

「はい。ユーザーに納得いく課金をしてもらえるよう、まずは御社のゲームのバグの多さをなくすところからはじめたいと思います」

本当に俺はバカだ。晴生は深々とため息をつく。まだ春にならないうちから業種も絞らず下手な鉄砲そのままに数百を下らぬ企業にエントリーシートを出し、最終面接までこぎつけた会社は、今日でやっと二社目だ。その貴重なチャンスをみずから潰してどうする？

ポーンという軽やかな音と共に、エレベーターが到着したサインのランプが灯る。

晴生が乗りこむと、中は無人だった。晴生は下降していく階数ランプを眺めながら、折りじわのついたリクルートスーツのズボンに添わせた拳をぎゅっと握った。掌が冷や汗で濡れている。

——晴生くん、何なん？　正義の味方のつもり？

四ヶ月前に、付き合ってわずか半年でフラれた彼女の最後の言葉がよみがえってくる。

二年後輩の彼女とは同じサークルで知り合った。飲み会でいつも幹事役を買って出るような女の子だった。今年の新入生歓迎会も、彼女が音頭を取った。晴生はアルバイトに励みすぎて幽霊部員に成り下がっていたのだが、当日になって運良く都合がつき、楽しみに出かけたのだ。

そして、やらかした。

未成年である新入生に酒を飲ませようとした彼女を責め、飲み会の楽しい流れも止めて、場を凍りつかせてしまったのだ。

——こういうの、みんな、やってるよ。

——みんながやっていたら、いいわけ？　実際、あの子は気分が悪そうだよ。飲みたくないのに飲まなきゃいけない空気を作るのって、実際の飲酒行為以上に重い罪だと俺は思う。

後から知ったのだが、その日は新入生の歓迎というより勧誘の意味合いが強い飲み会だったらしい。晴生と彼女の間に漂う険悪な雰囲気にしらけたのか、何人もの新入生に逃げられ、今年は過去最悪のサークル加入数を記録することとなった。

そして、晴生はフラれたのだ。「二度とサークルに顔を出さないで」と吐き捨てた彼女の強ばった表情と震える声のトーンが今も耳に残っている。

恋も就活も自爆で焼け野原だ。晴生はエレベーターの中で「ああ、もう」と天を仰ぐ。別に自分の考えが正義だなんて思っていない。心のハンドルの遊びが少ないというか、融通がきかないだけだと自覚しているのに。

ベイリー邸の細かな刺繍（ししゅう）が施されたシルク張りの天井とは真逆の、そっけない白い天井をそのまま眺めていると、マナーモードにしていたスマホがポケットの中で震え出す。

画面には、自分で打ちこんだスケジュールが表示されていた。

――16：00　バイト@イレブンモール野外ステージ

そうか。今日はバイトだったか。晴生は落ち着きを取り戻し、腕時計を確認する。そして一階に着き、エレベーターの扉がひらくと同時に、埋立地の駅に向かって走り出した。

*

海の上を走る無人運転の電車を七ノ淵（ななのふち）駅で地下鉄に乗り換え、古観門（こみかど）駅に着く。

古観門駅もベイリー邸の最寄り駅の一つなのだが、晴生はふだん観門市最大のターミナル駅であり、駅前の人出も店舗の数も段違いに多い七ノ淵駅ばかり利用しているため、わざわざ古観門駅におり立ったことがなかった。

したがってイレブンモールも名前しか知らず、実際に入るのは今日がはじめてだ。晴生は地下鉄駅の構内にある案内板の通りに足を運び、直結するモールへとあがっていく。

さほど大きなモールではないため、野外ステージの場所はすぐにわかった。ステージの横に設置された白いテントに近づいていくと、中ではショーの準備がもうはじまっているらしく、にぎやかな話し声が聞こえてきた。

晴生がテントの前に立つと同時に入口からにゅっと出てきたのは、全身を赤で統一したヒーローキャラクターだ。くぐもった声をかけてくる。

「お、風間くん、新居はどう……って、そのスーツ何や？　まだ就職活動終わらへんの？」

「社長……すみません。まだ当分つづきそうです」

「社長」と呼ばれたヒーローがマスクを脱ぐと、黒光りする顔があらわれた。

「そうか。そりゃご苦労さん。ずいぶん大変な時に引っ越したなあ」

「はい。シェアハウス体験のお得なキャンペーンだって、不動産屋さんに勧められてつい」

「へー。お得なキャンペーンしてまで住んでもらいたい家って、幽霊とか出るんと違う？」

「あ、やっぱりそう思います？　実際ちょっとおかしな屋敷なんですよ。いや、住みやすいし立派なんだけど、風見鶏の七不思議とかあかずの間とか黒ずくめの管理人とか」

晴生に今にも泣きそうな顔で詰め寄られ、社長はたじろいだようだ。

「ごめん。ごめん。冗談やって」と苦笑いを浮かべる。

「風見鶏の七不思議って、聞いたことあるで」

横から口を挟んできたのは、コミカレンジャー・ブルーのスーツを着た男性だ。この世界に入って十八年という最古参アルバイトだった。

「『風見鶏が海を見ているといいことがある』とか『風見鶏の下に罪人が潜む』とかいうやつやろ？」

「……七つ目だ」

「は？」

「『風見鶏の下に罪人が潜む』って、俺、知らなかったです。七つ目の不思議はきっとソレですよ。何だよ、『罪人』って？　不吉だなあ」

青くなった晴生の顔を見て、コミカレンジャー・ブルーは「いや、俺もよく知らん。聞き間違いやったかな」とあわてて顔の前で手を振り、去っていく。

残された社長は困ったように地面に敷かれたブルーシートを見た。そこには、いくつかのヒーロースーツと着ぐるみが転がっている。

「ちょっと疲れ気味やんな、風間くん」

そう言いながら、社長は自分と同じタイプで色がオレンジのヒーロースーツを拾いあげると、無造作に晴生に手渡した。

「ほい。今日から君が、オレンジ担当や。これでちょっとは元気出せ」

「ご当地ヒーロー、コミカレンジャー・オレンジ！　いいんですか？」

晴生が恐怖を忘れて喜ぶのを見て、社長は満足そうにうなずく。

「悪の手下からの昇格、おめでとう」

晴生がヒーローショーのアルバイトに応募した理由は、ヒーロースーツが着てみたかったからだ。けれどこの会社では、社長の方針で新入りバイトがいきなりヒーローにはなれなかった。まずは、全身タイツ姿の悪の手下役を務め、ステージ経験を積む必要があると言い渡されたのだ。

夏は暑く、冬は寒く、季節を問わず恰好悪い、そんな全身タイツの壁に、結構な数の新入りバイト達が砕け散っていく中で、晴生は半ば意地になってつづけた。そして本日ついにヒーロースーツを着られることになったのだ。まさに「昇格」である。

就活の最終面接でやらかしてしまったことは頭の隅に追いやり、晴生はうきうきとオレンジのヒーロースーツに着替えた。誰も見ていない隙に、鏡の前で小さくポーズを決めてみる。

「コミカレンジャー・オレンジ、見参！」

小声で言い切るその瞬間だけ、社会に必要とされる自分になれる気がした。

晴生のヒーローとしての初舞台は、途中で激しい雨に見舞われ、観客のちびっこ達がごっそりいなくなるというハプニングがあったものの、コミカレンジャー・レッドもとい社長からは合格点をもらえた。

「お疲れ。お疲れ。ふう、まいった。マスクの中が蒸し風呂や」

関係者以外立入り禁止のテントの中で早々にマスクを脱ぎ捨て、社長は息をつく。

その隣で、晴生はひそかに焦っていた。悪の手下の全身タイツと違って、通気性の悪いつるつるのビニール素材を使ったヒーロースーツはただでさえ脱ぎ着が難しい。雨と汗にまみれた今、肌にぴったり吸いつき、袖口を引っぱることもままならなかった。マスクは脱げたが、ヒーロースーツの背中に目立たないようにつけられたファスナーがさがらない。どうなっているのか鏡で確認したかったが、あいにくテントの端に立てかけられた全身鏡の前は、強面のベテランバイト達の談笑スペースとなっている。晴生に割りこむ勇気はなかった。

仕方ない。もうちょい、力をこめてみるか。

晴生は邪魔なマントを乱暴に顎の下に挟むと、気合の鼻息と共にジッパーを握った右手を勢いよくおろす。とたんにグギャッといかにも不自然な音がした。

「ああっ。何してくれてんの、風間くん？」

隣で悲鳴があがる。社長の声だ。晴生はあわてて背中を見ようと首をまわしたけれど、よくわからなかった。

社長の一言に、「どうしました？」とスタッフ達が集まってくる。

「どうもこうもない。彼、コミカレンジャー・オレンジのジッパーを壊しちゃったよ」

「あちゃー。これじゃ、脱げないね」

他人事(ひとごと)のような「あちゃー」があちこちで聞かれた。

「スーツの端っこを、ハサミで切ってみます？」

「ダメ。ダメ。これ一着、ナンボしたと思ってんの？」

誰かの提案を、社長が両腕で大きくバツを作って却下する。社長の口から飛び出した特注スーツの値段を聞き、晴生は青くなって立ちすくんだ。

やっぱり就活もバイトもとことんツイていない。八角形の赤い屋根に立つ風見鶏が晴生の頭を一瞬よぎる。おかしいな。風見鶏は住人の悪運をはらってくれるんじゃなかったのか？

晴生の引きつった顔を見て、社長は「ワハハ」と笑う。

「ま、不幸な事故やな。弁償させるなんてケチくさいこと言わんから、安心しろ」

「あ、ありがとうございます」

本気で拝みそうになっている晴生に鷹揚にうなずき、社長は脱色のしすぎで傷んだ茶髪をサラリとかきあげた。

「だから、修繕屋が来るまでは下手に脱ごうとせず、そのままで我慢な。頼むで。なっ？」

「はい！」とうなずきかけ、晴生はあわてて聞き返す。

「えっと……我慢って、いつまで？」

「明日かな。あいにく今日はもう先方が営業終了やから」

「そんな……」と思わず絶句し、晴生は社長に詰め寄った。

「家に帰る時とか、どうすればいいんですか？　北屋丘町の坂を、この恰好であがれと？　完全に不審者なんですけど！」

「あ、これも忘れんといて」と言って、社長はオレンジ色のマスクを拾って突き出す。

「かぶれと？　冗談でしょ？　さっき、社長が自分で『蒸し風呂』って……」

「ヒーローは子供達の夢。スーツが脱げないんやから、顔を隠すよりしゃあない。あ、リクルートスーツを上から着るのとかやめてな。ヒーローの正体が就職先の決まらへん大学生ってバレたら、子供達ががっかりするやんか」

「どさくさにまぎれてヒドいことを言いますね……」

社長は晴生の抗議など端から聞いちゃいない。その辺の紙袋に突っこんだリクルートスーツ一式を晴生の胸に押しつけ、こなれたウィンクをした。

「じゃ、そういうことで。また明日！」

「お疲れっした」という声に押し出されるように、晴生は白いテントを出たのだった。

コミカレンジャー・オレンジとして。

＊

晴生がマスクとヒーロースーツを身につけたまま、北屋丘町に向かって歩き出してすぐ、目の前を歩く見覚えのある背中を見つけた。肌触りのよさそうな黒いTシャツ越しに肩甲骨が羽のように浮かびあがっている。

「管理人さん」

心細さが極まり思わず声をかけてしまった。振り返った顔はたしかに弓月だ。

自分の後ろに立つ晴生を見たとたん、胡散臭（うさんくさ）そうに細められた弓月の切れ長の目の中に光が跳ね、不機嫌そうな顔つきが、パッとかがやいた。

「うぉっ。コミカレンジャー・オレンジ！」

そう叫ぶと、弓月は尖った八重歯を覗かせ、厚みのない掌を突き出してくる。晴生はその勢いにのまれ、握手してしまった。グローブをはめた晴生の手を両手で包みこむようにして、ぶんぶん振りまわしながら、弓月は早口で尋ねてくる。

「今日は何？　何かのイベント？　俺、コミカレンジャーの中で一番オレンジが好きなんだ。あ、一緒に写真撮ってもいい？」

「いや、あの――」

晴生のくぐもった声など聞こえていないようで、弓月はスマホを持った腕を目いっぱい斜め上に伸ばし、コミカレンジャー・オレンジと自分のツーショットを何枚か撮った。興奮しきったその表情は、今日のステージを見ていたどのちびっこより、コミカレンジャーに会えたことを喜んでくれているようだ。

「ついでにサインも」と書く物をごそごそ探しはじめた弓月を、もはやここまでと晴生が押しとどめた。

「違う。違う。管理人さん、俺です。『シェアハウスかざみどり』の住人の風間です」

「えっ？　は？　何？　コミカレンジャー・オレンジの正体は、おたくだったの？」

「あ、はい。いや、ていうか、アルバイトでヒーロースーツ着てるだけですけど」

「恰好……だけ？」

弓月の目の中の光がフッと消え、代わりに氷のように冷たい視線が晴生に刺さってくる。

「何だ。本物かと思った」

本物って、そもそも存在するのか？　晴生は首をかしげながらも、自分がなぜ町中でヒーロースーツを着る羽目になったかの経緯を説明する。説明が進むにつれ、弓月の視線はますます鋭く食いこんできた。

「バッカじゃねぇの」

「そうですね」としか言えない。晴生はマスクの中でため息をついた。

「でも、よかった。一人で帰っていたら、警察に職質されちゃいますから」

「二人で帰っていたって、されるだろ。ていうか俺、嫌だよ。場所をわきまえないコスプレ野郎と一緒になんか帰らないよ」

「そんなぁ。さっきはこの恰好を見て、喜んだくせに」

「喜んでねぇよ」

晴生がマスクをかぶったまま見つめると、弓月はみるみる頬を染めてふくれっ面になり、そっぽを向く。その一連の仕草や顔つきが幼い子供のようで、晴生はマスクの下で笑いをこらえるのに苦労した。

「そういえば今日、風見鶏の七つ目の不思議を知りましたよ」

「はあ?」

「『風見鶏の下に罪人が潜む』だって。恐ろしくないですか? 俺、ぞっとしちゃいました」

風見鶏の七不思議が観門の人間に浸透していることに晴生が感心していると、弓月が「ガセだ」と強い口調で遮(さえぎ)った。

「そんな七不思議はない」

「え。でも、俺はたしかに聞いたし――」

「だから、それは不思議じゃなくてたちの悪い噂だ。おたくはガセをつかまされたんだよ。

ったく、恰好も頭ん中もとことんまぬけだな」

ほとんど怒鳴るような調子で言われ、晴生は何も言い返せなくなる。なぜ弓月がこんなに怒るのか、わけがわからなかった。立ち尽くす晴生を置いて、弓月はずんずん坂道をのぼっていってしまう。あわてて追いかけようとしたところ、後ろからマントを強く引っ張られて転びそうになった。

「ヒーローなの？　ねえ、あなたは地球を守るヒーローなの？」

声のした方にぎくしゃく振り向くと、カープの赤いキャップをかぶった男の子が立っている。背は晴生の腰までしかなく、顔つきもあどけない。小学……一年？　二年？　いや、園児かもしれない。まだ「少年」とも呼べない年頃に見えた。

少し離れたところに立ち止まってこちらの様子をうかがっている弓月に「ヘルプ！」の念を送りつつ、晴生がなんと答えるべきか考えあぐねていると、男の子は腕にぶらさがってきた。

「よかった！　ぼくの言うこと、誰も聞いてくれなくて困ってたんや。なあ。ぼくの家に来て。ヒーローやったら、悪いやつをやっつけられるでしょ？」

「家？」

「そう。悪いやつが、お母さんをさらっていこうとしてんの」

「ん、それは大変だ。あの、でもね、俺も別にヒーローってわけじゃなくて――」

「嘘！　そんな恰好、ヒーロー以外せぇへんわ！」

たしかに、と晴生は情けない思いで自分の体を見おろす。マントをなびかせたヒーロースーツをまとい、マスクまでかぶっている。社長の言葉に呪われたわけじゃないが、この姿で男の子に「就活中のしがない大学生です」と告白するのは憚（はばか）られた。

　男の子は晴生の引けた腰をガシッとつかみ、「お母さんを助けて」と繰り返す。その目にうっすら涙がにじんでいるのを見て、晴生の頭は冷えた。妄想のたぐいだと思っていた男の子の話にいきなり現実味が加わった気がする。『拉致』『誘拐』『監禁』と物騒な単語が次々と頭をよぎっていき、晴生は目をつぶった。

　きっとたいしたことではないだろう、男の子の空想の話だろうと思う。だけどもし、本当だったら？　という恐れが晴生を駆り立てる。さぞ面倒くさいことになるだろうと頭でわかっていても、子供に涙を浮かべて「助けて」と頼まれたことを、晴生はどうしても聞き流せなかった。

　――一番小さな声を聞けなくて、何がサービス業だ。

　いつか自分が放った言葉が、ブーメランのように自分に戻ってくるのを感じる。そうか。「サービス業」を「親切」に言い換えても同じことだよな、と納得しながら、はじめて最終面接までいった会社のことを思い出す。

『お客様を笑顔にする住まい』をスローガンに掲げるその会社は、観門で一番にぎやかな大通りに、しゃれたデザインの自社ビルを持つ大手ディベロッパーだった。

晴生がそのモットーに惹(ひ)かれて応募したところ、就職活動をはじめて間もない身でありながら、とんとん拍子に最終面接まで進んでしまった。季節はまだ春だった。桜の花がまだすべては散ってしまわないくらいの時期に、就活を終えるチャンスがやって来たのだ。

晴生ははりきっていた。少しでもその会社の仕事に触れたいと、最終面接の前日に、その会社が手がけたマンションの見学にまで行ったくらいだ。

そして迎えた当日、おしゃれなビルの最上階にある役員応接室での面接に向かう晴生の足は、近道しようと通り抜けていた広い公園の真ん中で止まってしまった。

市役所の南に位置するその広い公園は『湊遊園地(みなと)』と呼ばれているが、アトラクションがあるわけではない。明治時代に外国人専用の運動公園として作られて以来、時代と共にめまぐるしく変化する周囲の風景や状況をよそに、淡々と広い敷地を死守してきた筋金入りの都市公園だ。二十年ほど前の大きな地震の後は、モニュメントが作られ、毎年大勢の人が訪れる追悼行事が開催されているが、ふだんはビジネスマンや観光客が思い思いに憩ったり、学生達がスポーツに汗を流したり出来る空間だった。

心の晴れぬまま、晴生が公園内に置かれた木のベンチに腰をおろしてため息をついたとたん、隣のベンチに座っていたホームレスらしき老人から声をかけられた。

「何かつらいことでもあるのか?」

「これから、就活の最終面接なんです」と思わず答えてしまってから、晴生は顔を赤らめる。社会からドロップアウトした相手に何を相談しているんだと気まずくなったのだ。

しかし、ヨレヨレのジャージを着て、豆粒のような禿げ頭を光らせた老人は鼻で笑ったりせず、ふむふむとうなずいてくれた。それが妙に心地よくて、晴生はつい口をすべらせる。

「けど、昨日その会社が販売したマンションを見に行ったら、ひどかったんです」

老人の目が怪訝そうに細められた。どうやら話を聞いてくれているらしい。

「たしかに、マンションの外観は宣伝通りすばらしかったです。見るからに立派で豪華で。だけど、見栄えを優先しているせいか、敷地内の動線がとにかく不便だったんですよね。俺の気のせいかと思ってネットで検索してみたら、やっぱりマンションの住人の中にも同じ不満を述べている人がたくさんいました。あと、ネットには動線の不満以外に、全戸で揃えた部品や壁紙に最初から在庫がないという噂もあがっていました。安く買い叩けるため、会社が最初からそういう備品を選んでいるんだとか何とか」

老人は地面を見つめたまま動かなかった。寝たのかと思っていたら、晴生の話の区切りでとつぜん鼻から大きな息を吐く。彼なりに何か思うことがあるようだ。

「ネットの噂だけでは信憑性(しんぴょうせい)が低いので、お客様窓口に直接電話をかけて聞いてみました」

老人が尻をもぞもぞさせて座り直す。晴生は心の中で「ほう、それで?」と勝手に老人のセリフを作って、言葉を継いだ。

「でも、つながらなかったんですよ。マンションを販売した後の連絡先となっていた電話番号やメールアドレスや担当者が全部変わっていて、たらい回しにされた挙げ句、『担当者が退社して、その辺りの事情を知る者がおりません』って」

思い出すと体が熱くなる。知らず知らずのうちに晴生の語気は荒くなっていった。

「そんなバカな話があるかっての。だってその会社のスローガンは『お客様を笑顔にする住まい』なんですよ？　だから俺は入りたいって思ったんだ。なのに、誠意のかけらもない。その会社が作った建物や町並みから、全然お客さんの顔が見えてこない。一番小さな声を聞けなくて、何がサービス業だ。俺はそんな会社に勤めるのは嫌なんです」

老人はヨレヨレのジャージの前をあわせ、「ふむぅ」と唸ったきり何も言わなくなる。晴生は急に恥ずかしくなった。

「や。あの、学生の分際で、仕事を語るなって感じなんですけど」

老人はなおも黙って何か考えていたが、小さな禿げ頭をつるりとなでて、「いや」と首を横に振った。

「君は正しい。客の顔が見えて、客の声が聞こえていなければ、会社はダメになる。その通りだ」

全面的に支持してもらえて、晴生は逆に不安になる。学生とホームレス、働くことから一番遠い者達が理想を語り合っている場合か？　とやっと我に返ったのだ。

「そ、そうですかね？　あ、でも俺、最終面接はちゃんと受けようかな。やっぱり、もったいないですもんね」

そう宣言すると、晴生は気持ちを切り替えてくだんの企業に向かったが、面接の時間に遅刻したため受付で追い返されるという、最悪の結果に終わったのだった。

以来うまくいかない就活をつづけて逃した魚の大きさを思い知るたび、あの時こだわり、つまずいてしまった自分への怒りと情けなさがこみあげてくる。もっと要領良く効率的に生きたいと何度願ったかわからない。

それでも、と晴生はカープの赤いキャップをかぶった男の子を見おろした。やっぱり見て見ぬふりは出来ない。

「君の家、どこ？　ここから近い？」

男の子はコクコクと無言のままうなずいた。

「よし。じゃあ、案内してくれる？」

「おい、待てこら」

いつのまに近くまで戻ってきたのか、弓月の手が晴生の肩にかかる。

「不審者感ハンパないぞ」

「送っていくだけです」

「誘拐容疑で捕まるぞ。ヒーローでもないのに、人助けなんてやめとけ」

「ヒーローだよ」と口を挟む男の子を無視して、弓月は切れ長の目で晴生を睨んだ。

「中途半端に手を出すのが一番害だって、知ってるか？」

晴生はその目つきと言葉におおいにひるんだが、今さら男の子を放り出すつもりもなかった。肩に置かれた弓月の手を、グローブをはめた自分の手でグイとおさえる。

「管理人さんも一緒なら、警察に職質されてもきっと誤解を解いてくれるよね？」

弓月は「俺を巻きこむな」と尖った八重歯を見せて唸った。

その時、男の子が掌を天に向けて叫ぶ。

「雨だ！」

「え。また？」

マスクで視界の三分の二を遮断された晴生は、ぐんぐん暗くなってきていた空の様子に気づけなかった。よいしょ、と不自然なくらい真上を向いてようやく、狭い視界いっぱいに広がった黒雲が見える。黒雲の中でゴロゴロと響いているのは雷の音だろう。

「うわ。来るよ。ゲリラ豪雨が来るよ、管理人さん、どうすんの？」

「うるさい」と晴生に叫んでから、弓月は男の子に向かって顎をしゃくった。

「名前は？」

「安井蓮（やすいれん）」

しっかりと名乗った男の子の赤いキャップのずれを直してやると、弓月は覚悟を決めたように小さくうなずく。

「俺は、弓月」

「きゅうげつ、さん？」

「そうだ。俺の家は坂の上にあって、雨から逃げきれそうにない。蓮の家に行こう」

「はい、弓月さん」

あの、俺は？　と入りこむ隙もなく、晴生は来た道を戻る形で走り出した二人の後につづく。ヒーロースーツを着ているせいで五十メートルも進まぬうちに汗がふき出てくる。べたつく汗はマスクの中にこもり、顔中が痒くなった。痒いのにかけないまま我慢していたら、だんだん頭がぼんやりしてくる。視界は冗談のように悪い。昨日まで悪の手下だった者に、真夏のヒーロースーツは過酷すぎた。

坂からイレブンモールの野外ステージまで戻ってきたところで、蓮の足が止まる。道がわからなくなったらしい。

とりあえずモール内の屋根のあるところまで移動して、三人で途方に暮れる。「ここまでか」とあっさり諦めようとする弓月を制し、晴生は朦朧とした頭のまま助け船を出した。

「ゆっくり思い出してみて。蓮くんの家の周りに、何か目印みたいなものはなかった？」

「めじるし？　えっと、ぼくの家からは、山とロープウェイが見える」

「ハーブ園のロープウェイだな」

弓月が透視でもするかのようにモールの壁を睨む。

「あと、ぼくの家が目印」

「どういう意味だ？」

嚙みつくように尋ねる弓月をおさえ、晴生がヒーローっぽいジェスチャーでうながした。

「ゆっくり、落ち着いて」

「うん。えっと、ぼくの家はマンションで、すごい高いの。細くて高いビル」

晴生と弓月の顔が、同じ方向を向く。

ベイリー邸に住みはじめてまだ数日の晴生でも、そのビルは知っていた。古観門駅から徒歩五分、地上四十五階建て、総住戸数三百戸超えのタワーマンション『セントラルシャトー古観門』は、海からも山からも、もちろん北屋丘町の坂のてっぺんのベイリー邸からも見える、観門市のランドマークの一つだ。

「じゃあ、もうすぐそこだな。モールの反対側から出れば、見えるんじゃないか?」

言いながら、弓月は先頭に立ってイレブンモールを突っ切っていく。

弓月につづこうとしていた晴生のグローブを、蓮が子供とは思えぬ強い力でギュッと握った。

「助けてよ。ぜったい、お母さんを助けてよ」

マスク越しの狭い視界の中に、小さく震える蓮の肩が入ってくる。着ているTシャツの首回りがひどく黒ずみ、汚れていた。

晴生は少し迷ったが、かたいグローブを曲げて精一杯強く蓮の手を握り返す。

まるで、ヒーローのように。

*

間一髪で雨から逃れた代わりに、汗でぐっしょり背中を濡らして、三人は『セントラルシヤトー古観門』の立派な御影石のエントランスを抜ける。『コンシエルジュ』とプレートのかかった大理石の受付カウンターに人影はない。

「ホテルみたいだな」

弓月の言葉に、晴生はうなずく。そして、受付が無人だったことに心から感謝した。

こんな高級感あふれる受付に鎮座するコンシエルジュが、謎のご当地ヒーローをあっさり通してくれるわけがない。

「蓮、おまえの家は何号室だ？」

弓月がオートロックとなっているガラス扉の前で振り返る。

「えーと、二十五階。後は忘れちゃった」

「忘れんな。自分の部屋番号だろうが」

「蓮くんはまだ小さいんだから」

容赦ない弓月を、晴生が咎める。けれど当の蓮は怖がる様子もなく、きっと顔をあげた。

「ぼく、小さくない。もう七歳や。ひらがなも数字も読める。一人で電話もかけられるよ」

「数字読めても、覚えてないと意味ねぇんだよ」

弓月にジロリと睨まれ、蓮はあわててポケットというポケットすべてに手を突っこむ。そしてズボンの右ポケットから何かを取り出してきた。

マスク越しのぼんやりした晴生の視界に入ってきたのは、小さな掌にのったカードだ。

「ん、これ、何？　カードゲームのやつ？」

「鍵」

「なんだよ。カードキーを持っているなら、最初からそう言えよ」

会話に割りこんできた弓月に背中を向けて、蓮は晴生に差し出す。

「ヒーローが使って」

そう言われては仕方ない。晴生は観念して、かたいグローブを無理矢理曲げた。どうにかカードキーをつかむと、インターホン脇のカードリーダーにかざす。

分厚いガラス扉がひらいた。入れた、とホッとする間もなく、エレベーターホールの手前にもう一つ、カードキーがなければあかない扉がある。

二つ目の扉もあけて、エレベーターに乗りこむと、晴生はエレベーター内の防犯カメラになるべく映らない位置に立った。警備が厳重であればあるほど、生きた心地がしない。

マンションの外観やコンシエルジュの受付に比べて、エレベーター内の装飾はそっけないほどシンプルだった。ガラス張りになっているわけでもなく、シャンデリアがさがっているわけでもなく、本当にただの鉄の箱だ。

けれど、蓮が背伸びをして「25」のボタンを押すやいなや音もなく上昇していくスピードは予想以上で、性能の良さは十分に感じることが出来た。

晴生の大学の古いエレベーターならやっと二階に着くくらいの時間で、二十五階に到着する。エレベーターの扉がひらくと、共用廊下に敷かれたシックなブラウンのカーペットが目に飛びこんできた。

ダンジョンのように折れ曲がった共用廊下をしばらくさまよって、『安井』と彫られた表札の前まで来る。「ここだな?」と弓月に尋ねられても、蓮は晴生の腰にしがみついたまま身じろぎしなかった。弓月は軽くため息をついて、細い指をチャイムに伸ばす。

部屋にチャイムの音が響いた次の瞬間、インターホンを通して応答があった。

「はい? どちら様ですか?」

女性の快活な声だ。晴生は「お母さんがさらわれちゃう」という蓮の言葉と本気で怯(おび)えているように見えた態度から、留守宅を想像していたため、何となく拍子抜けした。

「お母さん、ちゃんといるみたいだよ。よかったね」

晴生が腰のところにある蓮のつむじに向かって声をかけると、蓮は何も答えず、小さくいやいやをするように首を振った。

弓月がインターホンに向かって、つまらなそうに告げる。

「おたくの息子が迷子になっていたから、連れてきた」

「蓮くん?」

ガチャンと勢いよくインターホンが切られ、すぐにバタバタと玄関に向かってくる足音が聞こえた。

臙脂(えんじ)色のドアがひらき、メガネをかけた女性の顔が覗く。生真面目な顔つきだが、もちもちした白い頬がやわらかな印象を与えていた。

女性の視線はまず蓮をとらえ、それから蓮がくっついたまま離れない晴生へと移る。メガネの奥の目がみるみる大きくなり、ほっそりした手が口をおさえた。彼女の引きつった表情を見て、晴生はようやく今、自分がいかに異様な恰好をしているか思い出す。

「あ、いや、蓮くんのお母さん、すみません。これにはわけがありまして」

「お母さんじゃない！」

鋭く叫んだのは、蓮だ。みひらいた目をぎらぎらと光らせ、弓月に負けず劣らず不機嫌な殺気を放っていた。

「お母さんじゃない！　この人が悪者や！　ぼくのお母さんをさらおうとしてるんや」

「ちょっと待って、蓮くん」

女性があわててメガネを押しあげ、ストッキングのまま外に出ようとする。蓮はその隙をついて靴を投げ飛ばすように脱ぎ、部屋の中に走りこんでいった。女性は最初顔だけで振り向き、長い廊下に点々とできた黒い足跡を呆然と見つめていたが、やがて我に返って体ごと向きを変える。そのまま蓮を追おうとしていた彼女の前に、弓月が立ちふさがった。

「おたく、誰？」

弓月の仏頂面が近づき、彼女はわかりやすく鼻白む。唇を噛みしめ、背中にまわってしまっていたネックストラップの先についたネームカードをあわててたぐり寄せた。

『観門市児童相談所　児童福祉司　堂亜寿美（どうあすみ）』

観門市のマークがきっちり印刷されたそれが偽物とは思えない。晴生は弓月と顔を見合わせた。

「ちょっと電話一本入れさせてください。同僚が蓮くんを探しに出ているので」

説明はその後、と言いたげな顔で、亜寿美は携帯を耳に当てる。そして、電話相手に蓮が見つかったこと、この後のフォローは自分一人で行うことを手短に告げた。

一体何がどうなっているのか？　それを知るためには、誰に何を聞けばいいのか？　晴生が暑さで茹(ゆ)だった頭を動かそうとしていると、部屋の奥で蓮の金切り声があがる。

「お母さん、どこ？　どこにいるん？」

廊下の突き当たりにあるドアの前で、蓮はその言葉だけを何度も叫び、泣きつづけた。晴生がなだめても、弓月がすかしても、効果がない。亜寿美にいたっては近寄ることも出来なかった。彼女の姿を見ただけで、蓮が激しくしゃくりあげ、過呼吸を起こしそうになったからだ。

やがて、その小さな体を支えていた糸が切れてしまったかのように、蓮はくたっと後ろに倒れる。そばにいた弓月がとっさに抱きとめなければ、廊下のしゃれた大理石の床に頭を打ちつけていただろう。

「何？　どうした？　大丈夫なの？」

おろおろと近づこうとする晴生を目で制し、弓月はカープの赤いキャップを脱がしてから蓮を大理石の床に横たえる。かたいが、ひんやりして気持ちよさそうだ。弓月は亜寿美に向かって、着替えとクッションとタオルを探してくるよう命じた。

「疲労とショックか。あと、睡眠も足りてないみたいだ」

晴生が弓月の視線を追うと、涙の筋をつけてすやすや寝息を立てている蓮の目の下に、くっきりとクマが出来ているのがわかる。

いったん廊下を引き返してどこかの部屋に入った亜寿美が、弓月に言われた通りバスタオル数枚と着替え一式、床に敷けそうな平たいクッションを持って戻ってくる。

「汗びっしょりだ。しっかり拭いてやらねぇと風邪を引く」

弓月はそう言うと、大理石の上にクッションを敷き、バスタオルで蓮の髪から顔、首、上半身と順番に拭いていった。ついでに濡れたTシャツを器用に脱がせ、乾いたTシャツを着せてやる。その手が一瞬止まったので、晴生が「手伝おうか」と近づこうとすると、「来るな」と低い声で拒絶された。

蓮はよほど深い眠りに落ちたのか、ごろりごろりと体の向きを変えられても唸り声一つ発さず寝息も乱さない。おかげで、弓月が一人で全作業をあっという間に済ませてしまった。

使わなかったバスタオルを亜寿美に返そうとすると、生真面目な顔で「あなた達も使ってください」と言われる。

そういえば、と晴生は自らの不快感に気づいてしまった。汗に濡れて張りついたヒーロースーツが蒸れて、サウナよりひどい暑さだ。バスタオルでスーツの縁にたまった水滴をそっとぬぐっている晴生を、蓮の傍らから立ち上がった弓月が怪訝そうに眺めた。

「体拭かなきゃ意味ねぇじゃん。もうスーツ破っちゃえば？」

「とんでもない！　このスーツ、すごく高いんだよ」

「あそ。まあ、勝手にして」

弓月は呆れたように言い放つと、晴生が持っていた二枚のバスタオルのうち一枚を取りあげ、自分の髪や顔をごしごし擦るように拭いた。

やがて鼻をひくつかせたかと思うと、バスタオルを頭にかぶったまま、床で寝ている蓮を跨いで突き当たりのドアをあけ、くぐもった声をあげる。

「この家、どうなってんの？」

亜寿美は震えるように顔を伏せた。その反応が気になって、晴生も弓月の後ろに行き、マスク越しにドアの向こうの部屋を覗きこむ。

二十畳はあろうかというだだっ広いリビングルームだ。そのつくり自体は立派で豪華だった。天井まであるガラス窓にはカーテンもブラインドもおりておらず、外がすっかり夜になっていることに気づかされる。窓がカンバスであるかのように、山塊の黒いシルエットがピタリとはまっていた。窓をあけてバルコニーの端まで行けば美しいと評判の観門の夜景とその先の海が見えるだろうし、日中であれば、山をのぼりおりするロープウェイも見えるはずだ。

しかし、そんなタワーマンションらしい眺望に気を取られるのは、ほんの一瞬のこと。もっと違うものが、晴生達の目をとらえて放さなかった。

カラフルでおしゃれなキッチンに積みあがった汚れた皿、カップラーメンの空き容器、スナック菓子の空き袋。分別出来ていないゴミ袋の山。おしゃれに斜め貼りされた無垢材のフローリングの上にもゴミやホコリが撒き散らかされ、レモンイエローのソファの上には衣服が何枚も折り重なって山を作っている。

「ゴミ屋敷ってやつか」

弓月が鼻をおさえてうめく。さっき鼻をひくつかせたのは、廊下にまで漏れ出た強烈な臭いのせいらしい。晴生はマスクの中の汗臭さで鼻が麻痺(まひ)したのか、さほど感じなかった。

「蓮くんのお母さんはどこに?」

まだ廊下にいる亜寿美に晴生が尋ねると、亜寿美は我に返ったようにメガネを押しあげる。もちもちとした白い頬を緊張で強ばらせながら言った。

「蓮くんの母親は今日の午後、医師からの強い勧めにしたがって入院されました。私が病院まで車で送りました。ですからたしかに、蓮くんから見れば、私は『お母さんをさらっていった悪者』で間違いありません」

亜寿美のことさら事務的な声は最後の最後で震え、裏返る。

亜寿美は蓮の母親の病名は伏せつつ、心の病の一種だとだけ教えてくれた。医師に入院が必要だと判断されたことや、この部屋の様子から考えて、その症状が軽くないのは明らかだ。

やっとリビングルームに入ってきた亜寿美は、部屋の蒸し暑さにたちまちふき出す汗をハンカチでぬぐって、ため息をついた。

「母一人子一人、仕事も子育ても一人でがんばって、がんばって、がんばって……がんばりすぎたんですね」

「蓮はもっとがんばっていただろうけどな」

ゴミを掻き分け、ダイニングテーブルに腰をおろしていた弓月が、平坦な声をあげて頬杖をつく。晴生の視線からプイと目をそらしたその横顔は、怒っているように見えた。

晴生は全身が蒸れて痒くなってきたのを我慢しながら聞く。

「蓮くん、これからどうするんです？　お母さんが入院しちゃったら」

亜寿美は言葉が喉に詰まったように、軽く咳払いをした。

「施設の方で預かることにしました」

「あ、お母さんの入院中だけ？」

「いえ、退院後も……ずっと」

「それは母親の希望か？」

首をかしげた弓月としっかり目を合わせ、亜寿美は首を横に振る。

「いいえ。児童相談所に市民からの通告があったので、職員が何度か家庭訪問して調査と検討を重ね、提案させていただいたことです。最終的には母親の合意も得ましたが」

「そんな」と晴生はうめく。マスクの中でこもる声が、亜寿美にどれだけ届いているのかわからないけれど、とにかくつづけた。

「だって蓮くんはお母さんと一緒にいたいって願ってますよ。『お母さんが悪いやつにさらわれちゃう』『お母さんを助けてくれ』ってヒーローに頼むくらい必死に、母親を求めてる。違いますか？」

亜寿美がまつ毛を伏せて目をそらした。至近距離で顔を合わせ、亜寿美のまつ毛がメガネのレンズに当たるほど長いことを知り、晴生は気持ちがそれそうになったが、なんとか持ちこたえる。亜寿美から無理矢理視線をはずし、「だよね」と弓月に同意を求めたところ、そっぽを向かれた。あれ？　管理人さんって蓮の味方じゃなかったのか？　それにしても痒い。全身が痒い。いや、痒いというより、これは、熱い？　痛い？

意識が自分の体にフォーカスしたとたん、こらえようもない不快感が襲ってきた。ヒーロースーツの中で体が三倍くらいにふくれてしまったような圧迫感を覚え、呼吸も苦しくなってくる。世界が高速でまわっているように感じる。あ、これ、めまいか？

ゼエゼエと息を荒らげ、膝をついた晴生を、亜寿美があわてて支えた。

「大丈夫ですか？」

「うん。えっと、いや、やっぱりダメだ……気持ち悪い」

「大変。とりあえず横になった方が……」

「熱中症じゃないの？」

ダイニングテーブルから弓月の声がかかったかと思うと、荒々しい足音が近づき、有無を言わせずズポッとマスクが引き剝がされた。汗が飛び散る。うわ。汚い。臭い。恥ずかしい。

晴生は正体を知られたヒーローやマスクを剝がれた覆面レスラーの気持ちを少し理解しつつ、亜寿美の視線から逃れるように横になった。亜寿美は気にしたそぶりもなく、誰も使っていないバスタオルを取りあげると、甲斐甲斐しく晴生の顔や頭を拭いてくれる。

「こっちの方は、脱げませんか」

亜寿美にヒーロースーツを指さされ、晴生はあわてて首を横に振った。

「あ、無理です。『明日、修繕屋が来るまでは脱ぐな』って社長に言われていて」

「でも、事情が事情ですから。風を通して、熱を逃がさないと」

「だよな」と妙に調子のいい声がして、弓月の顔が晴生の前にぬっとあらわれる。尖った八重歯が覗いていた。悪い予感しかしない。

「非常事態だから仕方ないよな」

「ダメだって。あ、ちょっと、やめて」

晴生の弱々しい抗議の声など聞かずに、弓月は晴生をうつぶせにすると、ジッパーに手をかけた。そして、弓月の荒っぽいやり方に目を丸くしている亜寿美に顎をしゃくって、リビングの壁に設置されたエアコンを示す。

「おたく、あのクーラーをつけてきてよ」

「でも、リモコンが……ゴミの中で行方不明で」

「探してきて」

「あ、はい……」

堂さんを顎で使うんじゃない！　そう叫ぼうとして、晴生は床のホコリを大量に吸いこんでしまい、激しくむせた。亜寿美はそれも晴生の症状の一つだと誤解したらしく、泡を食ってゴミの山にダイブしていく。

ああっ。堂さん、すみません。罪悪感で凍りつきそうな晴生の背中に衝撃が走った。いつのまにか弓月がジッパーを両手でつかみ、ギジギジと力ずくでおろしていたのだ。嫌な音を立てて、スーツが裂けていく。

「あー……」

「よし、もう大丈夫」

晴生の気持ち的には全然「大丈夫」ではなかったけれど、弓月は満足げに言った。そして晴生の背中を支えて床に寝かせると、亜寿美と同じようにバスタオルで晴生の上半身や首や顔にふき出した汗をてきぱきと拭いてくれた。

意思とは裏腹に、晴生の強ばっていた筋肉が弛緩していく。肌でかすかな空気のゆれを感じることも出来て、晴生は文字通り生き返った。と同時に嗅覚もよみがえり、今さらながら部屋の悪臭に気づく。

晴生が鼻をおさえて「管理人さんって、案外力があるんですね」と言うと、弓月は得意そうに小鼻をふくらませ、細い腕を曲げてみせた。結構大きな力こぶが出来て、驚く。

「すみません」とゴミの山の向こうから、亜寿美の泣きそうな顔が覗いた。

「やっぱりないんですけど、リモコン……」

「ちゃんと探したのか?」と失礼なことを言いながら、亜寿美の方へ向かおうとした弓月の動きが止まる。亜寿美は不審げに弓月の視線の先を振り返り、ほっそりした手で口をおさえた。

あけはなしたドアの向こうに、目を覚ました蓮が立っていた。

蓮はドアにもたれかかるようにして、リビングルームの中をゆっくり見まわす。床に寝そべったまま動くことの出来ない晴生とも、当然目が合った。

寝起きの蓮は見知らぬ男に見つめられ、不思議そうに首をかしげたが、その男が脱ぎかけたヒーロースーツ、さらには傍らに転がったマスクに視線を巡らすやいなや、「いっ」と息をのむ。

「誰?」

「あ、えーと」

「もう、ヒーローじゃないの?」

晴生が答えあぐねている間に、蓮の目のふちにみるみるまた涙が浮かんだ。

「ヒーローがいなくなったら、誰にお母さんのことを頼めばいいの?」

ずきんと晴生の胸が痛む。「中途半端に手を出すのが一番害だって、知ってるか?」という弓月の言葉がよみがえり、ボディブローのように効いてくる。

気づくと、晴生の視線は弓月に向いていた。無意識に救いを求めてしまったのかもしれない。一方、弓月は晴生をまったく見ないままゴミを蹴散らし、ドアにもたれた蓮に大股で近づいていった。目いっぱい不機嫌な顔で。

弓月のそのあまりの迫力に、蓮の涙が引っこむ。弓月は蓮の肩に手を置くと、王子が姫の手に挨拶の口づけをするように、優美な動作で片膝をついた。

「何だ。今度は寝汗でびっしょりだな」

弓月は今まで聞いたことのないやさしい声で言って、晴生に使ったバスタオルを蓮の頭にかぶせ、ごしごし拭いてやる。蓮は文句も言わず、じっと立っていた。

弓月は手を動かしながら、「ヒーローに何を頼むんだ?」と蓮に尋ねる。

「お母さんを連れて帰ってきて、って」

蓮の返答に、弓月の手が一瞬止まり、また動き出す。しばらくして、弓月は「あのさ」とまた蓮に声をかけた。

「ヒーローは蓮のお母さんを連れ戻したりしないと、俺は思う」

びくりと体を震わせたのは、蓮ではなく亜寿美だった。「あの」と何か言いかけた亜寿美を振り仰ぎ、弓月は「わかってる」と短く答える。

そしてバスタオルを蓮の肩に落とすと、顔を覗きこむようにして、ゆっくり言った。

「だって、蓮のヒーローは蓮の味方だから、蓮がまた苦しくなっちゃうことはしない」

「どういうこと?」と思わず低い声でうめいた晴生とは対照的に、蓮はハッと顔をあげる。

その目には、驚きと恐れが浮かんでいた。

弓月は蓮だけを見つめて、つづける。

「お母さんが病気になったのは、蓮のせいじゃない。お母さんが怒りっぽくなったのも、家を汚くしちゃったのも、蓮が話しかけても答えてくれないのも、ごはんを作ってくれなくなったのも、洗濯や掃除をしてくれなくなったのも、全部、全部、蓮のせいじゃない。蓮が嫌いだったからでも、蓮が悪い子だったからでもないんだ。わかるか?」

蓮はだまって弓月を見あげる。泣くのを必死で我慢しているようだったけれど、その目はまた潤み、ポロポロと涙がこぼれた。ただ、先ほどまでとは違う、静かな涙だった。

「でもぼくが」と声を途切らせ、蓮は唇を噛む。血色のいい唇が真っ白になるまで強く噛みしめた。

「『助けて』って相談所に電話して、お母さんのことを話しちゃったから、お母さんはいなくなった。『よその人にお母さんのことは言っちゃダメ』って言われてたのに、ぼく、お母さんとの約束を守れなかった。お母さんはきっとぼくのこと、嫌いになったやんな? ぼくのこと、いらないって思ったやんな? お母さんは、お母さんは――」

後は言葉にならない蓮を、弓月が抱きしめる。細い自分より、さらに細く華奢な子供の背中に腕をまわし、力いっぱい抱きしめた。

晴生が床に寝そべったまま混乱した頭をもてあましていると、衣擦れの音をさせて亜寿美が傍らにしゃがみこんだ。

「体、大丈夫ですか?」と一応晴生の体調を気遣ってくれたが、視線は蓮と弓月に向けられたままだ。気もそぞろな顔をしている。晴生は声をひそめて聞き返した。

「あの。児童相談所にあった市民からの通告って……？」

亜寿美は泣きつづける蓮を痛ましそうに見やり、「ええ、蓮くんです」とうなずく。

「その前に小学校の方から、蓮くんが登校してこなくなって久しく、母親とも連絡がつかないという報告が入っていたんです。それで、私がまず最初のアクションとしてお家に投函しておいたSOS電話のチラシを、蓮くんが見つけたようですね」

——ぼく、ひらがなも数字も読める。一人で電話もかけられるよ。

そう言ってのけた時の蓮の顔と首回りの汚れたTシャツを思い出し、晴生は言葉を失う。

小さい子がたった一人でSOS電話をかけると決めたのは、生き延びるためのぎりぎりの選択だったのだろう。蓮にその選択をさせてしまう状況が、家庭という密室の中にあったのかと思うと、ゴミに埋もれた高級マンションの一室はより汚く、部屋に漂う異臭はよりいっそうきつくなってくる気がした。亜寿美ら児童相談所の職員達が、必死になって母親に働きかけて、蓮が社会から忘れ去られることを阻止したかった気持ちもよくわかる。

ヒーロースーツを着た自分の腰に『お母さんを助けて』としがみついてきた蓮の手の力がよみがえってきた。

蓮がヒーローに本当に助けてほしかったのは、蓮自身だったんだ。

ひどい生活環境から、母親への罪悪感から、抜け出したいと蓮は渾身の力で助けを求めてきた。

晴生は苦い咳をして、亜寿美から目をそらす。

蓮を助けたいと思った。その気持ちは本物だけど、助けられなかった。安全な場所から声高に主張する正義なんて、まるで役に立たなかった。結局、自分は「中途半端な害」だったのだろう。その事実を認めることはなかなかきつかった。就活に失敗することの何千倍もきつかったのだ。

しばらくして蓮が落ち着くと、弓月は蓮から体を離し、「ついでに、いいことを教えてやろう」ともったいぶってささやいた。

「ヒーローはいなくなってなんかいないぞ」

「え？　でも……」

蓮は言いよどみ、晴生をチラリと見る。マスクははがれ、ヒーロースーツはビリビリに破れた状態で床に伸びている自分が情けなく、いたたまれない晴生を尻目に、「そっちじゃねぇよ」と弓月の細くて長い指はまっすぐ蓮の胸を指した。

「ヒーローはここにいるんだ」

「ぼくの、中に？」

「ああ、蓮の心の中にいる。強くてやさしいヒーローがいるぞ。生まれた時からずっと一緒にいて、蓮が生きつづけるかぎり、これからもずっと味方してくれる」

花がひらくようにじわりじわりとゆるんでいく蓮の表情を覗きこみ、弓月は指先で蓮の胸をちょんとつつく。

「だからこの先、さびしい時、悲しい時、何かに迷った時は、いつもここに聞いてみな。ヒーローはきっとおまえを助け、守ってくれる。よりよく生きるための味方になる。信じろよ」

蓮はあわてて両手で涙をぬぐうと、「わかった」とホッとしたようにうなずいた。その顔にかすかに残る戸惑いは、母親を案じる気持ちだろうか。

栄養失調の吸血鬼みたいな弓月の背中がずいぶん大きく、たくましく見えた。

それはきっと、晴生だけの錯覚ではなかったはずだ。

*

今から施設へ向かうという亜寿美と蓮とは、マンションの前で別れる。

雨はとっくにあがり、夜空に小さな星がいくつか瞬く中、リクルートスーツとマスクとグローブが一緒くたに放りこまれた紙袋を腕からさげ、マントを引きずり、ビリビリに破れたみすぼらしいヒーロースーツ姿の晴生にも、蓮は神妙な顔で手を振ってくれた。

「またね、ヒーロー」

ランドマークになるほど高いマンションを背にすると、蓮はいっそう小さく見えた。

イレブンモールを抜け、ベイリー邸までの長い坂道をのぼりはじめても、晴生も弓月も何も喋らなかった。ただ二人して、時折、後ろを振り返っただけだ。

蓮と亜寿美の姿はとっくに見えなくなっているのに、『セントラルシャトー古観門』のシルエットはいつまでもにょっきりそびえ、追ってくる。晴生はそれが何だかとても悔しい気がした。

やがて極細の坂道にさしかかり、弓月、晴生の順で縦一列になるのを待って、晴生はようやく口をひらく。

「蓮くんが自分で児童相談所に電話したって、管理人さんはどうしてわかったんですか?」

しばらく間があった。後ろから見ると、外灯のない道に黒い服と黒い髪で、弓月はほとんど闇に溶けこんでしまっている。夜と喋っているようだ、と晴生が思った時、気まぐれな流れ星のように弓月の声が返ってきた。

「服を着替えさせた時」

夏の夜の空気を底からゆっくりかき混ぜるような、静かな声だ。

「あの時、見ちゃったんだよね、蓮の体。痣だらけだった」

しんとする。どこかで猫が鳴く。

「虐待ってこと?」

晴生の問いかけに、かすかに湿り気を帯びた空気が動いた。弓月がうなずいたらしい。

「家の中で命の危険を感じたら、どんなに小さな子供だって外に逃げようとする。当たり前だよな」

また猫が鳴いた。晴生は想像してみる。一番安全なはずの家の中で、ぜったいに守ってくれるはずの親から、暴力をふるわれることを。その時、子供が抱く絶望の形を。悲しみの大きさを。すぐにたまらなくなり、闇の中でさらに目をつぶった。

「自分を痛い目や怖い目に遭わす人間が嫌いになるのだって、これまた当然だよな」

闇から流れてくる弓月の声は相変わらず静かだったけれど、目をひらいた晴生はそこにはっきりと怒りがこめられていることに気づいた。なまなましい熱を帯びた怒りだった。

「けど、子供は違うんだよ。親を嫌うことを罪に感じる。どんな最低な親のことだって、愛したいと願っている。いや、もうほとんど祈ってるんだ」

弓月の黒い背中がかすかにゆれる。前を向いたままの弓月の表情はわからない。声だけが感情の幅を広げていく。

「『明日になれば』って子供は思う。『明日になれば、またお母さんが笑ってくれるかも』『お母さんの病気がよくなるかも』『また前みたいにおいしいごはんを作ってくれるかも』って。親から愛されることへの希望を捨てられないんだ」

「蓮くんも？」

「もちろん。だからこそ、ひどい虐待を受けつづけて、怯えて、一度は離れたいと願った母親のことを『取り戻してくれ』と、ヒーローに泣きついたんだろ」

弓月はそこでいったん言葉を切り、ことさら感情を排した口調で言い切った。

「そんな子供相手に、いついかなる理由があっても、親は暴力をふるったらアウトだ」

弓月の声が震えていたのは、気のせいだろうか？　相手の顔が見えなくて救いになることもあるのだ、と晴生は今夜はじめて知った。

外灯の光が遠ざかり、また闇が戻ってくる。闇に目が慣れる頃、ミシン坂と呼ばれる最後の坂があらわれた。辺りはしんとしていて、もう猫の声も聞こえない。

広くなった道幅に合わせて、晴生は少しスピードをあげて弓月の隣に並ぶ。嫌がるかな、と思ったけれど、弓月はだまって夜空を見あげただけだった。

とつぜん港の方でボーッと汽笛が低く鳴る。それが合図だったかのように、「そういえば」と弓月がいつもの不機嫌な声に戻って尋ねてきた。

「どうだった、就職活動の方は？　今日、最終面接だったんだろ？」

食事会の時に晴生が漏らした予定を、しっかり覚えていたらしい。晴生は紙袋の中でしわの寄ったリクルートスーツを見おろし、ため息をついた。

「まだ正式な通知は来てないけど、ダメだったと思う。俺、余計なこと言っちゃったから」

「ふーん」と弓月はつまらなそうに相槌を打ち、あくびした。

「管理人さんの言う通りだよ。俺の理想とかこだわりとか価値観とか、結局全部、中途半端なんだ。害にしかならない」

蓮くんのことだって、俺は何の助けにもならなかったし、と口ごもる晴生に、弓月は「もう過去形かよ」と突っこんでくる。

弓月が足を止めたので、晴生も倣(なら)い、弓月に向き直った。夜の空気にさらされ、ますます澄みきった切れ長の目が、闇の中できらりと光る。

「おたくの『人助け』って、これで終わりなのか？　蓮の人生はこれからだぞ。助けはこの先何度だって必要になる」

「俺のことも、必要としてくれるかな？」

心底不安そうな晴生にうなずき、弓月は「愛情を持って見守ってくれる大人は、何人いたって嬉しいもんだ」と請け合ってくれた。「それに」と天を仰いで伸びをする。

「おたくなら、どんなに要領悪くても、不器用でも、まっすぐ生きてる大人がいるってことを証明してやれるだろ？　それって結構尊いと思うけどね、俺は」

ちらりと視線が飛んでくる。晴生は坂が急になって乱れた息を整え、大きくうなずいた。

「俺、がんばります、いろいろ」

「ああ。まずは就活だな」

「はい……」とうなだれた晴生の後ろから、車のクラクションが控えめに鳴らされる。

振り向くと、決して広いとは言えない道幅いっぱいに旧式の黄色いビートルが停まっていた。有がヘッドライトを消した車内から笑顔で手を振っている。

「お二人お揃いで、今、帰り？　乗ってくか？」

太い眉が特徴的な有の四角い顔には笑いじわが刻まれ、アロハシャツが似合っていた。人が好さそうなおじさんだな、と晴生は思う。

弓月は「道を間違えないでくれよ」と言いながらドアをひらき、さっさと後部座席に乗りこんだ。有を指さし、「この人、社長付運転手なんてやってるくせに方向音痴でね、前に乗せてもらった時はひどい目に遭った」と晴生に言いつける。

「今日は大丈夫さあ。ミシン坂一本道だし」

有はハンドルに両肘をのせたまま、特に腹を立てた様子もなくのんびり答えていたが、弓月の後につづいて乗りこんだ晴生のいでたちを振り返って確認すると、目をむいた。

「風間くん、何その恰好？　死闘を演じたヒーローか？」

「いや、あの、ちょっと事情がありまして」

晴生は恥ずかしさで顔を熱くしかけたが、ふと胸を指して弓月に尋ねてみる。

「管理人さん。俺のここにもいますかね、ヒーロー？」

弓月は不機嫌な顔つきのまま何も答えない。有は聞こえなかったふりをすることに決めたらしく、サイドブレーキをおろして車を発進させた。ドゥルットゥルッルルと古い車のエンジン音が車内に響き渡る。

晴生が返事をもらうことを諦めた頃、咳払いにまぎらすように、ようやく弓月は口をひらいた。

「いるに決まってんだろ。少しは自分を信じなよ」

低く不機嫌そうな声だったけれど、弓月ははっきり言い切ってくれた。晴生の心はふわりと軽くなり、それからじんわりあたたかくなる。お礼を言ったら弓月が怒り出しそうだったので、喜びを車窓に押しつけて観門の夜空を見あげた。

第 二 章

わたしの竜宮城

ＡＫＧのヘッドホンから、ザ・ビーチ・ボーイズのコーラスをシャワーのように浴びる。ファルセットが何色もの音となって跳ねているのに、この静けさは何だろう？　まるで海の底をたゆたっているようだ。鼓膜が震える。圧がかかる。

「いいわあ」

由木暢子は床にぺたんと腰をおろし、ボブカットの銀髪を肩の上でゆらしながら、うっとり空を見た。残暑厳しい九月の空は、それでも薄皮が剝がれ落ちるように少しずつ淡くなり、秋に近づいている。視線をおろすと、窓際にたてかけたミラーに目尻をさげた自分が映っていた。その目尻に何本も細かいしわが寄っているのを見つけて、暢子はついと視線をそらす。そのまま、部屋を見渡した。正八角形の建物の辺に合わせて作られた台形の部屋だ。その形も、漆喰の壁も、天然無垢材を使った床も、上げ下げ窓の枠がアルミではなく木であることも、波打った古い窓ガラスがはまっていることも、窓の上部に半円形のファンライトがついていることも、暢子が漠然と抱いていた『洋館』のイメージを損なっていない。子供の頃、家の本棚に並んでいた『赤毛のアン』を読んで、グリーンゲイブルズのような家に住んでみたいと夢見たものだが、七十に手が届く年齢になってからその夢が叶うとは思わなかった。

とはいえ、不動産屋に勧められた『シェアハウスおためしキャンペーン』に参加することに当初、戸惑いや不安がなかったと言えば嘘になる。自分にしては跳んだ方だと思う。レコードで聴いていたザ・ビーチ・ボーイズの全アルバムをデータで買い直してｉＰｏｄに落とした時以来の大ジャンプだった。住むところも、行動パターンも、近所付き合いも、いったんすべてゼロにしたんだから。

観門とは縁もゆかりもなく、生まれてからずっと東の都に住んできた暢子を、その不動産屋の男性は実にうまくのせて、スムーズに決断させてくれた。顔も名前ももう忘れてしまったが、「いいわあ」としみじみ部屋を見渡すたび、館全体を見あげるたび、暢子は不動産屋に深い感謝を捧げてしまう。実際、ベイリー邸に住みはじめて半年と少し経つが、建物が古いゆえの不便さすら味に思えて不満は何もなかった。

シャッフル機能で『グッド・ヴァイブレーション』から『ファン・ファン・ファン』に曲が変わると、暢子は膝をついて四つん這いになり、ヘッドホンのコードの届く範囲でそろりそろりと本棚ににじり寄っていった。

本棚には、ページが黄ばんだり折れたりしたコミックスがずらり並んでいる。一見古本のようだが、いずれも発売と同時に買った新本達だ。長い年月を過ごす折々に読み返していたら、こうなった。

中村光の『聖☆おにいさん』と楳図かずおの『まことちゃん』で迷いに迷った後、『まことちゃん』のコミックス第七巻を抜き出す。同時に、腕を伸ばした際にめくれあがったブラウスの七分袖を丁寧に戻し、細い血管が何本も浮き出た腕を隠した。そしてまた元の位置に戻ると、ヘッドホンをつけたまま、おもむろにページを繰りはじめた。

一話読んだところで、コミックスとヘッドホンを置き、ライティングデスクの上にのった紙包みをあけに行く。紙包みの中には、文明堂の三笠山が入っていた。このどら焼きが、暢子は子供の頃から好物だ。本店は東の都にあるが、観門市内のデパートに入っている支店でも同じ商品が買えるため、ちょくちょく買いに出かけている。生菓子なので買いだめ出来ないのが悩みだった。

どら焼きを齧（かじ）りながら戻ってきて、ふたたびヘッドホンをつけてコミックスに目を落とした時、曲と曲の間の静寂を破るようにノックの音が聞こえてきた。

ヘッドホンをおさえて無視しようとしたのを見透かしたように、ノックの音は大きくなる。暢子は仕方なく音楽を止めて、未練たらしくコミックスを一ページだけ大急ぎで読みながらヘッドホンをはずし、赤いドアに向かった。

細くあけたドアの向こうに立っていたのは、シェアハウスの住人、喜多嶋麻矢だ。住人の中で女性は、彼女と暢子しかいない。とはいえ、世代もタイプも違う麻矢の言動に、暢子が共感を覚えたことは一度もなかった。学生時代だったら確実に交わらない相手だろうと思う。暢子は会社員時代の接待の席と同じ微笑みを浮かべて、小首をかしげた。

「何かご用事?」

「今日、暢子さんが食事当番ですよね」

麻矢は屈託のない笑いを浮かべる。ふっくらした頬にぺこんとえくぼが出来た。たいそう愛嬌がある。顔も体も丸く、女らしい。子供の頃から痩せっぽちで、全体的に潤いの足りない暢子とは、そんなところも正反対だった。

「あら、今日？　水曜日？」

頓狂な声をあげる暢子を見て、麻矢は「よかったら」と笑みを濃くする。

「一緒に作りましょうか？　さっき見たら、冷蔵庫の残り物と乾物をうまく合わせれば大皿三品くらい出来そうでしたよ」

暢子はゆっくりまばたきする。麻矢が何を言っているのか、よくわからなかったのだ。残り物？　乾物？　大皿三品？　一緒に作る？

「残念だけど、今日の夕飯はもう決めてあるの。買い物に行かなくちゃ。ちょうどデパートの方から呼び出しもかかっているし」

「呼び出し？」と怪訝な顔になる麻矢に、暢子はたたみかける。

「ええ。ネジを巻かなきゃいけないのでね」

麻矢の目が細くなり、これみよがしにため息をつかれた。暢子はひるまず、つづける。

「あら、知らなかった？　観門の町ってぜんまいで動いてるのよ。いくつか分けて置いてあるネジの一つが、萬角(まんかく)デパート地下の配電盤の中にあって――」

「そうですか。暢子さんがデパートによく行かれるのは、ネジを巻くためだったんですか」

「うん。観門の町の繁栄に少しは役立っているのよ、わたし」

麻矢は呆れた顔を隠そうともせず、「いってらっしゃい」と頭をさげて話を打ち切った。

こういう会話は歓迎してくれないタイプの人間なのだ。

「つまんないの」と暢子はドアをしめてからつぶやくと、気持ちを吹っ切るように勢いよく、本棚の横に積みあがった衣装ケースに振り向く。

「さて、何を着ていこうかな?」

その口調は、これからピクニックにでも行くような気楽さに満ちていた。

*

芥子色のリネンワンピースに藍染めのポシェットを合わせた暢子が、赤いドアをあけて回廊に出ると、ラジオ体操の朗らかな音楽が聞こえてくる。

一階に玄関ホール、二階に食堂を有する、先細りの八角形の塔の、三階のバルコニーで、管理人の弓月がラジオ体操をしていた。

玄関側の眼下に広がる観門の町と港をまっすぐ見おろし、手をあげたりおろしたり、膝を曲げたり伸ばしたりしている。漫画のキャラクターのように細く、顔の小さすぎる体形も、白い肌も、尖った八重歯も、ラジオ体操という健康的な行為をしつつ贔屓(ひいき)のサッカーチームが負けた時のような薄暗い不機嫌さを全身から立ちのぼらせる雰囲気も、住人達がつけた『吸血(鬼)』という渾名(あだな)にふさわしかった。そもそもは苗字をもじった渾名だということを忘れてしまうほどしっくりと身に馴染んでいる。シャツもズボンも靴下も靴も全部黒いものを身につけるという嗜好がまた、吸血鬼っぽさを後押ししていた。

暢子が八角形の中庭を囲む回廊を玄関ホールの方に進んでいくと、ぶっきらぼうな声がかかる。

「買い物？」

海側を向いていたはずの弓月がいつのまにか反転して、手すりにもたれかかるように中庭と回廊を覗いていた。少し拗ねているような幼い声だ。見た目こそ怜悧な吸血鬼だが、弓月には子供っぽい表情や言動がちょくちょく顔を出す隙があった。娘が三人いるという麻矢はよく「息子がいたらこんな感じかしら」とはしゃいでいる。独り者の暢子にはよくわからない視点と感覚だったが、弓月がある種の魅力を持つ青年であるという意見にはうなずけた。

暢子は手で庇を作ってバルコニーを見あげる。

「そうよ。今日はわたしが食事当番だから」

毎週水曜日は、シェアハウスの住人達が持ち回りで食事当番を受け持ち、みんなで食卓を囲むのが習慣となっている。不動産屋のシェアハウスおためし企画に応募してきた世代の違う住人達が、限られた期間の中でなるべく交流を持てるように、そして、それが仕事とはいえ面倒なゴミ出しや掃除、日々老朽化していく洋館の細かなメンテナンスなどを一手に引き受けてくれている住みこみの管理人をねぎらおうと、麻矢が言い出したことだ。

こうして住人の中で唯一食事当番を免れ、もてなされる側にまわった弓月だが、喜んでいるようには見えない。毎週、世にもつまらなそうな顔をしてもくもくと食べていた。そのくせ、他の住人達の会話はしっかり聞いているらしく、厭味や嘲笑だけはすかさず挟んでくる。

暢子の言葉に「ふうん」と興味のなさそうな返事をして、弓月はラジオ体操を再開した。また海の方を向き、暢子にそれ以上注意を払う気配はない。仕方なく暢子は弓月のすぐ上、八角形の赤い屋根に立つ、丸々とした風見鶏に視線を移して「いってきます」とつぶやいた。


ベイリー邸の前のミシン坂を皮切りに、坂道をえんえんとくだっていく。のぼる時は大変だが、くだるのはゆっくりであれば楽しい散歩だ。たいした苦もない。坂の町とも言われる観門に住みはじめて半年、暢子の足腰はすっかり強くなっていた。

途中、バス通りに出ると、レトロな色使いのバスが走っていた。観光用の周遊バスだ。回り道の多い路線だが、萬角デパートの前も通るため、のぼり坂だらけの帰り道は利用することもあった。

道幅が広くなってもなおゆるやかなくだり坂がつづく道を、七ノ淵駅の高架をくぐってから西へ曲がる。交通量の多い車道の両脇に、街路樹のある歩道が作られていた。やがて格子状に整理された区画に沿って並ぶレトロなビルや建物が目に入ってくる。神殿のような円柱や煉瓦の外壁やテラコッタの装飾に異国の香りを嗅ぐ。旧居留地と呼ばれる地域に入ったのだ。この辺りの町並みには、観門港がひらかれた江戸時代に、イギリス人技師が近代都市を作るべく設計した当時の名残がまだ色濃くあった。

暢子が観門に住みはじめてから、三日にあげず通っている萬角デパートもその一画にある。

四つ角にそびえる建物は道路のカーブに沿って丸みを帯び、整然と並んだたくさんの窓がデパートの規模をあらわしていた。

　太い円柱や天井がアーチ型になっている回廊など、古き良き旧居留地時代の雰囲気を損なわずにきた感のあるデパートだが、ふた昔ほど前に観門の町を襲った地震によって損壊し、全館の営業再開まで二年以上かかった歴史がある。東の都で生まれ育った暢子は地震のニュースは見聞きしても、潰された町がどうやって復興してきたかの歩みまでは知らずに生きてきた。この町に住まなければ、知らないまま死んだのだろう。

　デパート正面玄関前の四角い時計台のてっぺんには、帆船のオブジェをのせた風向計がついていた。風見鶏ならぬ風見船だ。この風見船にも七不思議があるのかしらと考えながら、暢子はデパートの玄関をくぐる。


　静かなＢＧＭ、店員の丁寧な挨拶、客のはなやいだ会話、それらが織り重なってうわんと鼓膜の震えるこの瞬間が、暢子は好きだ。デパートっていいなと、幼き日に東の都の老舗デパートへ連れていってもらった時と変わらぬ感想を今も抱く。背筋が伸びる。あの頃のようにワードローブの中で一番よそゆきのワンピースを引っぱり出すことはないけれど、それでもデパートに行く前は自分の恰好をいつも以上にチェックしてしまう。夢の箱であるデパートへの敬意は、昔も今も変わらなかった。

　すでに冬に向けてムートンブーツがお目見えしている婦人靴売場とフリンジのついたボル

ドー色のクラッチバッグに心惹かれるバッグ売場の間を抜け、そのままフロアを一周する。商品を眺める客がいて、その客に声をかける店員がいた。甘やかなにおいは、化粧品売場の方からしてくるのだろう。各化粧品ブランドのブースには、顔も爪も完璧に塗りあげた美容部員に身をゆだね、バージョンアップしたマスカラや新色の口紅を試している客の姿があった。

ある海外化粧品ブランドのブースの壁に貼られていた大きな写真の外国人モデルと目が合って、暢子は足を止める。あさってを見ているような不安定な上目遣いが魅力的なモデルの口紅は真っ赤だった。

「口紅は赤」という流行サイクルを、わたしは何度経験したかしら？　暢子は考える。自分の肌にはベージュ系が似合うと思って、国内ブランドの同じ品番の口紅を買いつづけてきたから、赤は一度もつけたことのないままこの年になってしまった。暢子は軽く頭を振ってブースを離れ、エスカレーターに乗る。

海外ブランドのジュエリーや洋服が並んだ二階ではおりずに、そのまま三階まであがる。3という階数表示の下には『ガールズ』という文字を混ぜこんでフロアの特色が書かれていたが、暢子は気にせずおりた。自分のサイズと雰囲気に合った洋服を探して行き着いた店が、ガール向けだろうがドッグ向けだろうが関係ない。

暢子は今日はどの店をまわろうかと、フロアマップを眺める。方角表示にきっちり『海側』『山側』と書いてあった。この町独自の方向感覚を愉快に思う。

三階のお気に入りの店をいくつかまわり、階段であがって『ミセスエレガンス』が特色の四階でも贔屓の店を見る。今日入ってきたばかりだというキャメル色のトレンチコートのデザインに心惹かれたが、昔からコートはAラインと決めているので、試着は見合わせた。すっかり顔見知りになった店員に「いつもありがとうございます」と頭をさげられ、暢子はエレベーター乗り場まで引き返す。

心浮き立つ巡回の後は、食事当番のノルマを果たさねばならない。暢子はエレベーターで一気に地下一階までおりる。気分まで急降下だ。

他の階とは活気の種類が違う地下フロアを突っ切って、野菜、肉、魚といった生鮮食品と調味料が集まったコーナーまで来ると、暢子は唇を噛んで腕組みした。

「さて、何にしよう?」

ノープランである。献立を考える気が起きないので、いつも出たとこ勝負だ。ただ残念なことに、出たとこ勝負ができるほど暢子は料理が得意ではなかった。完全な負け試合だ。

「まあ、とりあえずまわってみましょうか」

暢子はカゴを取り、ふらふら歩き出す。さっきまで洋服売場を闊歩していた足取りと違って、いかにも頼りない。子供のお使いのようだ。

幼い頃に母を亡くした暢子は、仕事で世界中を飛びまわってほとんど家にいない父親が雇ったお手伝いさんの手料理で大きくなった。さらに社会人になってからも実家を離れず、結婚もしなかったため、暢子は誰かが作ってくれるごはんを何の疑問もなくいただく側にずっといた。料理だけではない。掃除、洗濯といった家事のたぐいからも自由だったので、仕事以外の時間はすべて音楽を聴いたり、映画を観たり、漫画を読んだり、自分の好きなことに費やせた。

父が出張先のフィジーで脳卒中を起こしてあっけなく逝き、現地に暢子より若い妻と子供がいたことが発覚すると、お手伝いさんがひどく取り乱して辞めてしまった。このため、暢子は生まれてはじめて自炊の必要に迫られたが、幸か不幸か会社員としてそこそこ忙しくしていたため、朝はコーヒー、昼は会社の社食でA定食、夜は接待飲みが入っていなければ、デパ地下の惣菜か蕎麦屋かバーにもなるカフェでさらりと済ます、という外食中心の一人暮らしに落ち着いた。会社を定年退職し、七十が間近になった今も一向に自炊の習慣は身につかず、調理以前に食材の買い物もほとんどしたことがない。

暢子は色とりどりのサラダが並ぶ惣菜売場を振り返って、恨めしげにつぶやく。

「あっちの方がずっと手軽なのに。何でわたしが作らなきゃならないの？」

食事当番および水曜日の食事会の言い出しっぺである麻矢の掲げたコンセプトは、「手料理のあたたかさで、シェアハウスの人間関係を円滑に」だが、自分の手料理はむしろ住人達の関係にひびを入れそうだと暢子は常々思っていた。

実際、今までまわってきた食事当番については苦い思い出しかない。

女性かつ年長者であるというだけで異様に期待値の高かったはじめての食事当番で、暢子が食堂の広いテーブルに置いたのは、大きなル・クルーゼの鍋一つきりだった。

「煮物かな？」

常に笑顔を浮かべている川満有も、暢子が蓋を取ったとたん真顔に戻って「う」と一言うめいたものだ。

他の住人達がいっせいにだまりこんだ夕ごはんは、鍋で作った大量のインスタントラーメンだった。具はつながった輪切りのネギのみで、麺はふやけて伸びていた。

お椀を片手に真っ先に鍋に直箸を伸ばしたのは暢子で、「まずい」と事実をためらいなく口にしたのも暢子だ。顔を合わせて日の浅い他の住人達は目を伏せていた。ただ一人、管理人の弓月だけは平気な顔で鍋いっぱいのふやけたインスタントラーメンをたいらげたものだ。

二回目の食事当番の時は『闇鍋』と称して、これまたル・クルーゼの鍋に適当に材料を放りこみ、とにかく煮た。しかし、「出汁(だし)をとる」という概念が暢子の頭から欠落していたため、ぐずぐずに煮崩れて形をなくした何かに、麻矢が提供してくれたポン酢をかけて無理矢理飲みこむという苦行が発生した。この時も、鍋の中身は弓月が一人でほとんど食べきってくれたはずだ。

以来、暢子の当番がくるたび、キムチを炒めただけのおかずにトースト、茹でたまごと白米、キャベツとアンチョビをひたすら煮こんだ末の何か、等々いびつな料理がテーブルに並びつづけ、住人達の顔は引きつり、口は重くなる一方だ。

どんなにおいしい料理もまずい料理も等しくもくもくと食べきる弓月と、仕事だ何だと理由をつけて食事会をドタキャンしがちな有はさておき、料理が好きで得意でもある麻矢は、暢子の食事当番の日になると死んだ魚のような目をして一日を過ごしていた。

そんな麻矢からは、今までも何度か「一緒に料理をしましょう」「手伝いましょう」と申し出があったが、暢子は今日の『ぜんまいとネジ』みたいな荒唐無稽な作り話をして受け流しつづけている。自分のペースや空間を他人に乱されるのは、暢子にとって料理で途方に暮れるよりずっと嫌なことなのだ。

それに、と暢子はいささか憤慨している。わたしは料理の腕がないんじゃないわ。料理に興味が持てないだけ。考える時間がもったいないから、投げやりに作っちゃうの。料理に費やす時間を、もっと楽しい別の趣味にあてたいと思ってしまうのよ。

暢子は調味料の棚からボトルの色使いが目を引いたサルサソースを取って、カゴに放りこむ。サルサソースをどう料理に使えばいいのかまでは考えない。ただ『メキシコ料理になくてはならない』というラベルの説明書きを読み、じゃ、メキシコ料理でいきましょう、とあっさり決めた。決めたはいいが、メキシコ料理が何なのかよくわからない。食に興味がないってつらいわね、と他人事のように思う。

「緑とか赤っぽいイメージだったような」

アバウトすぎる見当をつけて、暢子は目についた緑と赤の食材および調味料をすべてカゴに放りこんでいった。このあたりの金銭感覚は、いまだ「お嬢さん」のままだ。必要な物を適正な分量で買うことが出来ない。

自分が肉も魚もあまり好きではないという理由からそれらのコーナーは除いて、緑と赤をひと通りおさえると、暢子のカゴは持ちあがらないほど山盛りになっていた。

レジに表示された15,800という数字を見て、暢子は首をひねりながら財布をあける。

父の遺産は、弁護士に頼んでフィジーの妻子や娘の自分だけでなく、内縁関係にあったらしいお手伝いさんにも分配してもらった。父の後輩だという優秀な弁護士は、各方面を丸くおさめてくれたものだ。その際、暢子は弁護士の勧めにしたがって、父のお金で小さなマンションのオーナーとなった。おかげで定年後の今も、買い物や旅行を好きなだけ楽しめるくらいの収入は得ている。だから、お金に困っているわけではないが、食事当番の買い出しのたび「自分も他人も喜ばない物を買う必要があるのかしら」と釈然としない思いは残った。

暢子が難しい顔をしている間に、レジ係が重たいカゴをカートにのせてくれ、さらに「あの」と話しかけてきた。

「配達サービスをご利用なさいますか?」

「そんなものがあるの?」

「新しくはじめたんです。地下の食品売場で一万円以上のお買い物をされて、なおかつ、お住まいが隣接区のお客様であれば、無料で配達させていただきますが」

暢子は自分の住んでいる区名がとっさに出てこなくて、「北屋丘町は?」と小声で聞く。

「もちろん大丈夫です。では、サービスカウンターの方で手続きをお願いします」

レジ係はニッコリ笑って、先にある小さなブースを指し示した。

サービスカウンターで用紙に住所や電話番号など必要事項を記入して配送手続きを済ませると、暢子は地下にあるジューススタンドで一息入れた。

デパートに来たら、最後にフレッシュジュースを飲む。

これは東の都にいた頃からの、もっと言えば、はじめてデパートに入った幼き頃からの暢子の習慣だ。今では喉が特に渇いていなくても、どんなに急いでいても、デパートから帰る前にジューススタンドに寄らないと落ち着かない体になってしまっている。

部屋で聴く音楽、読む漫画、着る洋服、化粧品、デパートでの過ごし方まで、自分なりのお気に入り、いい、いい、お気に入りを大事に生きてきた暢子だが、この頃はうっすら、そのお気に入りという箱に合わせて自分の人生を狭めてしまったかもしれないと感じる時もあった。

＊

暢子が手ぶらでベイリー邸に帰ってくると、麻矢が玄関ホールの広い床を使って梱包を解いている最中だった。段ボールと大量の発泡スチロールの向こうに、大きな梯子とプラスチックの塊が見える。

「また通販？」

暢子が聞くと、麻矢はふっくらとした頬をさらにふくらませた。

「この間買ったのは、キッチン用品。今回はガーデングッズですよ。長梯子とソーラーイルミネーションライト。テレマキオでイチオシされてたし、ネットのレビューもよかったし、ほら、クリスマスシーズンにここの中庭の銀杏を光らせたら綺麗かなあって」

けっして無駄遣いをしたわけではない、と言いたげな麻矢の顔を見て、暢子はだまって微笑む。「買った物に対してあれこれ口を出されたくない」という麻矢の気持ちには、おおいに共感出来たからだ。

もっとも、デパートでの買い物が楽しい暢子に対し、麻矢はもっぱらテレビショッピング派だ。特に、落語家風の恰好や語り口で有名な名物社長がみずから司会を務めるテレマキオという番組を贔屓にしており、ベイリー邸にはテレマキオのロゴが印刷された段ボールが麻矢宛で頻繁に届いた。そのたび、玄関ポーチやホールは段ボールに占拠され、装飾された大理石の暖炉が見えなくなる。

麻矢は暢子が手ぶらであることに気づいて、眉をあげた。

「暢子さん、ひょっとして夕ごはんの材料を買いそびれました？　私、作りましょうか？」

言いながら頰がゆるみ、ぺこんとえくぼが出来る。暢子が手ぶらの理由を説明しようと口をひらきかけた時、古いチャイムの音がした。暢子はドアとは反対側の壁についたテレビモニターに視線をやる。ベイリー邸のチャイムは昔ながらのものを使っていたが、その横に小さなカメラ付きのインターホンが取り付けられ、一階の玄関ホールと二階の食堂のモニターでそれぞれ来訪者を確認出来るようになっている。

食堂にいた弓月が暢子より先に応対したらしく、暖炉の向かいにある階段をおりてくる足音が聞こえた。足音の軽やかさとは真逆の低い声で告げる。

「萬角デパート配達サービスだってよ。今度は何の通販だ？」

えー、と麻矢がひっつめた黒い髪をゆらして首を横に振る。

「私はテレマキオの通販しか利用せぇへんよ」

「頼んだのは、わたし」と暢子が片手を胸の前まであげた。

「萬角デパートの食品売場でたくさん買い物したら、配達してくれるっていうから」

「ああ。今日はおたくが食事当番だったな」

切れ長の目を細めて自分を見おろす弓月の視線から逃れるように、暢子はいそいそ玄関のドアをあけに行く。


ドアの向こうにいたのは、銀縁の大きなメガネをかけた男性だった。額の生え際が後退した白髪まじりの髪は山から吹く風に乱れに乱れ、買い物袋三つ分の食料を抱えた細い腕には青黒い血管が浮かびあがっている。鼻の下から汗がふき出し、息もたえだえの様子だ。半袖の白いボタンダウンシャツにネイビーのチノパンという大学生のような恰好は配達係の制服だろうか。とりあえず似合っていなかった。配達は、それこそボタンダウンシャツとチノパンを着るために生まれてきたような、筋骨たくましきさわやかな若者が担当するものだとばかり思っていた暢子は、男性の老いに恐れをなす。

「萬角デパート配達サービスです。すみません。ミシン坂でしたっけ？　あの坂、大型車が入れなかったものですから。歩いてあがってきたら遅くなりまして、申しわけない」

暢子はだまってうなずきながら気の毒になる。北屋丘町ひいては観門市の代名詞である坂の中でも、ベイリー邸のすぐ前までつづくミシン坂は勾配のきつさが一、二を争うと言われている。実際、滑り止めの丸いくぼみがついているほどだ。車の乗り入れは禁止されていないが、よほどの運転技術を持っていないと屋敷の塀にこすったり、ズルズル後ろに滑ったりしてしまい、危険だった。老いた配達員が坂の下に車を停めてきたのは賢明な判断だと、失礼ながら思う。

「それは大変でしたね。あの、荷物ありがとうございました」

暢子が手を差し出すと、男性は足を踏んばり、メガネの奥の目を大きく見ひらいた。

「大丈夫ですよ。これは私が運びます。どちらに入れましょう?」

「えっと、とりあえず中に。玄関ホールに置いていただければ十分です」

「わかりました」

暢子が背中で支えているドアの前を通って、男性は買い物袋をすべて持って入る。玄関ホールのシャンデリアと暖炉、そして大量の発泡スチロールにまみれる麻矢を見て、動きが少し止まったけれど、ゆっくり腰を落として買い物袋を床に置いた後は、下世話な好奇心を見せずに回れ右してまた外に出た。

「どうもご苦労様」

暢子が車寄せの玄関ポーチまで見送りに出て、さげたままのポシェットの紐をいじりながら頭をさげたところ、「あの」と声がかかる。

　顔をあげると、男性がメガネの銀縁を持ちあげて暢子をじっと見つめていた。

「失礼ですが、ひょっとしてお客様……ホーデン商會の由木暢子さん？」

「え？　ええ。昔、勤めてましたけど」

「あ、やっぱり。あの暢ちゃんか。僕だよ。武居。ホーデンで同僚だった武居尚基です」

　今度は、暢子がじっと見つめ返す番だ。

　武居尚基。その名前は覚えていた。忘れるわけない。だけど、目の前の武居はあまりに……老人だった。

「おじいさんになりすぎて、わからないか」

　武居は寂しそうにクシャッと笑って頭を掻く。その仕草に、ようやく暢子の記憶の中の武居尚基と目の前の武居尚基の像がかぶった。とたんに感情が渦を巻く。そうだ。武居さんはいつもこんなふうに笑っていた。どんなに楽しい時でも、寂しげな笑顔を作る人だった。あの頃は、ここまで顔中にしわが深く刻まれたりしなかったけれど。

「覚えています」と暢子が短く答えると、武居は思わぬ再会にひとしきり感激してみせた後、目を細める。

「暢ちゃんは全然変わらないな。髪型も体形もあの頃のまんまじゃないか」

「いえ。髪型は同じでも、白髪になりました」

「綺麗な銀髪だ」

武居はさらりと言って玄関ポーチから半歩踏み出し、八角形の赤い屋根を仰ぎ見る。

「いや、まさか暢ちゃんが風見鶏のお屋敷に住んでいるとは――」

物言いたげに見つめられるので、暢子は首をかしげた。

「武居さんはベイリー邸をご存じだったの？」

「そりゃまあ、観門に長く住んでいればね」

なんとなく言葉を濁して、武居は寂しそうにクシャッと笑った。

「観門在住になって長いんですか？」

「うん。長いよ。かれこれもう四十年くらい」

武居の視線が自分の全身に注がれているのを感じたが、暢子は武居の顔を見返せず、ボタンダウンシャツの胸あたりを見る。萬角デパートのマークが入った白い名札をつけていた。シャツと同じ白で、しかも小さな名札だったのでさっきは気づかなかったが、『武居』とちゃんと書いてある。

やっぱり、あの武居さんなんだ。

複雑な顔をした暢子に、武居が「暢ちゃん」と声をかけた時、ミシン坂の下の方から、プアァッ、プアァッと軽やかなクラクションが聞こえてきた。

武居の顔色が変わる。

「いけない。僕の車が邪魔になっているのかも」

「あら、大変。急いで」

暢子は手をヒラヒラと振って、武居を急かす。

ミシン坂は路駐した車の脇をもう一台がすり抜けて進めるほどの幅がない。「邪魔になっているのかも」ではなく、「邪魔になっている」のだ。

「うん。それじゃ」とうなずきかけ、武居は物言いたげにもう一度暢子の顔を見つめた。銀縁のメガネが光っている。フレームが大きすぎると思いながらも、暢子の胸は高鳴った。

何？　と聞きたい気持ちをおさえて、暢子はもう一度「急いで」と口にする。

「あ、うん。ご利用ありがとうございました」

武居は腰を折って頭をさげると、暢子に背を向けた。遠ざかっていくボタンダウンシャツに大きなしわが寄っているのが見えた。

暢子が無意識にため息をつきながら玄関のドアをあけると、麻矢があわてふためいて段ボールに向き直った。聞き耳を立てていたことが丸わかりだ。正直すぎる。

暢子が床に置いてもらったはずの買い物袋を探していると、弓月が階段の途中までおりてきた。

「買い物袋なら、食堂にあげておいた」

「わあ。ありがとう。助かります」

「礼はいらない。管理人の仕事のうちだ」

ぞんざいに言って横を向いた弓月だが、よく見ると小鼻をひくつかせている。弓月が得意な時の癖だった。暢子が微笑ましく見ていると、いきなり真顔に戻って尋ねてくる。

「あの武居って配達員とは知り合いか？　いつから知り合いなんだ？」

「嫌やわ。吸血くんってば、そんな直球の質問――」

あわててわりこんできた麻矢を制し、暢子は「知り合いよ」とうなずく。薄い唇を舌で湿してから口角をあげた。

「昔、わたしが探偵だった頃、一緒に仕事してたの」

その言葉を聞いて激しく咳きこんだのは、意外なことに弓月だ。麻矢は「またか」と言いたげな、しらけた目で暢子を見る。

「なんか……映画みたいですね」

暢子は麻矢の皮肉をフフフと優雅に無視して、つづけた。

「雨にも負けず、風にも負けず、二人で事件の真実を追ったものよ」

「宮沢賢治かよ」

弓月は落ち着きを取り戻して階段を一階までおり、麻矢の横にしゃがむ。黒いエプロンのポケットから出した紐とハサミでてきぱきと段ボールをまとめはじめた。

「ねえねえ、わたし達が追った中で一番大きくて奇妙な事件の話、聞きたい？」

「いや別に」とかぶりを振った後、弓月は睨めつけるように暢子を見あげた。

「どうせ巨大クジラの腹の中で決闘したとか言うんだろ？」

「まあ！　それステキね。思いつかなかった」

悪びれもせず手を叩いて喜ぶ暢子に、とうとう麻矢がため息をつく。

「暢子さん……どうしていつも、すぐ作り話ってバレることを会話の中に入れてくるんです？」

「さあ？　何でだろ？　おもしろいからかなあ？」

「こっちは全然おもしろくないけど」

弓月に秒速で切り返され、暢子はだまりこんだ。

耳をすますと、車寄せのポーチに車の停まる音が聞こえてくる。やがて足音が近づき、玄関のドアがひらいて有が四角い顔を出した。こと食事会に関しては、決められた時刻に必ず遅れるか、ドタキャンするかの二択が多い人物だ。

「また帰り道で迷子？」と麻矢にからかわれ、笑顔を見せる。暢子は有のこの笑顔が苦手だった。どんぐり眼の奥が全然笑っていなくて怖いからだ。有と比べたら、いつも不機嫌を隠さず、ぶっきらぼうな弓月の方がよほど親しみやすい。

「今日は違う。どっかの配達車が路駐してたせいで遅れたんだ。食事会、もうはじまってる？」

「まだです。今から夕ごはんを作らなきゃ」

有の質問に若干よそよそしく答えた暢子に、弓月が向き直る。

「そういえば、買い物袋に豆板醤（トウバンジャン）とサルサソースとチリソースと小松菜とりんご、その他もろもろが入っていたんだけど、おたく、今日は一体何を作るつもりなんだ？」

「それは、ほら、メキシコ料理的なやつよ」

軽やかに言い残し、暢子はいったん部屋へ戻るべく回廊に出ていった。

残された三人は出方をうかがうように互いに顔を見合わせる。

「『メキシコ料理的なやつ』って何？」

麻矢の泣きそうなつぶやきを最後に、天井が高くて広いベイリー邸の玄関ホールは静まり返ったのだった。


住人達を恐怖のどん底に叩き落としているとも知らず、暢子は部屋で鼻歌まじりにエプロンをつける。料理する必要が出てきて唯一嬉しかったのは、エプロンを買えたことだ。胸のところにクローバーとテントウムシの刺繍がしてあるシンプルな白いエプロンは萬角デパートのバーゲンセールで見つけた。お気に入りを掘り出した気分だった。

それにしても、と暢子は首をかしげる。今日の食事当番はそれほど嫌じゃないわ。どうしてこんなに気分がいいのかしら。

しばらく考えていた暢子の頬が熱くなった。

武居と再会したことで気分が高揚していると思い当たったからだ。

「やだわ。今頃。そんな」

暢子はエプロンをつけたまま部屋の真ん中で立ったり座ったりして、しまいにはつまずいて転びかけた。

あわてて本棚に手をつき、そのままずるずるとしゃがみこむ。

血管の浮かんだ両手で全巻揃った『まことちゃん』のコミックスの背表紙をなでる。右から左へ、左から右へ、やがて手の間隔をひらいてコミックスの間に差しこむと、八巻から十三巻までをいっぺんに引き抜いた。

コミックスがなくなった空間の後ろの壁に、銀行の封筒がガムテープで貼りつけてあるのが見える。ずいぶん昔に吸収合併され、今はもうなくなってしまった銀行の封筒だ。暢子は慎重にガムテープを剝がし、結構な厚みを持つその封筒を手に取った。封の口を覗きこむと、一万円札が見える。聖徳太子が印刷された旧札だ。

「まさかね」

暢子は自分に言い聞かせるようにつぶやくと、封の口を折り、ふたたび元の場所に貼りつけた。そして「まさかね」「まさかね」と一冊につき一回ずつ唱えながら『まことちゃん』のコミックスを本棚に戻し、何事もなかったような顔を作ってキッチンへと向かった。

*

暢子の部屋の黒電話が鳴ったのは、食事当番の日から二日後の金曜日の夕方だった。

黒光りした本体、弧を描いて並んだダイヤル、受話器と本体を結ぶねじれがちなコード、昭和時代の黒電話は、ベイリー邸に引っ越してきて最初に買った物だ。古い館には古い電話が似合うだろうと、北屋丘町の坂沿いにあるアンティークショップで手に入れた。実際、部屋に置いても違和感がない。暢子は年齢的にこういう黒電話を当たり前のように家の中で使っていた時代も経てきているのだが、今ではすっかりレトロ感覚だった。

リリリリリリリンという独特なベルの音を愛でつつ、暢子は受話器を取りあげる。

「もしもし」

暢子の声を聞いて、受話器の向こうでスィと息を吸う音がした。つづいて少し戸惑ったような男性の声が響く。

――あの、そちらは……由木さんのお宅で間違いありませんか？

名指しされて、ドキリとする。つい余計な作り話をしそうになる口をおさえて、暢子が「はい」と答えると、男性の口調はなめらかさを取り戻した。

――ああ、よかった。僕です。萬角デパート配達サービスの武居です。

暢子は反射的に黒電話を両手で握りしめる。全神経が耳に集中した。

「武居さん？　どうして？」

――暢ちゃんが配送手続きをした時の書類から、この電話番号を知ったんだ。ごめん。職権乱用しちゃった。

ちっとも悪びれていない声で、武居は「ごめんね」と繰り返した。

変わってないなと暢子は思う。昔からとらえどころのない男性だった。そこがよかった。

――暢ちゃん、しあさっての夕方、時間とれるかな？

「それは……」

前置きも世間話もないままストレートに切りこまれ、暢子が言葉を途切れさせると、武居は落ち着いた声で「急な話でごめんね」ともう一度謝った。

——でも、あんな形で暢ちゃんと再会したら、どうしてもまた会いたくなっちゃってさ。

「意外な町で会いましたよねえ」

暢子は努めて平坦な声色を出しつつも、「会いたくなっちゃってさ」という武居の心地好いテノールを、耳の中で何度もリフレインさせてしまう。

——うん。せっかくだから仕事以外で、あらためて会おうよ。積もる話もあるし。

「あるんですか?」

——四十年分あるよ。暢ちゃんはないの?

「……積もりすぎて、エベレストくらいの標高になってるわ」

暢子の返答に、電話の向こうから昔と変わらない、さわやかな笑い声が聞こえてきた。

——おもしろいなあ、暢ちゃんは。

そのやさしい言い方に暢子が息をのんだ瞬間、武居はするりと付け足す。

——じゃ、しあさっての午後四時に古観門ハーブ園の山麓駅で待ち合わせね。

「山麓駅って、あの……ロープウェイの?」

「カップルがよく乗っている」という形容詞を「ロープウェイ」に付けそうになって、あわててやめた。北屋丘町からさほど遠くないところにあるその観光用ロープウェイを、暢子は見あげることはあっても、まだ乗ったことがなかった。

上げ下げ式の窓を見る。近頃、朝晩はすっかり涼しく、過ごしやすくなってきた。夕方の今も、もう夏ほど強くない西日が草木や建物をやわらかい黄金色に染めている。しあさっての午後四時も、たぶん観門の町は黄金色に輝いているのだろう。そんな町をロープウェイから見おろせば、さぞ美しいのだろう。武居と二人で眺めれば、さぞ楽しいのだろう。

暢子は一気に火照(ほて)った頬をおさえ、なるべく落ち着いた声で「わかった」と答えた。それから何を喋ったのか、もう覚えていない。とにかく必死で待ち合わせ時間をメモした。

『古観門ハーブ園の山麓駅前に十六時』

後から見返したメモの筆跡は自分のものとは思えないくらい乱れていた。

暢子の心の中そのままに。


週明けの月曜日、約束の『しあさって』を迎えて、暢子は朝から痩せっぽちのクマのように部屋の中をうろうろ歩きまわった。

朝と昼に一度ずつシャワーを浴びて、そのたびドライヤーを念入りにかけ直した。

昼を過ぎると今度はぴたりと動かなくなり、ヘッドホンをつけてベッドの上で凍りついたように三十分間体育座りしていたが、やがて何かを吹っ切るように小さくうなずき、衣装ケースに向かった。

いつもより時間をかけずに服を選び、するりと着替える。それから二階にある共用洗面所で薄く化粧をして戻ってくると、本棚の前まで行き、ぺたんと床にしゃがみこんだ。

「今度こそ」

そんな独り言と共に、『まことちゃん』のコミックスの八巻から十三巻までをいっぺんに引き抜く。後ろの壁に貼りつけてあった銀行の封筒を剝がすと、そのまま牛革のハンドバッグに突っこんだ。


回廊に出たとたん、上の方からラジオ体操の音楽が降ってくる。ラジオ体操といっても、あれはラジオから流れる音楽じゃない。音楽データをダウンロードしたスマホをスピーカーにつないでいるのだと、いつか弓月が言っていた。だから、日によって朝だったり昼だったり、弓月の仕事の空き時間に合わせて体操が出来る。

暢子は少し迷った末、正八角形の中庭におりた。共用サンダルを履き、濃い緑の芝を踏んで銀杏の木まで歩いていくと、手で庇を作って三階のバルコニーを見あげる。

バルコニーでは弓月が海側から山側へとクルリと体の向きを変え、深呼吸をはじめるところだった。おのずと中庭に立つ暢子の姿も目に入ってきただろうが、特に何も言わない。

暢子は山から海へと吹きおりていく風に銀髪をおどらせ、自分から声を発した。

「風の吹くまま気の向くまま、ラジオ体操じゃなくて風見鶏体操ね」

深呼吸を終えた弓月がゆっくり顔を下に向ける。今日も黒のポロシャツにブラックジーンズという黒ずくめの恰好だ。ハンドバッグをさげ、光沢のある白いノースリーブブラウスの上にグリーンのカーディガンをはおり、ネイビーのプリーツスカートを合わせたカラフルな暢子を見つけると、尖った八重歯を見せた。

「ウマいこと言った、とか思っているんだろ?」

「思ってるわ」

素直に胸をそらした暢子にため息をつき、弓月はバルコニーの手すりにもたれる。

「出かけんの?」

「ええ。まずはデパートに」

「まずは?」

些細な言い回しから何かを嗅ぎ取ったのか、弓月の切れ長の目が鋭くなる。

どんな追及がくるかと暢子は恐れたが、弓月は特にまぜ返したりせず、「デパートってそんなに楽しいか?」と細くて長い首をかしげてみせた。

「楽しいわよ」

一つの箱の中に洋服もバッグも靴も文房具も本も食べ物も詰めこまれてキラキラ光っている。あんな宝箱は他にないわ。暢子が語るデパート愛を弓月は聞き流し、せっかちに「じゃあさ」と口を挟んでくる。

「萬角デパート一番のお勧めは?」

暢子は一瞬たじろいだが、すぐに薄い唇の口角をあげて答えた。

「地下フロアのジューススタンドね。万人にお勧めできるわ」

どうだ、とばかり腰に手をあてた暢子に、弓月は空咳のような笑いを漏らす。

「そこは作り話をしないんだ?」

「本当にいいものを紹介する時に、作り話は不要だわ」

暢子は少し考えてから、言い足した。

「作り話は、場のおもしろさが足りない時や、相手をもっと楽しませたい時にするものよ」

「ふーん。俺は隠したいことがある時に、つい口から出ちゃうもんかと思ってた」

弓月の言葉に、暢子の動きが止まる。弓月は気にした様子もなく、暢子の後ろに立つ銀杏の木に視線を移した。

「あの就活大学生がはじめてここに来た日、おたくから聞いた作り話をしてみたんだ。この銀杏はイケアで買ったレプリカだぞって」

「風間さん、楽しんでくれた?」

「いや、ただ驚いてたな。それで作り話だってわかったとたん呆れて、むっとしてた」

「そう……。残念。わたしの作り話もまだまだね」

暢子はずっと三階のバルコニーを見あげつづけて痛くなった首の付け根をもみつつ、一ヶ月前に『シェアハウスかざみどり』の住人になった風間晴生の顔を思い出す。

いい子だが、時々、場を凍りつかせるようなうっかり失言をするこの青年は、九月に入ってもまだ就職先が決まらないらしい。先週の水曜日もOB訪問だとかで食事会に出られなかった。作り話をおもしろがっている余裕はないのだろう。いや、そもそも暢子の荒唐無稽な作り話を楽しんでくれる人の方が少ないのだ。そこまで考えて、武居の顔が浮かぶ。

　暢子が作り話をするたび、「おもしろいなあ、暢ちゃんは」と言って、クシャッと笑ってくれる顔がいつも寂しそうだったから、暢子はもっと笑わせたくなったのだ。あの頃は、武居にばかり作り話をしていた気がする。

　暢子は振り返って、山に負けないくらい青々とした銀杏を眺めた。

　そういえば武居さんの他にも一人、わたしの作り話を楽しんでくれた男の子がいたっけ。

　ふと、はじめて作り話をした日のことを思い出す。


「銀杏の木にはオスとメスがあることは知ってるでしょ？　オメスっていうのは、その中間。見た目は普通の銀杏と変わらないけど、木の根元近くに小さなうろがあるのが目印なんだ。オメスの根っこはすっごく伸びて他のオメスの根っことつながるから、日本の地底にはオメスの銀杏が掘ったトンネルがたくさんあるんだよ」

　銀杏に関して、そんな作り話をしたことがあった。

　大きな戦争が十年前に終わったばかりで、東の都にも結構な数の防空壕がまだ残っていた時代。大人達は「危ないから入ってはいけない」と言ったけれど、秘密基地にうってつけのその場所で、戦争を知らない子供達が遊ばないわけがない。幼い暢子もまた自分だけの秘密基地を持っていた。

　ところがある日、暢子がいつものようにお手伝いさんの作ってくれたドーナツと貸本を持って秘密基地へ行ったら、先客がいた。同い年くらいのその男の子にとっても、どうやらここが秘密基地だったらしい。暢子があわてて去ろうとすると、男の子は「一緒に遊ぼう」と誘ってくれた。その言葉から受けた衝撃を、暢子は今も覚えている。男の子という生き物は乱暴で意地悪ばかりする、と思いこんでいたから、彼のやさしい雰囲気とやわらかいイントネーションはカルチャーショックだったのだ。

二人は竹を並べて土が崩れるのを防いだ小さな洞穴の中で仲良く遊んだ。

男の子は観門というはるか西の町の出身で、この町には奉公に来ていると語った。

「お父さんとお母さんは?」

「観門で商売してる。僕の兄弟はそっちを手伝っているけど、僕はこっちで奉公して仕送りした方が、お父さん達が楽になると思ったから――」

男の子は賢そうな目をきらりと光らせて話した次の瞬間、「ああ、でも」と顔を覆った。

「やっぱり僕も観門におったらよかったって、この頃よく思う。お父さんと遊びたい。お母さんの味噌汁が飲みたい。海と山が見たい。家に帰りたいって」

かすかに震える男の子の肩をつかんで、暢子はおやつのドーナツを半分あげた。男の子はおいしい、おいしいと二口でたいらげてしまった。

「お母さん、料理上手なんやね」

「これ作ったの、お母さんじゃないわ」

そう言って首を横に振ってから、暢子は自分の声がずいぶん厳しく、寂しげであることに気づいたものだ。

暢子には母親の手料理の記憶がなかった。記憶に残る年齢まで生きていなかったこともあるし、ひょっとしたら料理が苦手な人だったのかもしれない。

それに対し、物心ついた時からそばにいて、三食の他におやつまで作りつづけてくれるお手伝いさんは料理上手で、何を食べてもおいしかった。だけど、「おいしい」と思うたび母の顔を忘れていく気がして、暢子はおいしい料理に「おいしい」と言わなくなった。そのうち「おいしい」がどういう味かわからなくなってしまった。お手伝いさんが自分に料理の作り方を教えたいと思っていることはうすうす気づいていたけれど、頑として台所に立とうとしなかった。

だって、それはお母さんとすることだから。

「あなたのお母さんになりたい」と顔に書いてあるお手伝いさんを、あくまでお手伝いさんとして位置づけておくために、暢子は「何もしないお嬢さん」にすすんでなったのだ。

「わたしもお父さんとお母さんとは一緒に暮らしてないのよ」

暢子はそんな言い方をして、男の子に自分の境遇を伝えた。母は雲の上に、父は地球のどこかにいる。嘘を言ったつもりはなかったが、男の子は暢子も自分と同じ境遇だと思いこんだようだ。

「早く年季が明けて、家に帰れるといいな」

男の子はそんなことを言って、暢子を励ました。そして、ますます仲良くしてくれるようになった。家でも外でも一人で遊ぶことの多かった暢子にとって、男の子は貴重な友達になった。だから。

「どうしても寂しくなった時は、どうしてる？」

男の子が故郷恋しさに涙をこらえてそんな質問をしてきた時、暢子は頭を今までにないくらい回転させて考えたものだ。大切な友達を笑顔に変えられる、とっておきの話をしたいと願った。ないなら作ろうと思った。

そして語ってみせた「百万本に一本、オメスって銀杏が生まれるんだよ」という言葉ではじまる暢子の作り話は、暢子の予想以上に男の子を喜ばせた。

「すごい！　オメスのトンネルを使えば、観門に帰れるんだ！」

それが作り話とは夢にも思っていなさそうな男の子と一緒に、暢子は根元にうろのある銀杏を夢中で探したものだ。探しながらいつのまにか、話を作った張本人の暢子まで、オメスがどこかに存在すると信じていた。

オメスの作った地下トンネルは、会いたい人に会えるトンネルなんだ。たとえ、もう二度と会えない場所にいる人でも。たとえ、自分のことを忘れて世界を飛び回っている人でも。

「絶対に見つけようね」と誓い合った後、しかし、男の子は防空壕に姿を見せなくなった。

どんな事情があったのかは知らない。希望通り、年季が明けて観門に帰ったのかもしれないし、奉公先の人にさぼりがバレたのかもしれない。はたまた、暢子の作り話に気づいて怒った可能性もある。暢子はあれこれ憶測しては悲しみ、やがてオメスの地下トンネルをもくもくと歩いていく男の子の背中を夢に見るようになった頃には、彼の顔を思い出せなくなっていた。

「それでなのね」

大ぶりの枝と緑の葉をゆらす銀杏を見あげ、暢子は独りごちる。

たまたま知り合った不動産屋から『シェアハウスおためしキャンペーン』のことを教えてもらった時、脊髄(せきずい)反射のようにその場であっさり参加を決めてしまった。我ながら「自分らしくない行動だな」と思ったものだ。不動産屋がいくら熱心に勧めてくれたとはいえ、何十年と同じ会社に通い、定年後も同じ町に暮らし、同じ家に住んで、気まぐれに隣の駅でおりることすらしたことのない自分が、今さら知り合いも土地勘もない町に引っ越すなんて、どういう風の吹き回しかと訝(いぶか)った。けれど今、銀杏のオメスにまつわる記憶がよみがえってはっきりした。

暢子が『シェアハウスかざみどり』に入居する気になったのは、ベイリー邸が観門にあったからだ。観門という地名が、すっかり忘れていた思い出のしっぽをぐいと引っぱったのだろう。

「どうした?」

いきなり銀杏に向き直った暢子に、弓月から声がかかる。暢子は構わず銀杏の根元にしゃがみ、幹をなでた。

「この銀杏も、オメスじゃないのね」

暢子の小さなつぶやきは、三階のバルコニーまで届かなかったらしい。弓月はふたたび肩をすくめ、八角形の屋根の上に立つ丸々とよく肥えた風見鶏に二回柏手を打った。

暢子は立ちあがり、「その風見鶏って」とおもむろに話しかける。

「鳴くんでしょう、時々？」

振り返った弓月の切れ長の目が細くなるのが、遠くからでもわかる。少し間を置いて、弓月は手すりから身を乗り出すようにして答えた。

「近所の人の話だと、そうらしい。まあ、『願かけ風見鶏』って呼ばれているくらいだから、鳴きもするだろう」

「願かけ？　風見鶏に？」

「ベイリー邸の『風見鶏の七不思議』の一つだ。言わなかったっけ？　風見鶏ってもともと風向計としての役割の他に魔除けの意味もあるだろ？　この風見鶏はどこかの国の有名なまじない師が祈禱した金属を練りこんで作ったから、本来の魔除けプラス大願成就のご利益まであるって話だよ」

逆光になって、弓月の表情がよくわからない。作り話かと尋ねるのは無粋というものだろう。暢子はゆっくり息を吐いた。

「吸血さんは、何か願かけしているの？」

「まあね。おたくも願えば？」

暢子は薄い唇を舌で湿す。願いなんてもうずいぶん長い間抱いたことがなかった。ハンドバッグからガラケーを取り出し、時間をたしかめる。デザイン重視で選んだこのガラケーはもう十年近く使いつづけている。武居と会うなら、準備もあるし、そろそろ家を出なくちゃいけない。

暢子はおもむろに顔をあげ、屋根に対してやや大きすぎる風見鶏に手を合わせる。

——恋愛成就。

暢子の心の絵馬に書かれたその願いを覗き見たように、弓月が薄く笑った。

*

萬角デパートは今日も立派だ。突きあげるような縦ゆれで観門の建物の多くをぺしゃんこにしたあの地震の直後ですら、人目につく場所に大きな傷は作らず、明日にでも営業再開出来そうな様子で建っていたと聞く。萬角デパートが全壊しなかったことで救われた観門市民は少なくないだろうと暢子は思う。夢の箱は『希望』そのものだから。

暢子は今、そんな『希望』の入口に大股で入っていく。

最初に訪れたのは、化粧品売場だ。先日、大きな写真の外国人モデルと目が合ったブースを訪ね、今度は真下から写真を眺めた。距離が近くなった分、口紅の赤さが増している気がする。

目をしばたたかせている暢子に、美容部員がにこやかに近づいてきた。

「何かお探しですか?」

自分の肌に合うオーガニック化粧品を長年愛用し、メイクそのものも必要最低限に抑えてきた暢子にとって、宝石のような瓶やコンパクトが並ぶ海外のブランド化粧品は馴染みのないものだった。

けれどたしか、武居は好きだったはずだ。「シャネルの香水を使う女性に惹かれるんだ」と社内で公言して憚らなかったのを覚えている。

一ドルが三百六十円だった時代だけれど、働いて稼いだお金は丸々遣えて、なおかつ世界を飛び回っている父親から、外国のスタンプが押された封筒に入ったお小遣いが時折送られてきていたため、暢子にとってシャネルもディオールもまるきり手が届かない品ではなかった。買わなかったのは、自分のお気に入りではなかったからだ。でも今日のわたしは違う。

暢子は牛革のハンドバッグをギュッと握りしめた。

「ここのブランドのお勧めを、ラインで揃えたいんですが」

美容部員は一瞬怪訝そうに暢子の化粧っけのない顔を眺めたが、すぐにプロの仮面をかぶる。「少々お待ちを」と断ってからカウンターの向こう側にまわり、てきぱきと大小様々な形の赤い箱を並べてくれた。

「こちらのラインはエイジングケアをメインにしており、保湿に優れた製品を揃えております。コラーゲンもたっぷり入っているので、お肌のハリがよみがえりますよ」

暢子は食い気味に「じゃあ、それをいただきます」とうなずく。

「ありがとうございます。口紅はどうなさいますか?」

暢子が答える前に、美容部員は掌を裏返して外国人モデルの大きな写真を指す。

「こちらのお色なんか、いかがでしょう?」

「赤……」

「若い人中心に流行しているんですが、私は逆に、お客様のような年代の方々にお勧めしております」

「逆に」という言葉が引っかかったけれど、暢子は鷹揚にうなずいてみせた。

「あなたも今、塗ってますよね?」

美容部員の笑顔が濃くなる。ええ、ええ、ええ、と三回ほど深くうなずき、ほっそりした指で自分の唇をぐるりと囲ってみせた。

「季節を問いませんし、コーディネートの差し色になったりして意外と使いやすいので、さっきも申しあげました通り、ご年配の方にも自信を持ってお勧めできるんです」

暢子はだまって十秒考えてから、「いただくわ」ときっぱりうなずいた。

深々と頭をさげる美容部員に、購入した化粧品一式を使ってこの場でメイクしてもらえるか聞いてみる。美容部員は赤い唇をほころばせ、「かしこまりました」とうなずいた。

二十分後、覗いた鏡に映る暢子は別人とまではいかないが、だいぶよそゆきになった気がする。いびつな若作りになっていないのは、ひとえに美容部員の技術の賜物だろう。赤い口紅が似合っているかいないかと言えば、確実に似合っていないのだけど、美容部員に褒めちぎられて、暢子は足取りも軽くエスカレーターに乗った。

いつもはおりない二階の海外ブランドショップも、今日ははしごする。武居が若い頃によく着ていた老舗ブランドの店に入って、ソムリエのような顔つきの店員が勧めてくれた地味な色のスーツを現金で購入し、試着室で着替えさせてもらった。これを見越して、無難なベージュのストッキングと黒のローヒールパンプス、それに光沢のある白のノースリーブブラウスという、暢子のお気に入りからはずれた、おもしろみのない服を着てきたのだ。スーツの上着を羽織ると少し暑いが、夕方になれば我慢できるだろう。

ベイリー邸を出てきた時とは化粧も服装も大きく変わった暢子は、それから遅めの昼ごはんとして最上階のレストランでステーキをたいらげ、地下二階のフットケアサロンでリンパマッサージを受けた。昼からステーキを食べるのも、お金を出してマッサージを受けるのも、人生初の体験だ。自分の経験値がいかに低いか思い知らされた。

牛革のハンドバッグからガラケーを取り出し、時間をたしかめる。三時十五分になろうとしていた。萬角デパートから古観門ハーブ園まではタクシーで十分もあれば着く。

「ちょっと飲んでいきましょうか」

暢子はデパートに来た時の締めのお気に入り、ジューススタンドに向かった。

ジュースタンドに併設されたカウンタースツールに、黒ずくめの男性が長い足を窮屈そうに曲げて座っていた。

「まさか」と笑いかけた暢子だが、男性がぐらりと体の向きを変え、まずそうにストローを齧る横顔が見えると、彼の飲んでいるグリーンジュースの色と同じくらい青ざめる。

あわてて身を隠そうとしたところ、両腕に洋菓子店の紙袋をさげて歩いてきた中年女性とぶつかってしまった。体格の差から、跳ね飛ばされたのは暢子の方だ。デパ地下で派手に転び、周囲の注目を集める。もちろん、ジューススタンドの客達も何事かと振り返った。

「あら」とか「まあ」とか同情し、心配してくれているらしい声は聞こえるものの、すぐには誰も近づいてこない。

「大丈夫か?」と声がしたので反射的に顔をあげると、一人の男性がぶつかった相手の中年女性を気遣っていた。彼女の夫らしい。

夫婦は一応「すみません」と暢子に頭をさげたが、明らかに「そっちが悪いんでしょ」という視線を残して歩き去る。暢子は自分の周りの空気が動かず、音も色もにおいも遠ざかっていくのを感じた。早く立ちあがりたいのに、体が言うことを聞かない。衝突のショックと衆人の前で無様に転んでしまった恥ずかしさで、ぼんやりしてしまう。そして唐突に、あ、わたし、一人なんだな、と気づいた。

「何やってんだか。怪我したのか?　立てるか?」

ふいに、ため息まじりの声が降ってきて、すらりとした手が差し出される。なめらかな肌で血管がほとんど浮いていない若い手だ。暢子が「大丈夫」と細い声で言って、その手を握ると、細さからは想像できない強い力でヒョイと立たせてくれた。

顔が小さくスタイルのよい、不機嫌そうな若者に向かって、暢子は頭をさげる。

「どうもありがとう、吸血さん」

「公衆の面前でその呼び方はやめてくれる？　さすがに」

老婦人を助ける心やさしき若者の図式に送られた賞賛の視線をうるさそうに受け止め、弓月は前髪を払った。周りに向かって「さっさと散れ」と言わんばかりの冷淡な一瞥（いちべつ）を投げる。その眼力に気圧されたのか、止まっていたデパ地下の流れがそそくさと再開した。

弓月は床に落ちたままだったブランドショップの紙袋やハンドバッグを、てきぱき拾いあげる。そして暢子に持たせ、尖った八重歯を見せてふんぞり返った。

「時間が空いたからデパートに来てみたんだけど、俺の見たい店はまるでなかったな」

「ジューススタンドは？」

「あ、ここはいい。おたくが勧めるだけはある」

そこでいったん言葉を切り、弓月は暢子の顔から足までしげしげと眺める。

「服、着替えたのか？　ずいぶん地味だな。いつもカラーバーみたいな恰好してるのに」

「わたしは、差し色を使ったコーディネートが好きなだけよ。カラーバーって……」

思わず絶句する暢子を見て、弓月は嬉しそうに笑った。女子の一番嫌がることをわざと言ったりやったりする小学生男子と変わらない。

暢子が通行人を避けながらジューススタンドに向かって歩いていくと、弓月も横に並ぶ。暢子はスーツのボタンをつまみ、刻まれたマークを見せながら言った。

「有名なブランドのスーツなのよ」

「ふーん。でも、地味だ」

弓月はつまらなそうに鼻を鳴らす。

「お化粧もいつもとは違っているでしょう?　変かしら?」

「わかんね」

取り付く島なし。暢子は口角をあげて薄く笑った。

「わたしもジュース飲もうっと」

暢子は店員に注文してお金を払い、ジュースを作ってもらっている間に、弓月が飲み終わって席を立つことをひそかに望んでいたが、カップとストローを持ってカウンターに戻ってきても、弓月のグリーンジュースはほとんど減っていなかった。

隣に座るしかなくなった暢子に、弓月は自分のカップをパチパチ指ではじきながら尋ねてくる。

「おたく、何ジュース?」

「マンゴーとパインとオレンジの『ビタミンパッション』よ」

「うまいのか?」

「おいしいかどうかはわからない。でもお気に入りなの」

「ふーん」

弓月はそれ以上何も言わなかったけれど、ちらちら送られてくる視線で、暢子のジュースに興味を示していることがよくわかった。

「吸血さん、もう一杯飲む？　さっきのお礼に奢るわよ」

弓月の小鼻がふくれる。喜びを見せまいと我慢しているのだ。暢子は笑うのをこらえつつ、黒い牛革のハンドバッグからお金を取り出した。その際、銀行の分厚い封筒が覗いているのを弓月が目ざとく見つけ、暢子の顔を眺めたが、何も言わない。暢子もあえて説明せず、弓月の手に一万円札を握らせた。

「好きなやつ買ってらっしゃい。お釣りは返してよ」

「わかってるよ」

弓月はいそいそレジの前に行き、暢子とまるきり同じジュースを抱えて戻ってくる。そしてまずグリーンジュースを一気飲みしてから、新しいジュースを味わった。食べ物を粗末にしない子だ。感心しながら、暢子は自分のジュースを必死で飲む。どうしよう。今日は全然味がしない。

暢子よりも早く二つ目のカップを空にした弓月が「お先」と腰をあげかけるのを、暢子はとっさに腕で制した。

「何？」

「あ、ごめんなさい。吸血さんは忙しいわよね」

「ほどほどには。超絶忙しいなら、デパートでフレッシュジュースなんか飲んでない。何？」

弓月の切れ長の目がスッと細くなる。暢子はひるみながらも、必死に踏んばった。

「わたしね、今からタクシーに乗って古観門ハーブ園の山麓駅に行くの。そこである人に会うまで、付き添っていてもらえるかしら？」

弓月は怪訝な顔をした。何のことやらわからない頼み事だろう。シェアハウスの雇われ管理人としての責務を超えているのはたしかだ。

「え？」

けれど、弓月が実際に口にしたのは「何時？」の一言だけだった。

「だから何時に、その人と待ち合わせしてんの？」

「十六時」

弓月はスマホを取り出し、時刻の表示された画面を暢子に見せる。

「そろそろ行かなきゃ、まずいんじゃね？」

「うん。そうね。そうなんだよね。でも、何か、緊張してきちゃって。一人だと——」

「いいから、行くよ」

スラリと長い足を伸ばして高いスツールから楽々おり立った弓月は、地面に足のついていない暢子に手を貸しておろしてくれた。

「付き添ってくれるの？」

首をかしげる暢子の紙袋を奪うように持つと、弓月は鼻を鳴らす。

「高いジュースだったな」

「そんなつもりじゃ――」と恐縮してうつむく暢子を置いて、弓月はさっさと歩き出した。

*

萬角デパートの前で捕まえたタクシーは、十二分で古観門ハーブ園の山麓駅前に着いた。武居との約束の時間である四時ジャストの到着になってしまったのは、立てつづけに信号に引っかかったせいだ。自分の行動を空の上の誰かに止められているようで、暢子はおおいにひるんだ。武居の好みに合わせたつもりの化粧と洋服だけでは自信が足りず、弓月が一緒でなければ、タクシーの運転手に引き返すよう頼んでいたかもしれない。いつもと変わらぬ不機嫌な横顔を見せる青年に、暢子はこっそり感謝した。

タクシーをおりると階段が伸びており、その先に山の斜面にくっつくように建った白い壁の駅が見えた。壁には窓がたくさん並んでいる。北屋丘町の周りは観光スポットが多いので今ひとつ目立たないけれど、赤いゴンドラが山頂と麓を行き来する古観門ハーブ園も、新幹線の古観門駅に近い立地からして観光向きの場所だ。ただ今日は閉園時間が近づいているせいか、人影は見られなかった。

「ロープウェイに乗ってハーブ園？　中学生のデートかよ」

階段をのぼりはじめると、斜め後ろから弓月の小馬鹿にしたような声が聞こえてきて、暢子は肩をすくめる。

「吸血さんはデートでここに来たことがあるの？　中学生や高校生の頃に？」

「ないね」

弓月は細い首を振って「その時分は、デートどころじゃなかったし」と一瞬暗い洞穴を覗くような目をしたかと思うと、またすぐ、いつもの憎らしい調子に戻って言った。

「だいたい俺、観門生まれだけど、育ったのは多手市だし」

ああ、やっぱりそうなのね、と暢子は納得する。多手市は東の港町と称される大きな町だった。弓月の喋り方に観門特有のやわらかなイントネーションがないことや、「山、海」ではなく「北、南」で方角を指すことから、なんとなくよその土地の者だろうと思ってはいたが、本人の口から聞いたのははじめてだ。

「じゃあ、ベイリー邸の中で生粋の観門人は麻矢さんくらいね。他はみんな、異邦人」

「港町・観門らしくていいじゃん」

弓月は冗談とも本気ともつかない顔で言った。

その時、駅の建物からふらりと出てきた人物が、暢子に気づいて手をあげる。暢子も顔を引きつらせながら手を振った。そして、階段の途中で弓月に帰りのタクシー代を握らせる。

「ここでいいわ。もう一人で行けるから。付き合ってくれてありがとう」

弓月は人影を見やった後、ピタリと足を止めた。

「何だ。本当にデートだったか」

その言い方があまりにつまらなそうだったから、暢子は思わず笑ってしまう。すると体の緊張が一気に解けて、これからはじまる武居との時間が楽しみになってきた。


今日の武居は太いストライプのシャツにループタイをつけ、グレーのスラックスを穿いていた。スラックスにはセンタープリーツが入っており、配達係の若々しい制服よりずっと年相応だ。いつもの大きすぎる銀縁メガネと肩にかけた白いカーディガンは少し浮いていたが、私服がすべて登山服のようになってしまう同年代の男性に比べたら格段におしゃれだ。

自分の恰好は武居の目にどう映るのか気にしながら、暢子は頭をさげた。

「遅くなりまして」

「いや、暢ちゃんはちょうどくらい。僕が早すぎた。年を取るとせっかちでいけないね」

そこで言葉を途切らせ、武居はまばたきを速める。

「すてきなスーツだね。赤い口紅もよく似合っているよ」

「ありがとう」

暢子は微笑む。やっぱり武居さんは変わっていない。相変わらず、気づいてほしいところにちゃんと気づき、言ってほしい言葉をピンポイントでくれる。その口調は、昔と同じく無理がなかった。

思わず浮かんできた笑みをこらえて、暢子は建物入口の『山麓駅』と書かれたプレートを見あげる。

「このロープウェイに乗るの、はじめて」

「そうなんだ？　近所にあると逆に訪れないもんだよね」

武居はうなずきながら、ゴンドラの写真が印刷された往復チケットを差し出した。

「どうぞ」

あわててハンドバッグの口金をひらこうとする暢子を、武居は「誘ったのは僕だから」とやんわり手で制する。

むかしむかし会社の同僚だった頃の暢子なら、それでも「いいえ、出します」と財布を取り出していた。自分も社会に出て働いているのに、食うに困らないほどのお金があるのに、どうして男性に奢られなければならないのか？　理解できなかったからだ。けれど、あれからずいぶん時が経ち、世間知らずのお嬢さんも少しは融通が利くようになった。気になる男性が「奢ってあげる」と言った時の最良の対応を学んだ。だから今日は「ありがとう」とにっこり笑ってチケットを受け取ることにする。

大人が四人も乗ればギュウギュウになりそうな小さな赤いゴンドラが次から次へとまわっていた。観光客が少ないため、無人のままおりてきて、無人のまままた山頂へ向かうゴンドラも多い。

係員の誘導にしたがって、武居と暢子はゴンドラの小さなドアをくぐる。

「大丈夫ですか？」と手を取ってくれた係員の女の子の肌は、まぶしいほどのハリがあった。

彼女から見れば、自分達はどんな二人に見えるのだろう？　人生のゴールテープが見えてきた仲睦まじい老夫婦？　異性とゴンドラで二人きりになることに、みっともないくらい動揺しているとは夢にも思うまい。老いた男女の関係が自動的に丸く穏やかになるなんて、若い人の美しい幻だ。

「いってらっしゃい」とにこやかにドアをしめてくれる若い係員に、暢子は会釈した。

ぐわんと一度大きくゆれた後、ゴンドラは山に向かって一気に浮きあがる。向かい合って座った武居が暢子の後ろを指さした。

「海側を向いた方がいい。観門の町が全部見えるよ。山側は本当に山だけだから」

「海側、山側」という方角の言い方で、武居が観門の町に長く暮らしてきたことがよくわかる。おそらく、このゴンドラに乗ったのもはじめてではないのだろう。

四十年。この人はこの町でどうやって生きてきたのだろう？

暢子は体をひねって後ろの窓に向き直り、乱れていた前髪を手櫛で直した。

武居の声がつむじに当たる。

「暢ちゃんは、いつから観門に？」

「今年の二月よ。観門市民歴は、まだ半年あまり」

振り向かない暢子を気にするでもなく、武居は「そうなんだ」とうなずいた。

「いや、でもまさか、暢ちゃんがあの風見鶏のお屋敷に住んでいるとはな」

「あの？」

たしか再会した日も同じようなことを言われた。二度目になるとさすがに聞き流せない。暢子が振り返って尋ねると、武居は何でもないことのように言った。

「いや、ちょっとよくない噂を聞いていたから。あそこの住人には傷があるって。でも暢ちゃんだもの。噂はただの噂だね。ひどいことを言うやつがいるもんだ」

疑いが全部晴れたように朗らかに言う武居から目をそらし、暢子は「実は、住人はわたしだけじゃないの」と心の中でつぶやいた。有の笑っていない笑顔が反射的に思い出され、うっすら暗い気持ちになる。期間限定の同居人なんてほとんど行きずりの他人と同じだと、我に返らされた。

暢子が中傷めいた噂に落ちこんだと勘違いしたらしく、武居はあわてて話題を変える。

「でも、北屋丘町の洋館なんて目の玉が飛び出るほどのお値段だったんじゃない？　やっぱり由木社長の遺産か何かで？」

ずいぶん昔に亡くなった父親を肩書き付きで呼ぶ人は、ひさしぶりだった。暢子はそのことであっけにとられ、返事のタイミングを逃す。武居は勝手に肯定と受け取ったようで、

「やっぱりお嬢さんは、ずっとお嬢さんなんだねえ」とおどけたように言った。

暢子の父親が商社の社長だったことを、武居に話した覚えはなかったが、ホーデン商會に勤めていた当時に同僚からでも聞いたのだろう。いつのまにか知っていて、昔も時折からかうように暢子を「お嬢さん」と呼ぶ時があった。昔と今とでは、そのからかいの意味合いが変わってしまった気がしないでもないが、暢子はフフフと笑っておく。

「配達伝票に書かれていた姓は由木のままだったけど、結婚は？」

「してないわ。一度も。武居さんこそ、結婚は？」

「僕も一度もしてないよ。忘れられない人がいたからね」

あまりにさらりと答えられ、暢子は相槌すら打てなくなる。うぬぼれるな、と自分を戒めつつも、頬がぐんぐん熱くなっていくのがわかった。

暢子の動揺に気づいたのか気づいていないのか、武居は明るく話題を変える。

「僕が配達に行った日は、パーティーか何かを予定していたのかな？」

「なぜそう思うの？」

「ずいぶんいろいろな食材や調味料を買いこんでいたから」

暢子は思わず笑ってしまう。メキシコ料理がどういうものかもわからず、緑と赤の食材と調味料をしこたま買いこんだあの日の暢子の料理は、すべての食材にチリソースと豆板醤とサルサソースをかけて混ぜた後、トルティーヤに挟むという力技になった。食卓に並んだ禍々(まがまが)しい食べ物を、弓月以外の住人達は誰も、二口と食べ進められなかったものだ。あれがパーティーと言えるなら、あらゆる地獄が天国になる。

暢子の笑いをどうとらえたのか、武居はゴンドラの下を指さした。

「暢ちゃん、滝だよ」

暢子が窓に身を寄せると、岩肌の覗く崖に沿って白い水飛沫(しぶき)があがっているのが見える。水音が聞こえないせいか、一枚の白い布が崖にかかっているように見えなくもない。

「有名な滝なの？」

「全国的にはどうかな。滝壺が竜宮城につながっているって伝説がテレビ番組で紹介されたことはあるらしいけど」

「竜宮城か。行ってみたいな。玉手箱はもらわずに、ずっとそこで暮らしたい」

暢子の言葉に、武居は「相変わらずおもしろいね、暢ちゃんは」とクシャッと笑った。


滝の他にも、山の緑が映った貯水池やガラス張りの宮殿のような温室や色とりどりの花畑を上からじっくり眺めているうちに、ロープウェイは十分ほどで山頂駅に着いた。

ここでも乗りこむ時と同じように、若い係員に必要以上に手助けされながらゴンドラをおりる。そんなにおばあさん扱いしないで、と言いたい気持ちを、暢子はグッとこらえた。自分がその年になってみないと想像できないことはままあるし、先におりた武居が実際におじいさんそのものといった様子で一瞬よろけ、助けられていたからだ。

駅を出ると石畳の広場があり、売店やレストランなどの入った建物が広場の周りを囲っていた。建物同士をつなぐように、アーチ型の天井のついた通路が作られている。そのアーチや建物の三角形の屋根はヨーロッパのそれを模した外観だが、北屋丘町に点在する本物の洋館を見慣れている暢子からすると、作り物感は否めない。

客のいない広場に設置されたスピーカーからザ・ビーチ・ボーイズのプロポーズソング『素敵じゃないか』が流れていて、暢子をハッとさせる。

「来て。ここからの景色がいいんだ」

武居は慣れた足取りで広場を突っきり、突端に作られた展望スペースへと歩を進めた。暢子もつづく。そして「わあ」と声をあげた。

濃い緑の向こうに、まだまだ日の沈む気配のない観門の町と海が見渡せたからだ。高いビルがいくつかある市街地に青い海が迫り、海の上に架かる赤い大橋は古い埋立地へと伸びている。海のさらに先、少しけぶった水平線の近くには空港が見えた。

「すごくいい眺め。美しいわあ」

暢子の歓声に、しかし、武居は応じない。暢子は少し気になって、もう一度言ってみる。

「観門って本当に美しい町ね。海も山も町並みも全部あるべき場所におさまってる感じ」

だいぶ間があった後、武居が静かに尋ねてくる。

「暢ちゃんは好きかい、観門が？」

うん、と暢子がうなずくと、武居は寂しそうにクシャッと笑い、ことさら一語一語をはっきり、ゆっくり発声した。

「僕も好きだ。いや、大好きだったよ」

「だった？　過去形？」

暢子が首をかしげると、武居はふいに目頭をおさえる。

「武居さん？」

「僕にとって、この景色は今日で見納めなんだ。実は、母が数年前から認知症でね」

「お母さまが？」

低い声でうめく暢子にうなずき、武居は紺色の海を見つめたまま話しつづける。

「百歳近いが、体は丈夫で、まだ自力で歩けるんだ。でも、息子の僕が誰かはわからない」

暢子は思わず武居の顔を見た。品のある鼻筋が特徴的な整った横顔だ。大きな銀縁のメガネをはずして、白髪を黒髪に、髪の量を増やして、顔中に寄ったしわを伸ばせば、美青年だった若い頃がまざまざとよみがえる。

武居は人さし指でゆっくり目尻をぬぐい、また口をひらく。

「僕の留守を狙って、そんな母に悪徳リフォーム業者が付け入っていた。お恥ずかしい話、気づくのが遅れてね、たちまち借金まみれさ。もともと乏しかった老後の資金が丸々消えて、借金がふくれあがっている」

武居に物言いたげに見つめられ、暢子は息を詰める。海に白い船が浮かんでいるのが見えた。大きな客船、いや商船か？　暢子が考えている間に、武居は静かな声でつぶやく。

「母と二人、夜逃げすることにしたよ」

暢子の横目の先で、武居は寂しそうにクシャッと笑って頭を掻いた。

「こんなこと、再会したばかりの暢ちゃんに頼むのは非常に心苦しいんだけど、もしよかったら、少し、その……電車賃だけでも助けてもらえないかな？　昔のよしみで――」

ああ、そっちか。暢子は肩を落としながらも、唇を噛んで即答した。

「あげる」

ツンとしてくる鼻の奥を気にしないで済むように、暢子はハンドバッグの口を急いであける。手が汗ばみ、何度も口金の上で滑ったが、どうにかあけられた。震える手で銀行の袋を取り出す。

その袋の中に一万円札の束がぎっしり詰まっているのを確認すると、武居は目を丸くした。

「これ……何で？」

「ええと、もしもの時？　そう。もしものために持ってきたの。旧札だけど、よかったら」

暢子は言いながらお札を一枚引き抜いて、聖徳太子を見せる。

武居は「もしもって、どんな時？」「本当にいいの？」などと躊躇していたが、最終的にはスッと手を差し出した。

「ありがとう。じゃあ、遠慮なく——」

武居の声が途切れる。銀行の封筒を握った暢子が一歩退いたからだ。

「暢ちゃん？」

「あ、ごめんなさい。どうぞ」

暢子はうつむいて、今度はしっかり銀行の封筒を前に突き出した。その手が震えている意味は考えないことにする。

武居の手が封筒にかかりそうだ。暢子が思わず唇を嚙みしめた時、暢子の後ろから長い腕が伸びてきて、武居より早く封筒をつかみ取った。

「お金を粗末にするな」

責めるような声が降ってくる。振り向くと、いつもの三倍は不機嫌な顔をした弓月が銀行の封筒を持って立っていた。

「何だ、君は？」

武居が怯えたように大きな声を出したが、弓月は武居を見ようともしない。切れ長の目は暢子だけをとらえていた。

「吸血さん？　何でここに？」

「せっかくハーブ園まで来たから、観門の夜景を見ていこうと思ったんだけど」

弓月はいまいましそうに空を見あげ、「ちっとも日が落ちない」と言い捨てた。そして、暢子の封筒を、武居に突きつける。

「おたくはこの札束が何で旧札かわかるか？」

「は？　いきなり何なんだ、君は？」

「俺は、この人が住む『シェアハウスかざみどり』の管理人の弓月だ。近頃は建物だけじゃなくて、住人のメンテナンスまでやらされてる。住人の快適な暮らしを維持するためなら、調査も通報も辞さない方針でね」

弓月は言葉の意味をわからせるようたっぷり間を置くと、一段と低い声でつづけた。

「だから、おたくのことはよーく知ってるよ、武居尚基さん」

「なんで名前を？　俺のことを調べたのか？」

武居の声が裏返る。怒りより恐怖を覚えたらしい。

弓月は武居の質問を流し、自分の質問を繰り返した。

「おたくはこの札束が何で旧札かわかるか？」

「由木社長が……残したタンス預金、とか」

武居は言葉を詰まらせながらも素直に答える。

「そうなのか？」

弓月は細い首をひねって、今度は暢子に聞いてきた。暢子は夢中で首を横に振る。

「違うわ。父のお金じゃない」

「だってよ、武居尚基さん。これは、この人がちゃんと自分で働いて貯めた金なんだ」

出方をうかがっている武居に、弓月はたたみかける。

「それがどういうことか、わかるか？」

「いや……」

「おたくと同僚だった頃、この人はお金を貯めていた。何のために？　それはおたくが一番わかってんじゃないの？」

武居の顔がゆがんだ。仮面が剝がれたように、くたびれきった老人があらわれる。老人はもごもごと口ごもった。

「そんな、だって、僕はあの当時、暢ちゃんから一銭も――」

武居と目が合い、暢子はうつむく。

そうだ。わたしは一銭もあげなかった。父の病気、母の不幸、親戚の会社の倒産、親友の不始末……武居は昔から様々な問題を抱えては、暢子に打ち明け、「少し工面してもらえないだろうか」と小声で尋ねてきたというのに。寂しそうにクシャッと笑う顔は、言われるがまま何もかも差し出したくなる魅力があった。そんな武居の無心を毎回断るのは、勇気が要った。暢子がやり通せたのは、ひとえに目的があったからだ。

「結婚資金を貯めていたから」

暢子は声を絞り出す。顔が熱くなり、体が震える。言ったら、何もかもが終わる気がする。だけど、作り話が出てこない。今日は作れない。作っちゃいけない気がする。

「あなたの妻になって仕事を辞めて家庭に入っても、いざという時は物心両面から支えられるように貯めていたから、使えなかったの。ごめんなさい」

武居がぽかんと口をあけた。暢子を見つめ、次いで助けを求めるように弓月を見て、また暢子に視線を戻してくる。唾をのんだのか、すじばった喉仏がごくりと動いた。唇が震える。

「何だよ、それ」とうめいた後、泣き笑いのような表情で何か叫ぼうとしたが、弓月が大声で制した。

「取り乱さないでもらえます、武居尚基さん?」

ちらりと暢子を見つめた弓月の目は、恐ろしいほどに落ち着いている。

「おたくは自分の金を増やすためだけに、作り話をしてきた。由木暢子さんがその作り話にのらなかったからって、それで自分が人生につまずいたからって、彼女に八つ当たりするのはなしでしょ? 今さらしょっぱい真実を語り出さないでくれる?」

淡々と語った後、いきなり弓月の口調が怒気を帯びた。

「詐欺師なら詐欺師らしく、最後まで作り話を売ってみろよ」

しんとした次の瞬間、広場の音楽が暢子の耳に入ってくる。ザ・ビーチ・ボーイズの『キャロライン・ノー』だった。よりによって、ここでこの歌かと笑ってしまう。

暢子は首を回らし、ほんの少し日の傾いた観門の町並みを眺めた。人間の周りをかためた作り話の魔法がぼろぼろ剝がれてきても、町は変わりなく美しい。それが救いになる。

「武居さん。わたしはあの頃ずっと、あなたと付き合っていると思いこんでいたの。当時のわたしは服も髪型も化粧も自分の好きなように装って、あなたの好みやアドバイスを何ひとつ聞かなかったのに、それでも週末ごとに二人で出かけて、あなたはわたしの作り話をおもしろがってくれていたでしょう？　てっきり、わたしの全部を認めて受け入れてくれているのかと思うじゃない？　思わない？　わたしは思った。わたし達は馬が合う恋人同士なんだって思っちゃった。本気であなたと結婚したいと願ったわ。あなたのピンチを身内として助けたいって」

暢子は唇をへの字に曲げて、乱暴に目をこすった。泣いちゃいけない、まだ。

「本当言うと、今日も思ってた。もしもプロポーズされたらどうしよう？　このお金を武居さんとの新生活にどう役立てよう？　ずっと考えてた。若い人なら『イタい』って言うよね、きっと」

武居は笑わない。何も言わない。ただ苦しそうに顔をゆがめただけだ。その表情がすべての答えだと、暢子は思い知った。

「武居さん、一つだけ聞いてもいいですか?」

暢子が静かに尋ねると、武居が怯えたように後ずさる。

「何?」

「あの時、わたしの前から消えたのは、わたしが結婚詐欺のカモにならなかったからですか?」

ブライアンの哀切きわまりないファルセットが、かつて恋をした相手が年月を経て魅力を失い、変わり果てたことを悲しんでいる。

でも、と暢子は思う。この歌の主人公が本当に悲しんでいるのは、年月を経た相手をそんなふうにしか見られなかった自分の幼い心なんじゃないかしら?

武居はスッと息を吸い、次の瞬間、寂しそうにクシャッと笑った。

「……まさか。違うよ。暢ちゃんが、僕好みの女の子になってくれなかったからさ」

「ありがとう」

暢子は弓月から封筒を受け取ると、きっちり十人の聖徳太子を引き抜き、武居に手渡した。弓月が何か言いたげに目をむいたが、暢子はゆっくり首を振る。

これでいい。彼の作り話をさらに大きな作り話で覆い隠したのは、わたし自身だ。その作り話にのっかり、最後までわたしの好きな武居さんでいてくれたこの男性に、わたしも最後まで武居さんを好きな自分のまま、はなむけを贈りたい。悲しい作り話のフィナーレだ。

「さよなら、武居さん。お元気で」

＊

くだりのロープウェイは静かだった。

弓月が不機嫌そうに貧乏ゆすりをするたび、ゴンドラがグラグラゆれる。暢子は手すりを握りしめて耐えていたが、とうとう口をひらいた。

「吸血さんは管理人として住人に快適な暮らしを提供するためなら、住人の交友関係を調べたりもするの？」

弓月は最初聞こえないふりをしたようだが、暢子が見つめつづけていると、居心地悪そうに肩をすくめて早口で言う。

「時と場合による。出過ぎた真似だったか？」

「いいえ。助けられたわ」と暢子は微笑む。

「吸血さん、わざわざハーブ園の山頂まで来てくれてありがとう」

「違うよ。山頂にのぼったのは、夜景が見たかったからだ」

弓月は頑固に言いはり、「ふん」とふんぞり返ってそっぽを向いた。

「武居さんはカモとしてのわたしを見限った後、次のターゲットにした女性に結婚詐欺を見破られて、警察の厄介になったのよね。だから、あの人の中では、わたしがさっさと大金を渡していれば、次のカモを探さずに済んで前科もつかなかったのに、という思いがずっとあったんじゃないかな」

弓月の貧乏ゆすりが止まる。

「おたくはそのこと、知ってたのか？」

「『知ってた』というのとは、ちょっと違うの。武居さんが会社を辞めてすぐ、社内に噂が立ったのよ。武居さんが女の人を騙して、警察に捕まったとか何とか」

暢子は歌うように言って、フフフと笑った。

「でも、わたしはただの噂だと決めつけて耳をふさいだ。だって、捨てられたカモより捨てられた恋人の方が、まだ救いがあるでしょう？」

暢子はあの日からずっと、自分にいびつな作り話をしてきた。

恋人の武居が去ったのは、わたしがあの人好みの女性になれなかったからだ、と。

武居さんが好きな香水を使っていれば、武居さんが好きなロングヘアにしていれば、武居さんが好きなコロッケを作ってあげていれば、武居さんが好きなワンピースを着ていれば、武居さんの好きなロカビリーを聴いていれば、武居さんのお嫁さんになれたはず。

暢子はそんな悲しい作り話を信じてきた。そして幼い頃、自分の作り出したオメスの銀杏をいつしか本気で探していたように、観門で再会した武居と今度こそ結婚できるかもしれないと本気で期待してしまった。

暢子はゴンドラの窓に顔を映す。そこにいたのはまぎれもなく老人で、ショックを受けた。

いつのまに、こんなに老けていたの、わたし？

　顔をそむけるように窓の外に目をやると、行きも見おろした滝の近くを通りかかっていた。暢子は弓月からも滝が見えるように体を横にずらす。

「吸血さん、見て。あの滝って滝壺が竜宮城につながっているんだって。知ってた？」

　弓月は肩をそびやかしただけだ。暢子は構わずつづけた。

「わたしもずっと竜宮城にいたのね。傷つくのが嫌で、海の底の、作り話とお気に入りでかためた、居心地のいいお城に何十年って閉じこもってきたのよ。だから今日、現実に戻って玉手箱をあけたら、浦島太郎みたいに一気に老けちゃったんだわ」

「別に『一気に』じゃないと思うけど」

　そんな憎まれ口を叩いてから、弓月は「まぶしいな」と顔をゆがめた。

　いつのまにか夕日に変わった陽射しが海上からまっすぐゴンドラの中に射しこんできている。暢子のむき出しの首筋や手の甲、そして観門の町並みも等しくオレンジ色に染まってじりじり焼けていた。

　弓月が黒いポロシャツの裾を引っぱりながら言う。

「だけど、浦島太郎って長生きしたらしいよ」

「そうなの？」

「ああ。玉手箱あけて、じいさんになって、そこから結構やりたいことやって楽しく暮らしたから、臨終の頃にはもう竜宮城のことなんて忘れてたって話だ」

「よほど余生が楽しかったのねえ」

「今で言うサーフィンを最初にはじめたのも、浦島太郎だってよ。カメの甲羅に乗って、波をかいくぐったって」

「それ、カメをいじめてない？」

暢子は思わず笑ってしまってから、「あら」と口元に手をやる。窓の外を眺めている弓月の横顔をそっとうかがうと、案の定、小鼻が得意げにふくらんでいた。

作り話で励ましてくれた弓月に礼を述べる代わりに、暢子は独り言をつぶやいてみる。

「玉手箱をあけてからが、本番かもね」

一人の世界に大好きな物達と閉じこもってきた今までも、それなりに楽しかった。でも余生は、がんじがらめのお気に入りと自分を守るための作り話から少しはずれてみたらいいのかもしれない。誰かのためではなく、自分自身のために。

「わたし、ちょっとお料理を教わってみようかしら。麻矢さんや風間さんあたりに」

「まずそこからか」

弓月はつまらなそうに言いつつ、尖った八重歯を見せて笑った。

高度がさがると共に、ゴンドラの中に陽射しは入らなくなり、代わりに隙間風が走り抜けていく。山麓駅に滑りこむまでの時間は、山頂駅を目指すのぼりより早く感じた。

「おかえりなさい」とにこやかにゴンドラをあけてくれた係員はさっきと同じ女の子だ。暢子の連れが行きと違うことに気づいたのか、一瞬妙な顔をした。

暢子は女の子が手を貸してくれる前に一人でゴンドラをおりる。少しふらついたけれど、問題なかった。

山から吹きおりる風をまともに食らって、全身黒ずくめの弓月が首をすくめる。細い体は、寒さが人一倍しみるのだろう。

「日が落ちると、もう秋風ね」

暢子は風の通り道を探すように目をこらし、今年の秋は、デパートで見つけたあのキャメル色のトレンチコートに挑戦してみようと決めた。

第三章

ハッピーバースデー

「食事当番を代わってもらってすみませんね、暢子さん」

喜多嶋麻矢はそう言いながら実際は、暢子の隣に立つ風間晴生に頭をさげた。

「大丈夫よ。麻矢さんや風間さんに教えていただいて、わたしの料理の腕は最近めきめき上達してるもの。ねえ？」

由木暢子が銀髪のボブカットをゆらして自信たっぷりに微笑むと、晴生は品はいいが覇気に欠ける顔を引きつらせてうなずいた。

「はい。あの、俺はもう全然、暢子さんの料理で、ええ、本当にもう全然、大丈夫」

おいおい青年、声が露骨に死んでるわ、と麻矢はふっくらした頬を震わせ、ため息をつく。この要領の悪さからいくと、晴生が苦戦中の就職活動はまだまだ長引きそうだ。

「何の騒ぎだ？」

工具箱をぶらさげた管理人の弓月が不機嫌な顔を覗かせる。共用洗面所の水道の出が悪いのを直してくれていたのだ。いつも黒ずくめの恰好をしている弓月だが、今日はその作業のためか黒いつなぎを着ていた。陽気とは言えない顔つきに、少女漫画やアニメに出てきそうなスタイルの良さを覆い隠す出立ちとくれば、人間離れした印象は否めない。肌や服装の色合いからすると、吸血鬼が一番近そうだ。ただ、その印象も口をひらけばまた変わる。弓月には中学生……いや、小学生男子のような憎まれ口を叩く幼い側面があり、それがどこか憎めない人間味を加えていた。麻矢がはじめてこのシェアハウスに来て顔を合わせた瞬間から、弓月を「吸血くん」と呼んでいるのは、粋がる息子をからかう母親の気持ちになってしまったからだ。

弓月だけではない。晴生を見れば、「どんくさくてかわいい子だ」と思うし、自分よりうんと年上だけど生活能力のまるでない暢子に対しても、時々うっかり子供を諭すような口調で話しかけてしまう。我ながら母性本能があふれすぎやわ、と麻矢は自分に呆れていた。

「今日はね、麻矢さんのお嬢さんのお誕生日なんですって。だから、麻矢さんはご自分のお家で手料理をふるまわなきゃいけないの」

暢子の説明を興味なさそうに聞き流す弓月を押しのけて、晴生が麻矢の前に出てくる。

「麻矢さんの家って、近いんですか？」

「そうね。最寄り駅は波名田（はなだ）だから、ここからドアｔｏドアでも三十分ちょいかな」

「え。近くに家族の暮らす家があるのに、何でわざわざシェアハウスに？」

釘の突き出た棍棒（こんぼう）のような質問を無邪気に振りおろした晴生に、麻矢は肩をすくめ、ダイニングテーブルに置いておいたショルダーバッグとテレマキオという通販番組の派手なロゴが躍る大きな紙袋を手に持った。

暢子がおっとり話題を変えてくれる。

「お嬢さんへのプレゼントも通販で？」

「もちろん。私はテレマキオの回し者やから」

麻矢はしれっと答える。もちろん冗談だけど、三度の飯より通販が好きなことは事実だ。特にテレビ通販の最大手であるテレマキオに関しては、みずから落語家のような着物姿と喋りで番組ＭＣを務める社長のサービス精神に感服していた。


『シェアハウスかざみどり』の瀟洒な鉄門をあけたところで、ちょうど仕事を終えて帰ってきた川満有に出くわし、まんまと黄色いビートルで七ノ淵駅まで送ってもらう。社長付運転手という職業のくせに方向音痴な有も、さすがに最寄り駅までの道は迷わなかった。

「じゃ、三人の娘さん達によろしく。あと、旦那さんにもね。楽しい誕生日を」

「ありがとう。さすが運転手さん。安全運転やったわ」

麻矢の言葉に、有は太い眉をさげて人の好さそうな四角い笑顔を作る。こんないい人がなぜこの年まで独身なんだろうと、麻矢にいつもの疑問がまた浮かんだが、本人にぶつけるのは遠慮した。これが大人の慎みというものだ。ぜひ晴生にも身につけてもらいたい、とまた母親のようにやきもきする。

車をおりると、屋敷を出た時は夕暮れだった空が群青色の夜空へと変わり、一番星がやわらかく瞬いていた。

足早に駅に向かおうとした麻矢のすぐ横を血だらけのゾンビカップルが通りすぎていく。驚いて道の端に寄ると、ティンカーベルと不思議の国のアリスとスーパーマリオという三人連れが曲がり角からあらわれた。

「何なの？」と麻矢は思わず声が出る。

観門最大の繁華街である七ノ淵駅の周りはいつもにぎわっているが、今日は異常な騒々しさだ。混乱したままショーウィンドウを見ると、カボチャとコウモリが描かれていた。

「ああ、ハロウィンか」とようやく合点がいく。

ハロウィンという言葉やオレンジ色のカボチャは子供の頃から知っているけれど、世代的に仮装やパーティーをする習慣はなかったせいか、昨今町にあふれるコスプレ集団を見るたび、何事かと身構えてしまう。十月三十一日と聞けば、麻矢は「次女の誕生日」としか思い浮かばなかった。

コスプレした若者達をぞくぞくと吐き出す七ノ淵駅から逃げるように地下鉄に乗って六駅ほどで波名田駅に着く。七ノ淵ほどの賑わいはなく、北屋丘町ほど閑静でもない、ごく普通の住宅地だ。麻矢は今年のはじめにシェアハウスに入居してからも、何やかんやと理由をつけて自宅にちょくちょく帰ってきているので、特に感慨はない。風景も見慣れたものだ。もっとも、町並みも住民の気質も下町風情にあふれていた二十年前は、波名田が目抜き通りのあるような町になるとは想像もしていなかった。

観門一帯を襲った大きな震災とそれに伴う火災で壊滅に近い被害を受けた波名田は、観門の復興事業のモデル地域として再開発され、現在の近代的な町並みになった。生まれてからずっとこの町で暮らす麻矢は、十代で被災し、再開発によって得た便利さと不便さを我が身に感じて生きている。それでもやはり波名田は麻矢の故郷であり、「大好き」と胸をはって言える町だった。

駅前のスーパーで買い物を済ませ、高架になった高速道路の下をくぐって震災後に建てられた家の並ぶ住宅地に入ると、麻矢はふっくらした頰をさらにプッとふくらます。

「まさか、誰もいないとか?」

細い路地に入って三軒目にあたる我が家に明かりがついていなかった。

イタリック体で『Kitajima』と彫られたガラスプレートの表札の前まで来てみると、駐車場に車もない。麻矢は少し迷ったが、『シェアハウスかざみどり』の鉄門とは質感も重さも比べ物にならない小さな門をあけて、家に入った。


麻矢が荷物を置くのもそこそこにキッチンで料理をはじめて一時間経っても、喜多嶋家の玄関のドアをあけて帰ってくる者は誰もいなかった。

今日の主役である次女の愛美(まなみ)が好きなパスタサラダをこしらえ、ミキサーでカブのポタージュを仕上げ、料理好きな主婦のブログから頂戴したレシピ『激☆ウマ簡単スペアリブ!』を作るべく、骨付きの豚肉を焼き、にんにく醬油と缶詰のパイナップルと一緒に煮こみはじめても、家の中はしんとしたままだ。

麻矢は鍋にアルミホイルで落し蓋をした後、ついに我慢しきれずショルダーバッグからスマホを取り出した。メッセージアプリを立ちあげ、『家族』と示されたグループにメッセージを送る。

『みんない窓こにいるの』

『今どこ』が『い窓こ』に誤変換された文章のすぐ後に、鼻ちょうちんを出しているクマのスタンプを押した。三女の優美にまで「お母さんのメッセージは意味わからん」と言われるゆえんは、こうした誤変換の多さとスタンプ選びのセンスにあるのだろう。

スタンプのみでもやりとりができ、相手が読めばちゃんと既読マークのつくメッセージアプリのことは、長女の歩美から教えてもらった。今まで家族にメールを一斉送信しては、いらいらと返信を待つことの多かった麻矢は、すぐにガラケーからスマホに替えたものだ。

スマホを持ったまま微動だにしない麻矢の視線の先で、既読マークが『3』となる。麻矢以外の三人の家族が読んだらしい。

「読んでないやつは誰や？　アホが！」

いつも体にふわりとルーズフィットする天然素材の服を着て、黒髪をひっつめている麻矢は、ふっくらとした頰をはじめとしていたるところが丸くて、顔立ちも女らしい。ふだんは自分でもなるべく見た目通りの『やさしいママ』キャラをまっとうしたいと願っているが、波名田の自宅でくつろいでいると、つい舌打ちと共に素が飛び出した。自分の後に誰のメッセージもつづかないことにも、眉をつりあげる。

「ちょっと。既読無視とか、ありえへんわ」

麻矢が大きな声を出してスマホをソファに投げ捨てた時、リビングのドアが音もなくひらき、顔中血だらけの口裂け女が顔を出した。

背の高い口裂け女は横っ飛びで逃げようとする麻矢の腕をつかみ、話しかけてくる。

「お母さん、何してんの？」

「は？」

池の鯉のように口をひらいたりとじたりしている麻矢の顔を覗きこみ、口裂け女は「あ」と自分の顔に手をあてた。

「ごめん。うちだよ。歩美だよ」

「あゆみぃ？」

「うん。これは、ハロウィンの——」

「顔洗っといで！　話はそれからや」

歩美の言葉を遮るように、麻矢の怒号が飛んだ。


十五分後、顔を洗って、麻矢のよく知る顔に戻った歩美と向き合う。よく見るとうっすら血のりの跡が残っていたが、麻矢はあえて無視して一番聞きたいことを尋ねた。

「愛美はどこ？」

「知らない」とすげなく首を振った歩美だったが、麻矢の顔がよほど怖かったのだろう。あわてて背筋を伸ばし、記憶を辿るように斜め上を見た。

「あ、ハロウィン……。ハロウィンパーティーだったと思う。うん。場所はわからないけど。

うちがさっきゾンビになっていたのも、愛美のメイクキットを借りて――」

もそもそ喋る歩美の言葉をぶった切るように、麻矢は詰問する。

「誰が主催してんの、そのパーティー？」

「わからないなあ」

成人を迎えたというのに、いまだ小学生並みに頼りない長女に苛立ちながら、麻矢はさっき放り投げたスマホを拾う。愛美に電話してみたが、予想通り出なかった。

中学二年生、思春期で反抗期の真っ盛りというのもあるが、気質的にも自由人である愛美は、家族に干渉されるのを嫌う。私のメッセージを読んでいない一人もどうせあいつだ、と麻矢は決めつけていた。

話は終わったとばかりに部屋から出ていこうとする歩美の腕をつかみ、詰め寄る。

「お父さんは？」

「優美のサッカーの付き添い。今日は夜練もあるから、帰ってくるの遅いと思うよ。あ、愛美のハロウィンのことは、事前に聞いて了承してるはず」

三女の優美は小学四年生で、地元のサッカークラブで男の子にまじって練習している。熱心に指導してくれるクラブの中でめきめきと力をつけていき、「夢はプロのサッカー選手」と言いきる優美に、高校時代サッカー部だった夫は助力を惜しまない。練習場所への送迎に練習相手にと、仕事以外のすべての時間を末娘のために捧げていた。

「了承？　やっと、十四歳に、なったばかりの娘が、夜に、どこの誰が、集まるかも、わからないゾンビパーティーに行くのを、許したっていうん？」

腹が立ちすぎて息切れを起こしている麻矢に「ハロウィンパーティーね」と訂正した後、歩美は短く切りすぎてハリネズミのように尖っている髪をゴシゴシ掻いた。

「あー、そういうのはもう、お父さんと愛美の間でちゃんと話し合ったと思うよ。ていうかお母さん、何？　今日は何で帰ってきたん？」

「愛美の誕生日だからです！　家族の誕生日を家族で祝って何が悪い？」

叫んだ後に、鍋の中のスペアリブの具合が気になり、麻矢はあわててキッチンに走る。豚肉のかたさをたしかめ、煮汁をまんべんなくかけて、ふたたび落し蓋をしてから、カウンターを挟んで歩美と向き合った。ひょろりと背が高い歩美は、麻矢をあからさまに見おろし、

「家族、家族って言うけどさあ」とつぶやく。

「うちらが小さい頃ならともかく、みんな成長して、それぞれの生活が忙しいんや。全員集合させたいなら、前もって連絡しといてよ」

諭すような言い方に、麻矢はカチンときた。自分より十センチも上に顔のある長女を睨めまわし、腰に手をあてる。みずから地雷に足をのせる覚悟で聞いてみた。

「は？　忙しい？　なら、歩美はどうして家にいんの？　あんた、大学は？」

高校を卒業し、大学の看護学科に進んだ歩美は、本来なら遅い時間まで実習や演習などの課題に追われる毎日のはずだ。それが家にいるということは……？

「今日は休んだ。どうしても描かなきゃいけない物があったから」

麻矢の厳しい視線の先で、歩美は悪びれもせず言い放った。ふてくされたような、ひらき直ったようなその顔は、少しつりあがった猫目といい、尖った顎といい、全体的に涼しげで、麻矢にはないシャープさがある。婚姻届すら出さずに逃げて、麻矢を未婚の母にした男と瓜二つだ。

「まだつづいてるの、あのラクガキ？」

「つづいてる。好きだから、ずっとつづけるよ」

歩美の即答に、頭がクラクラした。

これとほとんど同じやりとりを、麻矢は今年の一月にもしている。歩美の誕生日に将来の夢を何気なく聞いたら「漫画家」という答えが返ってきて、看護師になるものだとばかり思っていた麻矢は、仰天するやら激昂するやら、大騒ぎになったのだ。

麻矢がショックだったのは、歩美の将来の夢ばかりではない。歩美と対立する麻矢を、次女の愛美と三女の優美が非難し、姉側についたことだった。

「誰のおかげで大きくなったと思ってるん？　お母さんに不満があるなら、この家を出ていきなさい」

歩美に向かってそう怒鳴った麻矢に、ふだんからぶつかることの多い愛美が叫んだ。

「お姉ちゃん、出ていっちゃ嫌や。子供が自分の思い通りにならないとヒステリー起こすなら、お母さんが出ていけばいい。私も優美も、お母さんの操り人形にはならへんもん」

「お母さんがいなくなったら、あんた達、ごはんはどうするのよ？　洗濯は？　掃除は？」

「それくらい、みんなで分担したら出来るわ。お父さんだっているし」

麻矢の頭に血がのぼる。自分の存在意義でもある家事が「それくらい」で片付けられた挙げ句、どうやら母親の自分だけが家族から省かれようとしている流れを感じたからだ。

麻矢は愛美に抱きこまれた優美に視線を合わせ、出来るだけやさしい声を出す。

「優美はどう？　お母さんが出ていっても平気なん？」

優美は連日のサッカー練習で日焼けした顔をまっすぐ麻矢に向けると、しばらく考えてから「うん」とうなずいた。

「サッカーの練習は、お父さんがいたら問題ないし、それに……お母さんが家におると、いつもお姉ちゃん達と喧嘩しよるでしょ？　優美、あれがすごい嫌や。ウザいわ」

三人娘は言いたいことだけ言うと、めいめいの部屋にこもってしまう。顔色を白くして立ち尽くす麻矢に、夫が声をかけた。

「お母さんの偉大さに気づかないなんて、みんな、まだ子供やなあ」

おどけたように、麻矢の機嫌を取るように、発せられたその言葉で、麻矢の堪忍袋の緒が音を立てて切れたのだ。

「だったら、気づいてもらおうやないの」

「へ？」

「あの子らが頭冷やすまで、出ていくわ、家」

歩美が三歳の時に出会って、五歳の時に家族になった今の夫は穏やかないい人で、歩美を含めた三人の娘達から慕われ、懐かれ、好かれていた。以前からその関係に安心しつつもひそかに羨んでいた麻矢は、親子喧嘩のとばっちりを夫に浴びせてしまったのだ。

「ちょっと待ってよ。本気か？」

「本気。私が当てた三年前の年末ジャンボ、あれでどこかにアパートでも借りて住むから」

「いや、でもあの金は、子供らの教育資金にって君が——」

「もう知らん。あの子らが頭さげて頼んでくるまでは、帰らへん。ちゃんと言うといて」

夫はその後も何やかんやとなだめてくれたが、麻矢の気持ちは変わらなかった。

頃合いよく期間限定のおためしキャンペーンに申しこみ、『シェアハウスかざみどり』に入居出来てからも居場所を家族に教えなかったのは、麻矢のちっぽけな意地だ。娘達が聞いてきたら教えてあげようと思っていたが、メールや電話で気軽に連絡がとれるせいか、いまだに誰も聞いてこない。さらに、麻矢自身が家族と会えないことに我慢しきれず中途半端に家に顔を出すせいか、末っ子の優美すら「ごめんなさい」はもちろん「さびしい」とすら言ってこないまま十ヶ月近くが経とうとしていた。愛美なんて「お母さんとは、これくらいの距離感がちょうどいいんだよ」などとぬかす始末だ。完全に裏目に出ている。

歩美との関係は、物理的な距離を置くことでだいぶ平静になれた部分もあるが、将来のことに話が及ぶと、やはり今でもお互い身構え、意固地になりがちだった。

「漫画家になりたいって？　やめてよ、小学生じゃあるまいし。もっと現実を見なさい」

「見てる。だから今、必死で描いてんの。お母さんは邪魔せんといて」

「必死？　部屋の明かりもつけんと、ゾンビメイクのまま寝てたんやろ？　どこが必死なの？　何が本気なの？　看護師の勉強が大変やから、逃げてるだけと違う？」

キッチンカウンターを挟んで、母と娘は睨み合う。

先に目をそらしたのは歩美だったが、動いたのは麻矢だった。スペアリブの鍋の火を消し、ポタージュとパスタサラダが出来あがっていることを確認して、カウンターを出る。『シェアハウスかざみどり』のだだっ広いキッチンよりずっと馴染みのある自宅のキッチンだが、今日のここはとても寒々しかった。理由はわかっている。ここに、麻矢の居場所がないせいだ。このキッチンに麻矢が入っても、どんなにおいしい料理を作っても、家族はさほど喜んでくれない。

「鍋にスペアリブが入ってるから。食べるなら、もうちょっと煮こみなさい。パスタサラダが残ったら、タッパーに入れて冷蔵庫で保管ね。それからポタージュはあたためて――」

麻矢はフッと息をつき、喋るのをやめる。家族のことが心配であれこれ世話を焼いてしまう。あれこれ先回りして指示を出してしまう。自分では愛だと思っていた行為に対し、娘三人が「ウザい」と口を揃えたことを、歩美のしらけた顔を見て思い出したからだ。

「――ま、後は好きにして」

手短に言葉を切ると、麻矢は床に置いたままだった荷物一式を持ちあげる。テレマキオの紙袋も、一瞬迷った末に持って帰ることにした。

本日の主役であったはずの愛美からメッセージが来たのは、帰りの地下鉄が七ノ淵駅に着いた頃だ。

『ハロウィンパーティー中。ひょっとしてお母さん、誕生日メシ作ってくれたの?』

文章の後に「ごめんにゃ」と汗をかきながら謝る猫のスタンプを押してきた。

面と向かっては絶対に自分の非を認めない愛美でも、ここでは簡単に謝ってくる。スタンプを押せばいいだけだものね、と麻矢はスマホを握る指先が冷たくなるのを感じた。

地下鉄のホームでいったん立ち止まり、愛美に返信する。『おたんじょうびおめでとう』と時間をかけて入力した文章を消して、もたもた打ち直した。

『ハロWinパーティーでかぼ茶でもくっとけアホむすめ』

誤変換はそのままに「えいっ」と送信ボタンを押すと、麻矢はテレマキオの紙袋を荒々しく振りまわしながら改札に向かった。

*

次の日の夕方、麻矢は管理人室の紫のドアをノックした。出てきた弓月は細い体をドアにあずけて腕組みし、麻矢が「これ、あげる」と持ちあげた物を胡散臭そうに眺める。

「何それ?」

「湯たんぽよ」

麻矢は小判型の容器をゆする。表面を覆う耐熱ガラスの中でふわあっと白い粒が舞った。

「スノードームだろ」

「スノードーム湯たんぽよ。『身も心もあたたかくなるってぇんで、テレマキオ、この秋イチオシの防寒グッズでさぁ！』」

名物社長の江戸弁を真似てみたが、弓月は表情一つ変えずに「いらない」と即答した。

「まあ、そう言わずに。いいやん、使えば」

「自分で使えよ」

「もう使ってるわ。二個もいらないから、吸血くんにあげるんだって。最近よく寒そうにしてるやろ？　これ抱いて寝てみ。全然違うから」

突き出されたスノードーム湯たんぽがまだ雪を散らしているのを見て、弓月はしぶしぶ組んでいた腕をほどいて受け取ってくれた。

「本当は誰にあげるつもりだったんだ、これ？」

う。鋭い。麻矢はとっさに腰が引けてしまう。自宅に娘への誕生日プレゼントを持っていき、そのまま持って帰ってきてしまった経緯と理由をどこまで話そうか考えていると、板張りの共用廊下がミシリと鳴った。帰宅した晴生が玄関ホールから顔を覗かせる。スウェットパーカにデニムというカジュアルな服装から察するに、今日は就活の日ではなかったらしい。顔つきもいくぶん明るかった。麻矢はホッとして手をあげる。

「風間くん、おかえり」

「あ、ただいまです」

「昨日の食事会どうだった？　暢子さんの料理の腕、上達してたでしょ？」

「えっと、まあ、食べきれました。何のメニューかは、よくわかんなかったけど」

結構辛辣なことを言う。これで本人には悪気も邪気もないのだから、始末が悪い。

呆れている麻矢に会釈し、晴生はそのまま弓月の部屋とは反対方向にある自分の部屋へ帰ろうと背を向けかけたが、ふいに振り返った。

「そうだ。麻矢さんってヒマですよね？」

麻矢の眉がピクリとあがるのを覗きこみ、弓月が尖った八重歯を見せて嬉しそうに晴生に言う。

「おたく、二秒で就職面接に落ちるタイプだな」

「え。何で二秒？　どういうこと？　どういうこと？」

動揺している晴生を見て、麻矢は胸をそらした。

「専業主婦なのに自宅は家族にまかせきりの私は、たしかにヒマですけど、何か？」

「よかったー。バイトしません？　エキストラの」

麻矢の言葉に含まれた厭味を完全にスルーして、晴生はいそいそ近づいてくる。正八角形の中庭をぐるりと取り囲むように伸びた回廊の一点に三人が密集すると、弓月が嫌そうに脇へどいた。スノードーム湯たんぽを抱えたまま、中庭に面した手すりに腰かけ、完全に傍観者の構えだ。

「エキストラ？　ドラマの通行人役みたいな？」

「はい。俺のバイト先の社長がそっち方面にも事業を広げるとか言い出して、今、人材を集めてるんですよね」

「風間くんのバイトって……ヒーローショーだっけ？」

「はい。俺はいろいろ忙しくて、この上エキストラなんてとても無理なんで」

晴生は「いろいろ」をことさら強調して言う。

「私だって無理よ。演技なんて出来ないし」

「あ、エキストラは演技力とか全然いらないんで、大丈夫です」

「でも、ちょっとくらい、いるでしょう？　なんかこう、才能みたいな――」

「いや、本当に。何のきらめきもない、目立たない人間の方がむしろオーケーみたいな」

「……やめよっかな」

「ええっ。なぜ？」

「モチベーションの問題よ」

自分の失言に気づかず、不思議そうに首をかしげる晴生を本気でどつきたくなったが、麻矢が動くより先に、弓月が口をひらいた。

「趣味としてやってみりゃいいんじゃない？　おたくはそういう世界向きの名前を持ってるんだし」

「あ、キタジママヤ！　『ガラスの仮面』！」

ニヤニヤ笑う弓月と目をキラキラさせる晴生、若い男子に双方から見つめられ、麻矢はゆっくり息を吐く。趣味ねえ。

――お母さんの趣味って、本当に『家族』だけだよね。

今年の正月、麻矢が凝りに凝って作ったおせちを前にして、歩美が軽蔑したようにつぶやいた言葉がよみがえってくる。気づくと、麻矢は「やるわ」とうなずいていた。

＊

晴生の紹介でイベント会社のエキストラ部門に登録を済ませると、間を置かずに仕事紹介の電話がきた。平日の朝五時から午前九時までという偏った拘束時間で、食事代と交通費は自分持ちという劣悪な条件だったが、麻矢は「参加します」と二つ返事で引き受ける。

――はーい。喜多嶋さん参加と。では明日の朝五時、萬角デパート前に来てくださーい。

軽い口調でお願いされ、電話はあっさり切れた。

次の日、麻矢が言われた通り朝の五時に萬角デパート前に行くと、すでに三十人ほどの老若男女が手持ち無沙汰に立っていた。本日のエキストラ仲間に違いない。十人ほどでかたまって談笑しているのは、友達同士だろうか？

人見知りをしない麻矢は挨拶をして、一番大きな集団の輪にちゃっかり加わった。

「みなさん、エキストラ経験は長いんですか？」

麻矢の質問に、彼らは顔を見合わせる。

「一番長い人でも四年くらい？」

「そうそう。タケさんは定年後の趣味としてはじめたから、それくらいだよね？」

話を向けられた年配の男性は「だな」とうなずき、遠慮なく麻矢の全身を眺めまわす。

「あんたは、はじめてか？」

「はい。知り合いに勧められて」

「ミーハー根性だけではつづかない、なかなか過酷な職人仕事やで。今日は気候がよくて助かった。真夏とか真冬とか、本当に地獄やからね」

ミーハーでもなければ根性もさほどないと自覚している麻矢は「へー」としか返せない。

十一月に入ったばかりとはいえ、早朝はストールを巻いていても寒かった。極寒の時期に、このバイトのために早起きして外出するモチベーションが保てるか、怪しいものだと思う。

「とりあえず、趣味になればいいなと思ってるんですけどね」

小声で本音を告げた麻矢を、エキストラ仲間達はあたたかく歓迎してくれた。

十五分ほど待っていると、デパートのシャッターが半分だけあき、ネルシャツの上からダウンベストをはおった男性が出てくる。

「おはようございまーす。今から、デパートの中で撮影しまーす。控室も中に用意したので、移動願えますか？」

物慣れた調子で言うと、男は寝癖がついた頭をぺこりとさげ、さっさと引き返していく。

その後を、エキストラ達が静かに追った。ガラガラと後ろで大きな音が聞こえたので振り返ると、テレビスタッフらしき人間がデパートのシャッターをしめている。麻矢は開店前の老舗デパートに入るというレアな体験が出来ただけでも、エキストラをやる甲斐があったと、薄暗いフロアをわくわく見渡した。デパート好きの暢子に自慢出来そうだ。

化粧品売場も靴売場も商品棚に布をかぶせてある。ふだんのきらびやかなオーラがすっかり消えて、倉庫のようだ。エスカレーターとエレベーターが運転を停止しているため、全員階段で二階にあがった。

「わ」と何人かが声を漏らす。

二階のフロアだけ、電気が煌々(こうこう)とついていたからだ。電気だけではない。撮影用のまばゆい照明が、シャネルやプラダやブルガリといった海外の高級ブランドショップを一層かがやかせている。その中に一店だけ、営業時間内のように商品が並べられているブランドがあった。店員の姿はなく、店の前にテレビスタッフらしきビール腹の男が立っている。

先頭を歩いていた寝癖頭のスタッフが立ち止まり、そのブランドを指さした。

「今日は、こちらのお店を借りて撮影します。シーンは、女刑事が聞き込みに来る、犯人が愛人にバッグを買ってやる、女刑事が万引き現場を取り押さえるの、合計三つでーす」

『サザエさん』の次回予告か、と麻矢は心の中で突っこんでしまう。説明が手短すぎて、台本をもらえないエキストラ達は、それがどんな話なのかまるでわからない。

寝癖頭のスタッフはエキストラ達の腑に落ちない顔などおかまいなしに、「ざっと役を決めて、衣装合わせしちゃいましょう」と声をはりあげた。

慣れない場所での不安と緊張から挙動不審になっていて目立ったのか、麻矢は一番に「この女性」と寝癖頭のスタッフに指さされた。

「あなた、ブランドショップの売り子さんね。主人公が店に入ってきた時に『いらっしゃいませ』、何も買わずに出ていく時に『ありがとうございました』、この二言をよろしくお願いします。衣装に着替えたら、スタッフにヘアとメイクを直してもらってください」

すぐ横にいたタケさんが「やったな」と小声でささやいてくれる。

「セリフのある役なんて、そうそうまわってこないぞ。しっかりおやり」

「はい」とうなずいたつもりが、声が出ていなかった。指定された場所で着替えてこようと歩き出してみたものの、膝に力が入らない。泣きたいのに、逆に笑いがこみあげてくる。

思えば高校を中退して以来、麻矢の人生において、緊張する機会はほとんどなかった。子供達の発表会や病気でどきどきすることはあっても、自分自身を試されている緊張とは種類が違った気がする。

誰かの作ったルールの中で、たった一人で力を発揮する。それは、長年マイルールで家族を動かし、家庭内を仕切ればよかった麻矢にとって、ほとんど不可能なことに思えた。

「いらっしゃいませ」

さっきから何度口にしたかわからないセリフを吐き出したとたん、思わずため息が出てしまう。あ、まずい、と思った時にはもう「カット」の声がかかっていた。

カメラの向こうで監督が天井を見あげ、店内に入ってきた刑事役の女優が大げさに肩をすくめてみせる。女優の顔には華やかな笑みが浮かんでいたけれど、目は笑っていなかった。本番直前のリハーサルであるランスルーが、エキストラのNGで五回も中断しているのだ。当たり前だろう。

「すみません」

謝る声も消え入りそうな麻矢のもとに、寝癖頭のスタッフが走ってきた。撮影がはじまり、彼が助監督だと知った。助監督という名の雑用係であることも知った。

その彼が血走った目でささやいてくる。

「ちょっと、ちょっと、頼みますよー。バイトとか会社勤めとかの記憶をこう、辿ってですね――」

「私、バイトも会社勤めもしたことありません」

「え、マジで?」

「はい。高校を中退して子供産んで、そのままずっと専業主婦です」

それが何か?　とはひらき直れなかった。麻矢は自分自身がその経歴を「恥ずかしい」と思っている事実に、ショックを受ける。うつむいたままの麻矢を前にして、助監督は言葉を失い、寝癖頭をぐしゃっと掻く。やがて、さばさばとした早口で切り出した。

「役、変えていいですか?」

「は? でも——」

「『いらっしゃいませ』のイントネーション、何回注意しても直らないし、挙げ句、ため息ついて逆ギレされてもね。開店まで時間もないので、違う人に頼んでいいですよね?」

ぐうの音も出ない。麻矢は顔をあげられないまま「すみません」と謝って、撮影場所の売場から離れた。

自分のワードローブにない上品なスーツを着て、簡単ながらヘアメイクをプロにしてもらい、ふだん見ることのない高級ブランドのレジの向こう側にまわって、最高潮に達したときめきは、カットが繰り返されるごとに磨り減って、今はもう微塵もなくなっている。

エキストラの控室として使われている階段の踊り場に戻ると、出番を待つタケさん一行に慰められた。待ち時間の長いエキストラは比較的自由に撮影を見学出来るため、麻矢の失態も筒抜けのようだ。

「はじめは、みんなそんなもんや」

「でも、ただの『いらっしゃいませ』ですよ? 町でよく聞く当たり前の一言が言えないなんて、自分が信じられへん」

そう憤ってから、麻矢は衣装を見おろし、「自分が恥ずかしい」と小声で付け足した。

自分以外の誰かになるって、楽しいかも。そんな浮かれたことを考えていた、さっきまでの自分が恨めしい。

何がキタジマヤだ。何が『ガラスの仮面』だ。「いらっしゃいませ」も言えない私が紅天女を演じられるわけがない。紅の豚だって無理だ。いや、もう、自分が何を言っているのかわからない。

麻矢が自分の名前にまで八つ当たりしながら、カーテンで仕切られた着替えスペースへ向かっていると、タケさんが独り言のようにつぶやくのが耳に入った。

「バンさんがいれば、もうちょっとフォローできたんやろけど」

「バンさん？」

振り返った麻矢に、タケさんはうなずく。

「この道二十年のベテランだよ。年は俺よりずっと下だがな。とにかくどんな現場でも、どんな役でも、目立たずこなせる伝説のエキストラや」

伝説のエキストラ。すごさが今ひとつ伝わってこないが、それでも麻矢の心には響いた。

「その『バンさん』って人は、エキストラだけで食べてきたんですか？」

「いや、それはさすがに無理やろ。俺も人づてに聞いただけやけど、本業は探偵で、副業のエキストラで培った気配の消し方が役に立っているとかいないとか……」

「探偵？」

胡散臭いなと思いつつ、麻矢が「会ってみたいわあ」と口にすると、タケさんはニカッと銀歯を見せて笑った。

「なら、また現場に来なきゃな。一回の失敗で懲りたらあかん」

「はい」

灰色の制服と制帽で警備員に扮したタケさんに向かって、麻矢は敬礼してみせた。

＊

タケさんの励ましに救われて、麻矢はそれからいくつかのエキストラをこなした。

現場で『伝説のエキストラ』にはいまだ会えず、セリフ付きの役はあれ以来ご無沙汰だったけれど、通行人として主役の俳優達の後ろを通りすぎるだけでも、麻矢は十分緊張するし達成感があった。そして、タケさん達を介してエキストラの「仲間」と呼ぶべき知り合いが増えていき、長い待ち時間のお喋りが今は何より楽しかった。

「本当にいろんな人がいるんですよ。家族連れで参加する人もいるし、タケさんみたいに定年後の生き甲斐にしている人もいるし、出演俳優の熱狂的なファンの人もいるし、映像科の学生が勉強がてら来たりね」

小春日和の気だるい陽射しの中、麻矢は『シェアハウスかざみどり』の中庭に敷かれたタータンチェック柄の起毛レジャーシートの上に座り、大きなボウルいっぱいに盛られた栗の皮を手早く剝きながら口も動かしつづけている。

ボウルを挟んで向かい合った暢子も、麻矢の言葉にうなずきながら同じように栗を剝いていたが、こちらは危なっかしい手つきで、スピードも麻矢の半分以下だ。

赤い八角形の屋根の上では、山側を向いた風見鶏が二人を見おろしていた。

「それはおもしろそうねえ。何より、開店前の萬角デパートに入れたっていうのが羨ましいわ」

銀髪のボブカットをゆらして、暢子が夢見るように視線をあげる。

「でしょう？　今度よかったら、一緒に行きません？」と麻矢が誘うと、まんざらでもなさそうにフフフと笑った。ずいぶん打ち解けてくれたな、と麻矢はホッとする。

シェアハウスに入居してからも自分の部屋にこもっているか、一人でデパートに出かけていくかの二択行動しかなかった暢子の方からまさか「栗をたくさん仕入れたから、料理方法を教えてもらえないかしら？」と声をかけてくれる日が来るなんて夢にも思わなかった。同じ住人でもあまり家にいない有に対してはまだ若干警戒しているふしがあるが、麻矢や晴生とは冗談を言い合う仲になった。有への態度もきっと時間が解決してくれるだろう。麻矢は感慨深く起毛レジャーシートをなでる。

「野外で栗の皮剝きって、何かいいですね。ピクニックみたい」

「でしょう？　栗って皮を剝くのが大変って話を聞いたから、お天気のいい日にすてきな中庭でやれば、気も紛れるかしらって」

微笑みながら淡々と話す暢子を見て、麻矢は「しゃれてるなあ」と感心した。

一人で気ままに生きてきたらしい暢子の料理の腕と知識は小学生以下だし、時々突拍子もない作り話をして喜ぶ困った人ではあったが、その分、発想が自由だし、暮らし方に余裕が感じられる。その余裕こそが、レジャーシートみたいなささやかな日用品選びにも妥協を許さぬ審美眼を養うのだろう。

我が身を振り返ると、歩美が生まれてから今まで、余裕のあったためしがない。いつだって世間の目と通帳の残高と戦って、妥協に次ぐ妥協をしながら、なりふり構わずやってきた。自分が楽しいかどうかより、夫や子供達が楽しんでくれているかどうかに焦点を絞ってきた気がする。

「麻矢さん？　どうかした？　大丈夫？」と暢子が心配そうに覗きこんできた。

「あ、ごめんなさい。陽射しが気持ちよくて、ぼーっとしちゃった」

麻矢はあわてて首をまわす。中庭の真ん中に立つ銀杏の葉はすっかり黄色く色づき、秋が終わるのもそう遠くないことを教えてくれていた。

ボウルいっぱいの栗をほとんど剝き終わった頃、玄関ホールのガラス戸があき、晴生が姿を見せた。大きなバックパックを背負った、カジュアルな私服姿だ。麻矢の口が勝手に動いてしまう。

「今日もアルバイト？　就活は？」

いけない。これではまるで口うるさい母親じゃないか。

晴生は特に気にした様子もなく「あ、えっと」とバックパックをゆすった。

「今日はボランティアで施設に行ってきました」

「施設って?」

「児童養護施設です。蓮くんが入っている——」

その名前を聞いて、麻矢はようやく晴生と弓月の口からたまに出てくる子供の話を思い出す。詳しい事情は聞いていないが、その子が児童養護施設に入所する当日に知り合ったらしい。

「あれって夏くらいの話だよね。まだ交流があるんだ?」

「あ、はい。出来れば俺、蓮くんが大きくなるまでずっと見守りたいっつうか、交流したいと思っていて、児童相談所の堂さんに相談したら、ボランティアを勧められたんで」

柄じゃないんですけど、と気まずそうに頭を掻く晴生を、麻矢はぽかんと見あげてしまう。就活玉砕という頼りない印象しかなかった晴生だが、一方で、他人に慈愛の心を持てる人格者でもあるらしい。世の中の弱者と呼ばれる存在に対して、あくまで自分の家族を守りきった上での余暇みたいな心配りしか出来ない自分を、麻矢は深く恥じた。

麻矢の様子には構わず、晴生は女性陣二人が中庭で何をしているのかと視線をめぐらせていたが、ボウルいっぱいの栗を見つけ、パッと顔をかがやかせる。

「それ、栗ですか? すげぇたくさん!」

「そうよ。おいでおいで」と暢子が手招きすると、素直に玄関から靴を持ってきて中庭におりる。

「栗ってもっと旬が早いと思っていました」

そんなことを言いながら、晴生は躊躇なく麻矢と暢子の間にストンと腰をおろした。

「これは晩生種の石鎚(いしづち)って栗なの」

「暢子さん、栗拾いしてきたんですか?」

「まさか。お取り寄せよ」

「そっか。最近の暢子さんは料理に熱をあげているみたいだから、本格的に仁埜(じんの)の山あたりで採ってきたのかと」

「そういうのもいいかもね。ジビエとか」

暢子は愉快そうに、でもあながち冗談でもなさそうに言うと、フフフと笑った。

「そうだ。風間さん、今度時間のある時にスマホの設定の仕方を教えてもらえるかしら?」

「え。暢子さん、スマホに機種変したの?」

麻矢が目を丸くすると、暢子は恥ずかしそうにこくりとうなずく。

「いろいろ新しい物にも触れてみようと思ってね。あ、それに、スマホでしか読めない漫画があるって、風間さんから聞いていたから」

麻矢は以前入った暢子の部屋で、大きな本棚にぎっしり並べられたコミックスに圧倒されたことを思い出した。貸本時代からの生粋の漫画好きらしい。

「そうそう。たとえばこれとか……」

言いながら晴生は手早く自分のスマホを操作し、画面いっぱいに四コマ漫画を表示した。

「『元ヤンおかんの言うことには』」

タイトルを読みあげた麻矢の横から、暢子がスマホを取りあげ、さっそく読みはじめる。

「たしかに、おもしろいわねえ」

「でしょ？　俺、去年から読者登録してます。美少女おかんのぶっとび具合がウケるんですよね。萌えの新機軸っつうか、あるあるの向こう側っつうか、日常系漫画の傑作ですよ。書籍化してほしい」

漫画も小説もあまり読んだことのない麻矢は、興味を失って栗の皮剝きに戻りながら尋ねた。

「作者は誰なの？　私も知ってるくらいの有名な漫画家さん？」

「『寿司子（すしこ）』さんですって。わたしはちょっと存じあげないわ」

「暢子さんが知らないいなら、無名か」

麻矢が切り捨てると、晴生がかばうように言った。

「そのうち有名になりますよ。今、ＳＮＳとかですっげー拡散されてるから」

暢子が顔をあげ、麻矢にスマホを手渡す。

「絵がとにかくかわいいし、ネタに普遍性もあるし、麻矢さんでもきっと笑えるわ」

「『でも』って何？　どうせ文化を理解しませんよ、私は。麻矢は少しムッとしながら栗を置き、スマホを受け取る。

操作方法を説明しようとする晴生に「私でもスマホくらい使えます」と噛みついてから、画面に目を落とした。

*

ボウルいっぱいの栗は、暢子と晴生という二人の助手を得た麻矢の手によって、栗おこわ、栗入りの五目煮、栗と甘納豆の抹茶パウンドケーキといった、デザートまで栗づくしのメニューへと変身した。

今日は週一回の食事会の曜日ではなかったが、暢子の好意でそれらの栗づくしをみんなでいただくことにする。

仕事で帰れない有を除いたシェアハウスの住人三人と管理人の弓月で広いダイニングテーブルを囲んだ。一日姿を見せなかった弓月は、来るべき冬に備えて暖炉の薪を県北部の仁埜市まで調達しに出かけていたらしい。

食堂と玄関ホールの暖炉が本当に使えることに驚く晴生に、暢子が暖炉の炎の美しさについて語っている。弓月は栗おこわを口いっぱいに頬ばりながら、煙突の大掃除の手順を声に出して確認していた。

そんなにぎやかな団らんの中、麻矢はそっと席を立つ。

「お先にお風呂いただくね。あ、食後のデザートにパウンドケーキもあるから」

言いわけのように早口で喋りながら流しに食器を運んだ後、自分の部屋に戻った。

台形の部屋の真ん中で、ゆっくり深呼吸を三つして、「あーあー」と発声してみる。よし、大丈夫。私はキレてない。

麻矢はおもむろにスマホを取り出し、連絡先を表示すると、『歩美』を選んで電話した。

コール二回で本人が出る。歩美はどんなに激しい喧嘩をしている最中でも、麻矢からの電話を無視したことがない。何かの事情でとれなかった時は、折り返しかけてくる。ちゃっかり者の次女にはない、長女の律儀なところだ。そして不器用なところでもあると、麻矢はわかっていた。

もし次女の愛美なら、看護の勉強より漫画を描くことに時間を割きたいという願いをもっとスマートに打ち明けたはずだ。もしくは、親が賛成するしかないところに来るまで、平気でだまっていた気がする。でも、長女の歩美はそんな要領のいいことが出来なかった。真っ向から母親に反抗して、ぶつかり、お互い言わなくていいことを言って傷つけ合って、結局、引っこみのつかない母親が家を出るしかなくなったのだ。

麻矢が唇を嚙みしめていると、電話の向こうで歩美が「もしもし?」と不審そうに繰り返した。

——お母さん、どうかした?

「ええ。どうかしたわよ、『寿司子』さん」

電話の向こうで唾をのむ音がはっきり聞こえてくる。やっぱり寿司子は歩美なんだと悟った瞬間、深呼吸や自己暗示の効果はあっさり吹き飛び、麻矢の口から怒声が飛び出した。

「だまんな、ボケ。もうお見通しやわ。ブログも全部読んだしな。『元ヤンおかんの言うことには』？　はっ。あんたは、あんな漫画描くために大学サボっとんの？」

——あの、お母さん、落ち着いて。

「うっさい。指図すんな。バリバリ落ち着いてるわ」

——あー。えっと、あのね、ネタにしたことは謝るけど、あれ、別にお母さんを笑い物にしたつもりはなくて。

「賞味期限を気合で延ばそうとする、節水しすぎて腹ばいで入浴してる、ＩＴ用語を知ったかぶりした挙げ句、放送禁止用語と間違えて口走る、メールの件名に本文を入れる、アイドルの記憶が二十年前で止まってる、地図が読めない、遊園地で子供よりはしゃぐ……たしかに全部、私がやってることやけど」

——ははは。

「笑ってる」

——あ、ごめん。でも、うちはお母さんのことを別に恥ずかしいとか思ってへんし。

「だいたい、お母さんのどこが『元ヤン』なん？」

——それは……。

「まあいいわ。そんなんこの際、どうでもいいわ」

麻矢が吐き捨てるように遮ると、歩美は「え」と言葉に詰まった。

スマホを握りしめすぎて白くなった指を見て、フッと麻矢の力が抜ける。

「二百九十一話」

——は？

「あんたがお母さんのことをどれだけネタにしても、コケにしても、現にあんたからは私がそう見えてるんやから仕方ない。それはいい。でも、二百九十一話だけは、許せない」

麻矢はさっきまでとは打って変わって静かな声で問う。

「『何もあんな日に、わたしを生まなくたっていいのに』って何？　自分の誕生日を忌まわしいものみたいに言わないでよ。歩美にあの日のお母さんを否定されたら、お母さんは……私はどうしたらいいの？」

そこまで喋って、声の震えをどうすることも出来なくなり、麻矢はスマホを持った腕をだらりとおろした。歩美が何か言っているのが聞こえてきたが、構わず電話を切る。

すると、待ちかねたように呼び出し音が流れ出し、麻矢はあわててスマホを取りあげた。

「もしもし？」

——あ、どうもー。エキストラ派遣の——

「ああ」

露骨に力が抜けてしまう。相手は気にせず、一方的に明日のエキストラ募集について説明した。

「やります」

――あ、そっすか？　えっと、季節はずれの台風が近づいてきているんで、悪天候だったら順延で、ロケ弁はなし。交通費も自己負担ですけど？

「いいですよ。やりますよ。煉瓦倉庫に午後十時ですよね。夜中の撮影なんですよね。はい。気合入れてがんばります！」

麻矢はやけになってうなずくと、荒々しく電話を切った。


それから麻矢は腹を空かせたライオンのように部屋をうろつき、歩美からの電話を待ったが、スマホは微動だにしない。我慢しきれず苛立ちにまかせて回廊へ飛び出すと、すぐ目の前の手すりに腰かけてスマホをいじっていた弓月に頭から突っこみそうになった。

「吸血くん？　何でここに？」

「風見鶏が鳴くのを待ってる」

弓月は風見鶏の今にも鳴きそうな躍動感にあふれたシルエットを見あげ、ブスッとしたまま答える。

「鳴くの？　風見鶏が？　それってまさかベイリー邸の『風見鶏の七不思議』ってやつ？」

麻矢が『気の毒な人』を見る目つきになっているのを敏感に察したのか、弓月はあわてて屋根を指さした。

「本当だぞ。この屋敷の風見鶏は、気圧の変化によって本体が軋(きし)んで、鳴き声みたいな音が出るんだ」

すると、弓月の言葉を裏付けるように甲高い「キッココー」という音が夜空に響き渡った。

「あ、鳴いた」

「ほらな」と弓月が小鼻をふくらませる。

「この鳴き方からすると、明後日まで来ないな、台風」

「そんなことまでわかるの？」

「ああ。鳴き声……じゃなくて軋む音の種類でわかる。風見鶏の天気予報は、だいたい当たるぞ。煙突や窓の掃除をいつやればいいか、俺はいつもこの天気予報で決めている」

真顔でうなずく弓月を今ひとつ信じられぬまま、麻矢は三重になった先すぼみの八角形の塔と、屋根と、風見鶏の黒々としたシルエット、さらには星の出ていない夜空を順番に見ていった。

夕方の天気予報では、季節はずれの大型台風が明朝には観門を直撃するという話だったが、本当に明後日までもちこたえられるのだろうかと考えかけて、麻矢はもっと大事な質問を思い出す。

「ところで、いつからいたの、ここに？」

黄色いドアのすぐ前にいれば、歩美に怒鳴り散らす麻矢の声が丸聞こえだったはずだ。

果たして、弓月はスマホから目を離さず、面倒くさそうに口をひらく。

「寿司子。元ヤンおかんの言うことには。二百九十一話。エキストラ。煉瓦倉庫に午後十時」

「……最初からいたんやね」

麻矢は頬を熱くしたが、弓月は珍しくからかいもせず、憎まれ口も叩かず、何の興味もなさそうにフリック入力をはじめた。その指のリズミカルな動きは、スマホを両手持ちして一字ずつ確認しながら打っても、誤字脱字を大量に投下してしまう麻矢よりずっと速い。

何となく弓月の言葉を待っている自分に気づいた麻矢は、ふっくらした頬をぴしゃんと叩き、「それじゃ、おやすみ」と部屋に戻った。足の爪先がすっかり冷えていた。

*

果たして、次の日の夕方になっても、台風はまだ観門に到達していなかった。風見鶏の天気予報が当たったのだ。さすがに日の落ちたあたりから風が強くなりはじめたが、警報が出るほどではなく、麻矢は予定通りエキストラに参加すべく『シェアハウスかざみどり』を後にした。

ＪＲ線で七ノ淵駅から五分とかからず観門駅に到着する。台風と十一月下旬の夜の寒さに備えて、ライトダウンの上からストールを巻いてきてみたが、案外あたたかい。崖に爪の先だけ引っかける形で、かろうじてまだ秋だった。

麻矢はストールを手早くはずしながら、会社帰りのサラリーマンと若いカップルに挟まれて改札を抜ける。麻矢が向かっている煉瓦倉庫の一帯は、海沿いに広がるアミューズメントスポットで、買い物や遊びはもちろん、大きな観覧車やタワーから市街地の夜景も楽しめて、デートにうってつけの場所だった。

　流行りの服を着た若者達について歩きながら、麻矢は屋根付きの歩道橋を渡った。前方にそびえる大きな観覧車までつづく道は、ガス燈に似せた外灯でライトアップされている。そのガス燈通りを途中で脇にそれ、メルウォークと呼ばれる海沿いの遊歩道を進むと、突き当たりにオレンジ色の光で照らされた二棟の倉庫が見えてきた。明治時代に建てられた倉庫を利用しているらしい。そう言われてみれば、煉瓦の丸くなった角やグラデーションのように褪せた色に趣があるようにも思える。煉瓦倉庫の横には船着場があり、観門が港町であることをあらためて印象づけていた。

　強くなってきた風の中、等間隔に置かれた石のベンチに座って海や海の向かいの古い埋立地を眺めているカップルを横目に煉瓦倉庫に近づいていくと、周りの若者達から浮きあがるようにして、老若男女入り交じったグループが集まっていた。その中でもひときわ目立つ、がっしりした体形の老人がさかんに手を振っている。麻矢は目を細めて、「タケさん？」とつぶやく。昨日から持ち越していた憂いとアウェイの心細さが消えた。

「お疲れさまです」

　ほどなく煉瓦倉庫に到着した麻矢に大股で近づいてきたのは、やはりタケさんだった。

「お疲れ」と職場っぽい挨拶を交わすと、タケさんは声をひそめてささやく。

「バンさんが来てるよ」

「バン……？　あ！　あの伝説のエキストラの？」

パッと顔をかがやかせてキョロキョロする麻矢に、「あっち」と指さす。タケさんの太い指の先を笑顔で見つめた麻矢の顔から、しかし、すぐに感情が消えた。

「何で？」

「何が？」と聞き返すタケさんを置いて、麻矢は早足で、最後の方はほとんど駆け足で、視線の先にとらえた人物に近づいていく。「違う。違う。バンさんはこっちだよ」と叫ぶタケさんの声が背中に当たったが、もう伝説のエキストラどころじゃない。

麻矢は落ち着かなげに辺りを見まわしていた人物の腕をつかみ、乱暴に引き寄せた。

「何であんたがここにいるの、歩美？」

いきなり腕をつかまれてビクリと振り返った歩美の顔が、みるみる緊張感をなくす。

「わ……お母さん、本当にいた」

「は？」

「エキストラやってんだ、本当に？」

そう言われてはじめて、麻矢は自分の趣味が娘にバレたことに気づく。恥ずかしいやら腹立たしいやらで顔を熱くしていると、歩美は麻矢からゆっくり視線をそらし、誰かに「あのぉ」と声をかけた。

連れがいるの？　麻矢があわてて歩美の視線を追うと、運河を眺めている青年の背中が見える。厚みのない体、細くて長い首と手足、掌におさまりそうな小さな頭、そんな二次元から飛び出たような体にまとっているのは黒いコートに黒いパンツに黒い靴、黒一色だ。

まさか、と目をむく麻矢の横で、歩美がきまり悪そうにもう一度呼びかけた。

「あのぉ、吸血さん」

「あ?」

キレているのかと思うほど大きな声をあげて振り返ったのは、麻矢の予想通り、弓月だった。あまりに意外な取り合わせに言葉を失い、口をパクパクするしかない。そんな麻矢を見ると、弓月は強風に乱れた髪を整え、歩美に向かって尖った八重歯を覗かせた。

「な。来たろ?」

「はい。意外です」

弓月の前で忠実な下僕のようにコクコクうなずいている歩美の背中を、麻矢は「ちょっと」とどついてしまう。

「何で二人が一緒にいるの? 私にもわかるように説明し――」

麻矢の言葉はしかし、女性スタッフの甲高い声に遮られた。エキストラの説明がはじまったのだ。

今日は恋愛ドラマの収録で、煉瓦倉庫に入っているイタリアンレストランでロケをするらしい。現代物のドラマなので、エキストラの衣装はめいめい自前のままで、とそこでいったん説明を終えると、若くて動作の一つ一つにやる気の満ちあふれている女性スタッフは、ぐるりとエキストラを見まわし、組み合わせと簡単な設定を決めていった。

「はい。ではあなたとそこの女性、倦怠期のカップル役でお願いします。そちらの学生さん二人は『食べログ見て来ましたー』みたいなノリの仲間で。そちらのみなさんは女子会……いや、男性陣と組んでもらって、合コンにしましょう。盛りあがっておいてください」

よどみなく喋る女性スタッフの視線が麻矢と歩美の間を行ったり来たりする。まずい、と麻矢が離れようとした時にはすでに遅く、「そちらの女性二人」と呼び止められた。

「……と、こちらの男性。あ、バンさん」

バンさん？　麻矢が視線をさまよわせると、腰を低くし、片手を拝むように顔の前に持ってきて、ぺこぺこ頭をさげながら女性スタッフと麻矢達の間に入ってくる男性がいる。

「バンさんが彼女達に加わって、ファミリーでお願いします。娘の誕生日に家族で食事に来た、みたいな」

「了解です」と女性スタッフに微笑んでみせた男性は、これといった特徴のない顔をしていたが、服のセンスのよさでオーラを放っていた。コーデュロイのセットアップに、上品なニットベストとトリコロールチェックのシャツを合わせ、蝶ネクタイがちゃんと『おしゃれ』になっている。本業の探偵をしている時も、こんなに目立つ恰好なのかしら？　麻矢は好奇心を隠そうともせず見つめた。

バンさんは伝説のエキストラに向けられる好奇の視線を飄々と受け流すと、麻矢と歩美に向き直り、丁寧にお辞儀する。麻矢を指さし「母」、歩美を指さし「娘」、最後に自分を指さして「父」と言って、人なつこく笑った。

「では短い時間ですが『家族』ってことで、ひとつよろしくお願いします」

こうして、麻矢と歩美はフィクションの中でも母娘となったのだ。


主役級の俳優達が現場に入り、今回は選ばれなかったエキストラ達がカメラに映らない場所から見学する中、テストがはじまる。俳優達よりずっと早く現場入りして、助監督からシーンの説明と注意を聞いていたエキストラ達に緊張が走る瞬間だ。

主役の青年がヒロインをしゃれたレストランに誘い、婚約指輪を渡す。受け取ってもらえるとばかり思っていたのに、ヒロインは涙を流してレストランから出ていってしまう。焦る主役。追う主役。で、カット。この芝居が行われている間ずっと、エキストラ達はめいめい女性スタッフに決めてもらった役の設定をもとに、それっぽくふるまっていなくてはならない。倦怠期のカップルは気だるげに、グルメ仲間は嬉しげに、合コンの集団は楽しそうに、そして麻矢達ファミリーはしあわせそうに、笑顔を作ったり、顔を寄せ合ったり、デジカメで料理の写真を撮ったり、用意してもらった冷えたパスタをつついたりしながら、でも実際の音は発しないように気をつける。声を出していいのは、俳優達だけだ。エキストラは口をパクパクさせて、いかにも喋っているようなふりをしろと命じられていた。レストランの客達の会話を含めた環境音は、すべて後から編集で音をかぶせるらしい。

カメラを回さず、俳優を含めたスタッフ達が最終確認を行うドライリハーサルがはじまり、スタッフ達の注意がエキストラからそれるのを待って、麻矢は赤いブロックチェックのテーブルクロスの上に身を乗り出す。バンさんには申しわけないが、もう我慢出来なかった。

助監督からの注意事項に「携帯の電源は切ること」があったのを承知しつつ、歩美に身振りでスマホをバイブ機能にしろと指示する。歩美が根負けして電源を入れたのを確認してから、こっそりアプリを立ちあげ、メッセージを送った。

『彼とどこで知り合った？　なぜこんばんここに来た？　説めいヨロシク』

気が焦るあまり、句読点は全部飛ばし、漢字変換は一発勝負で送信する。歩美は周囲を気にしながらも、スマホに目を落として読んでいるようだ。そんな歩美の後ろの窓から、全身黒ずくめの弓月が覗いているのが見えて、麻矢はギクリと背筋を伸ばす。体も髪も闇に溶けている分、顔の白さが際立っていた。そういえば、吸血くんはレストラン客の役には選ばれなかったんだっけ。

麻矢の視線に気づいた弓月と目が合ったが、露骨に無視された。弓月の愛想のなさはいつものことだとわかりつつも、少しムッとしていると、手の中でスマホが震える。

『ブログ見て↓http://www.motoyan_mother.com/1807l/』

麻矢は反射的にＵＲＬをタップした。

ブラウザが立ちあがり、歩美の漫画ブログがあらわれる。よりによって、二百九十一話のページだ。麻矢が眉を寄せて拒否反応を示したのがわかったのか、つづけて歩美からメッセージがきた。

『コメント！』

麻矢は仕方なくスクロールしてコメント欄を見てみる。大半が、歩美の漫画を「おもしろい」と褒めるコメントばかりだ。時々、リアルな知り合いらしい、くだけたローカルネタのコメントも交ざっていた。麻矢の目には、クラブやサークル仲間がぬるま湯で戯れているようにしか映らない。

そんな中で、一番新しいコメントは断トツに奇妙だった。ずいぶん古い記事である二百九十一話にわざわざコメントしているのも珍しいし、投稿者のハンドルネームも変わっている。

「吸血管理人……」

まんまやん、と麻矢は呆れた。麻矢が目にすることを考えて、あえてまんまにしたのかもしれない、と思い直したものの、ハンドルネームの下につづくコメントを読んで、ますます口があいてしまう。

――ガラスの仮面の主人公が、明日夜十時、エキストラをしに煉瓦倉庫へ出かけるらしい。

この暗号じみたコメントが出来るのは、寿司子の母親がキタジママヤで、なおかつキタジママヤとブログ主の寿司子の仲がこじれてしまったことを知っている者だけだろう。

あの吸血くんが住人の家庭問題に首を突っこんできたってこと？　麻矢は信じがたい思いでふっくらした頰を引きしめ、歩美越しに弓月を睨んだ。昨晩、回廊の手すりに腰かけた彼がスマホで読んでいたのは、『元ヤンおかんの言うことには』だったのかもしれない。

『吸血管理人さんにコンタクトを取ってたしかめたら、お母さんが北屋丘町のシェアハウスに住んでるって言ってた。訪ねようと思ったけど、吸血さんがエキストラの現場に来る方がいいって言うから。半信半疑で来てみたら、本当にお母さんがいて、驚いた』

『ねたがデキてヨかったでしょ』

読みづらい上に挑戦的な麻矢のメッセージはすぐ既読になり、返信が届く。

『お母さんと話がしたくて来た』

上体や視線の向きをさりげなく変えて、歩美は誰にも見つからずにメッセージを入れてくる。一方、麻矢はうつむいて何かしているのが丸わかりだったらしい。

「気をつけて。スタッフに見つかったら、スマホを取りあげられちゃいますよ」

隣に座ったバンさんが口を最小限に動かして小声で注意してくれた。学生時代も授業中の内職を見つかりがちな生徒だったことを、麻矢は今さら思い出す。

「すみません」

あわててスマホをバッグにしまおうとする麻矢に目配せし、バンさんはスタッフに自分と麻矢の席替えを申し出た。

「このほうが、彼女もカメラに映りやすいかと」

「わかりましたー。じゃあ、今のうちに移動をお願いします」

どうでもいいと言わんばかりのスタッフの軽い返事にうなずき、バンさんは速やかに麻矢に自分の席を譲った。そして耳打ちする。

「私に隠れるようにすれば、見つからないと思いますよ」

伝説のエキストラの細やかな気遣いに、麻矢は感激して何度も頭をさげつつ、メッセージアプリの画面をもどかしくひらいた。

麻矢が席を入れ替わっている間に、歩美からは長めのメッセージが送られてきていた。

『二百九十一話で、お母さんを否定するつもりはなかったです。本当に。ただ、誕生日があの日じゃなかったら、私はもっと自由だったたんじゃないかな？　って考えるのは本当だよ。昔も今もよく考える』

『看護師になるという未来は自由じゃ内ってこと？　歩美がじ分で選んだ未来なのに』

精一杯すばやく打ちこんだメッセージを送り、麻矢は目をつぶる。やがて、水を飲み終わった犬のようにスマホがブルッと震えるのを指先に感じて、おそるおそる目をあけた。

『私が看護師になったら、お母さんが喜んでくれて、私も嬉しいと思った。でも、大学で看護の勉強をはじめて、私自身は別に嬉しくないってことに気づいた。ごめんなさい。私の喜びは必ずしも家族の喜びとはかぶらないって、もっと早く気づければよかった』

心臓がギュッと縮む。たとえ謝りの言葉が添えられていても、歩美のメッセージによって、この二十年あまり家族を優先し、家族に振りまわされ、個人の夢も目標も趣味すらも持たなかった自分が全否定された気がしたからだ。

「はい。じゃ、休憩。カメリハの準備をするんで、表でお待ちください」

監督の渋い声がして、麻矢は我に返る。どれくらい長い時間スマホの画面を見つめていたのかわからない。スマホをバッグに戻して席を立つと、歩美が何か言いたげに近づいてくるのを避けて、外に出てエキストラの待機場所に向かった。

戸外に置かれたストーブを中心に、エキストラ達の小さな輪がいくつも出来ている。十一月の真夜中近くの気温は、加速度をつけて低くなっていた。台風が近づいているせいか海の波は高く、風も強い。海からの突風にあおられるたび、ストーブの火がちぎれそうにゆれた。

誰よりもストーブから離れて、一人になっていた麻矢の背中に声がかかる。

「お母さん」

麻矢は振り向かないまま、「何?」とうめくような返事だけ宙に放った。

「寒くないの？　もっとストーブの近くに——」

「寒くない」

きっぱり言い切る麻矢に、歩美はひるんだらしい。沈黙が闇に落ちてくる。

本当に寒くない。あんたの生まれた日に比べたら全然寒くないわ、と声に出す代わりに、麻矢は空に向かって白い息を吐き出した。


ふた昔も前の一月のあの日、十七歳の麻矢は波名田にいた。明け方に観門市を襲った大きな地震で自宅は倒壊し、とりあえず身を寄せた小学校の体育館は、その後に発生した火災の影響で早々に避難所としての役割を果たせなくなった。夜になっても炎が暗闇を赤々と照らしつづけたが、あたたかさは感じなかった。その朝まで当たり前のようにストーブやガスコンロで目にしていた炎とは全然違っていたからだ。その火は、人や人の生活をあたためてくれる種類のものではなかった。逆にそれらを何もかものみこもうとする脅威だった。近所の家屋がそこに住んだ人々の思い出と共に焼け落ち、爆ぜるのを、麻矢は見ていることしか出来なかった。

新しい避難所を求めて歩いている最中、火は恐ろしい速さでまわってきて、誰かが麻矢に「逃げろ」と叫んだ。けれど、麻矢は動けなかった。その誰かは親切にも後ろから手を伸ばして麻矢を連れて一緒に逃げようとしてくれたが、麻矢のせり出した腹を見て息をのみ、手を離した。そして、「かんにんな」と言い残して去っていった。その誰かの顔や声が今でもふいによみがえる時がある。人が人を見殺しにすると決めた時って、ああいう表情と声になるんだな、と淡々と思う。思うだけで、心が波立ったりはしない。実際、麻矢はその人のことを一度も憎んだり恨んだりしたことはない。

あの時、波名田にいた者だからこそ、わかるのだ。自分と自分の家族を守ることで精一杯な状況で、臨月の腹を抱えた女子高生を連れて逃げるなんてふるまいは、勇気じゃない。善でもない。ただの無謀だと。一人取り残された自分が何を考えていたのか、今となっては詳しく思い出せないが、たぶん『生』を諦めていたのだろう。

けれど、せまりくる炎に髪の毛を焦がして目をつぶった時、麻矢の心の内側が激しくノックされた。

——生きたい。

その強い思いは、自分の心ではなく腹の中から湧いてきていた。麻矢は叫びにも似たその思いに貫かれ、走った。いや、たぶん走れる状態ではなかったから傍目にはヨタヨタ歩いていただけだろうけど、自分的には『疾走』したつもりだ。

やがて、真っ赤な空が少し遠ざかり、ぺしゃんこになった家々の間を抜けて公園のような広場に出た瞬間に、麻矢は自分の出産がはじまったのを知ったのだ。

明け方からずっと麻痺していた感覚が戻ってくる。非常事態で気づかなかっただけで、陣痛はとっくに訪れていたらしい。とつぜん意識の真ん中に居座った痛みの波に「うわあああ」と声が漏れた。さっき「生きたい」と叫んだ腹の中の存在が、意思を持ってこの世界に出てこようとしているのを感じた。偏った性の知識しかなかったアホな女子高生が、もう一刻の猶予もないと本能で察したのだ。

広場の片隅では、誰がどこから見つけてきたのか、ブルーシートを何枚か重ねて簡易的なテントが作ってあった。麻矢はすり足でジリジリ進んでいき、切羽詰まった声で頼んだ。

「すみません。入れてください。赤ちゃんが生まれそうです。助けてください」

誰かに頼ろうと思うのが間違いだ、とずっと思ってきた。自分を早々に見放した両親も先生も信用出来なかったし、「一生おまえを離さない」と真顔で言ってのけた同級生の男子だって、麻矢の妊娠がわかったとたん「本当に俺の子なのか、わからへんやろ」と背中を向けた。だから、誰にも頼るつもりはなかった。

麻矢はテントの前で「助けてください」と繰り返しながらも、頭のどこかで「どうせ無理だ」と諦めていた。よりによって、こんな日なのだ。誰だって自分がかわいい。自分の愛する者がかわいい。その他大勢のエキストラはひとまず後回しで仕方ないって。それでも、S

OSを発しつづけたのは、腹の中の存在が自分を信じて生まれてこようとしているのがわかったからだ。

こんな時に、こんなところで生まれて、それでもきっと祝福してもらえると信じきって、今まさに麻矢の腹を下へ下へとおりてくるその存在に「無理だよ」とは言えなかった。

子宮口のあたりが焼けるように熱くなり、ドロリと嫌な感触が足をつたう。生まれてしまったか？　とおそるおそる下を見ると、パジャマ代わりのスウェットパンツを真っ赤に染めるほど大量の血が地面に落ちていたが、赤ん坊自身はまだ麻矢の体内に踏みとどまってくれたらしい。ホッとしたとたん熱さが去り、今度は寒くなる。麻矢は歯をカチカチ鳴らし、よろめいた。もう踏んばれない。寒い。死ぬ時ってこんなに寒いのか。せめて、お腹の中は寒くないといいんだけど。

その時、ブルーシートがさっと持ちあがり、自分の父親より少し年上に見える男性が顔を覗かせる。男性は麻矢の顔と腹を三度見比べ、次いで腕を差し出してくれた。

「がんばれ、お母さん」

そのかけ声で、麻矢の下半身にもう一度力がこもる。十三歳の頃から大人の言葉には反感しか抱けなかったのに、この時ばかりは、がんばろうと素直に思えた。テントの入口をくぐって男性の腕に倒れこむように進み、「お願いします」と声を張る。

「おい。誰か手伝ってくれ。新しい命が生まれるぞ」

男性の大きな声が響きわたった瞬間、灰色の石像のように固まっていたテントの中の人達が、ススとホコリで汚れた顔をいっせいにあげるのがわかった。

怪我を負っていたかもしれない。大事なマイホームが瓦礫と化したのかもしれない。家族の無事がまだ確認出来ていなかったかもしれない。そうでなくても、大惨事と呼んでいい一日をくぐり抜け、気力体力共に限界にきていたはずの人々が、麻矢のために動き出す。

誰かは新鮮な水を探して歩いてくれた。誰かは火を熾す準備をしてくれた。誰かは医療従事者を連れてきてくれた。誰かは麻矢の手を握って、励ましてくれた。

だから。

「大丈夫か?」と聞かれるたび、麻矢は痛みに耐えて、しっかり返事をした。

「大丈夫です」

痛くて、寒くて、怖くて、ひもじくて、心細くて、泣きたかったけれど、涙はこぼさず歯を食いしばり「大丈夫です」と言いつづけた。自分と生まれてくる子に言い聞かせていたのかもしれない。大丈夫。大丈夫。最悪の中で最高が見つかるこの世界は、そう悪いもんでもないよって。

ブルーシートで作ったテントの中で寒さに震えながら赤ん坊を産み落としたあの夜に比べたら、今晩の寒さも、あの夜に生まれた娘が自分の誕生日を煩わしく思い、母親の思いや生き方を全否定していることも、つらさのうちには入らない。大丈夫。

「ブログにアップした漫画、本にしてもらえるかもしれへんの」

海からの寒風にすくめた麻矢の首筋に、歩美の声が当たった。

ゆっくり振り返ると、はるかに高い位置から燃えるような猫目で自分を睨んでくる娘がいた。

「プロになるなら、もっと描かなきゃいけない。今までみたいに、好きな時に好きな話を気まぐれにアップすればいいわけにはいかなくなった。看護師か漫画家かどっちか選ばないとあかんようになった」

そんなことない。まだ物になるかもわからないのだから、保険として両立しておいたらいいやないの。麻矢はそう言いかけ、口をとじる。歩美には出来ないのだと納得したからだ。真面目すぎて要領の悪い、この子には無理だ。それは母親の私が一番知っている。知ってってあげなきゃいけないことだ。

麻矢の沈黙がもどかしいのか、歩美は短い髪を掻き、デニムを穿いた長い足で地面をタンタンと踏み鳴らした。

「地震の日に、見ず知らずのたくさんの人達に助けてもらったから、うちは生まれてこられたんでしょ？　だから、自分も誰かを助けられる仕事に就きたいって、ずっと思ってた。それは本当。絵を描くのは好きやけど、絵が誰かの命を救えるわけやないなって」

そういえば歩美は放っておくと一日中絵を描いている子供だった、と麻矢は思い出す。近所の人や先生からその絵を褒められたこともあるが、麻矢自身は「子供のラクガキ」と見なして特に関心を払わなかった。そんな母親の態度が「絵で誰かの命を救えるわけやない」と暗に伝えてしまったのかもしれない。

「でも、ブログ漫画を描きはじめて、すぐ気づいたんだ。これを描くことで、少なくとも一人の命は救えるって。それは、自分。漫画を描いている時だけ、うち、心の底から『生きてる』って思えた。こんな気持ち、はじめてやった。看護師は尊い職業で、物理的に人助けが出来るけど、漫画家とどっちがやりたいって聞かれたら、うちは断然漫画家だよ。夢でも霞でも、自分の描いたイラストや漫画で食べていきたいって思ってる。なあ、お母さん。そう願うのは、わがままかな？　あの日にうちが生まれてくるのを助けてくれた、みんなの恩に背くことになるんかな？」

「歩美、あんたは本当に――」

　クソ真面目やな、という言葉をのみこむ。麻矢は看護師というレールを歩美の前に敷いた覚えはなかった。「看護師になる」というのは、あくまで歩美の口から出てきた言葉だ。けれど、娘にそう言わせるように仕向けなかったか？　と尋ねられたら自信はない。

　毎年の誕生日はもちろん、ことあるごとに歩美に彼女が生まれた日のことを話してきたのは事実だ。妹二人とは明らかに違う熱を持って、生まれてこられた感謝を忘れないように、命を助けてくれた人達に恥じない生き方を、と繰り返し言ってきた。母親の言葉を要領よく聞き流したり出来ない歩美には、それが強迫めいた示唆（しさ）に思えたのかもしれない。

　遠くから「ランスルー入ります。戻ってくださーい」と声がかかる。

目を合わせず、歩美の横をすり抜けて煉瓦倉庫に向かおうとした麻矢の前に、弓月がふらりとあらわれる。麻矢が口をひらく前に、黒いコートを風に翻らせて肩をすくめた。

「人生にもリハーサルがあればいいのにな」

「そんなの――」

「あるわけないか。だよな。ぶっつけ本番だから、人生なんだよな」

麻矢の言葉を遮って言いたいことだけ言うと、弓月は寒そうに首をすくめてストーブの方へと戻っていく。その二次元キャラクターのような細長いシルエットを見ているうちに、麻矢は自分の肩にこもっていた余分な力が抜けた気がした。


念入りなランスルーが行われた後、ふたたび休憩に入る。もっともこの休憩は主役級の俳優のもので、エキストラ達は全員その場所で待たされた。

ランスルーで何ものっていないケーキ皿が置かれていたテーブルの真ん中あたりを眺めたまま、麻矢はつぶやく。

「やってみればいいわ」

よく聞き取れなかったのか、歩美が唇を結んだまま身を乗り出した。バンさんも様子をうかがっているようだが、麻矢は気にせず歩美に語りかける。

「人生ぶっつけ本番一度きり。やりたいことをやったらいいわ。ただね、やりたいことをやって笑っているには、実力がいる。運がいる。何より最初に覚悟がいる。歩美にその覚悟が出来ているなら、やってごらん。自分が心から納得して笑える日まで、やりたいことに齧りついてみなさい」

「そういう生き方をしても、うちを助けてくれたみんなへの恩返しになるかな？」

間髪を容れずに問われる。歩美はもう十分、時としてプレッシャーになるほど、命をつないでもらった恩と責任を感じて生きてきたのだろう。麻矢はそっと歩美の手を握る。

「あんたが生きて、笑っていること、それ自体が恩返しなんだよ」

手をつながなくなって久しい娘の手は、小さな頃と同じようにやわらかかった。まだ子供の手だ、と麻矢は思う。これから大人になっていかねばならない者の手だ。

私はもっと早くこの言葉を歩美にかけてやらねばいけなかったのだ、と麻矢は反省した。

「歩美、あんたは私を誤解してる。お母さんは、最初からお母さんだったわけやないよ」

話の先をうながすように首をかしげる歩美にうなずき、麻矢はつづけた。

「あんたを身ごもった時、知っての通り、私は高校生だった。厳密に言えば、ヤンキーとは違うんやけど、まあ、それはいいわ。生物学上の父親だった男にはすぐ逃げられて、一人で変わっていく自分の体と向き合ってた。でも、その時はまだお母さんじゃなかった」

ゆっくりささやきながら、麻矢は何度もうなずく。そうそう、そうやった。

「どうしよ、どうしよって、自分のことばっかり考えてた。学校、恋愛、友達と遊ぶこと、進学、就職、諦められへんことがたくさんあって、苦しかった。そんなに焦ってたくせに、親や学校には言い出せなくてね。産むしかない時期まで来てしまった」

バンさんがさりげなく体の向きを変える。きっと、麻矢と歩美が喋っているところを、スタッフの目から隠してくれたのだろう。

「すでに親にも教師にも妊娠がバレて、退学処分を受けるのも時間の問題やったあの日、私はまだ悩んでた。未練たらしく、何食わぬ顔で元の生活に戻る方法はないだろうかって。お母さんになる覚悟なんて、何一つなかったんだよ」

「じゃあ、いつお母さんはお母さんになったん?」

歩美が尋ねる。麻矢は何はともあれ、健やかに成人してくれた娘をまぶしく見つめた。

「あんたを抱いた瞬間やわ、歩美。地震の余震があって、家という家が全部潰れて、見慣れた町の風景が一変して、火事の炎がすぐそばまで来て、私は生きた心地がしなかった。体のあちこちが痛くて痛くて仕方なくて、不安と絶望で心臓が止まりそうやった。それでもみんなに助けられて、『お母さん、がんばれ』って励まされて、あんたがお腹から出てきて、泣きながら必死で私にしがみついてきた時、『ああ、この子がおれば生きていける』って思えた。これからは、家族を守るために生きようって決めた。義務とかやなくて、そうしたいって心の底から欲したの。あの瞬間、私はお母さんになったんやと思う」

本番入ります、とかけ声がかかる。あわてて手を離して姿勢を正す歩美に、麻矢は話しつづけた。

「ということで、お母さんはお母さんのやりたいことをやって生きてきたわけ。歩美もやりたいことをやればいい。お母さんはあんたのことを応援して、やきもきして、口うるさくなって、でも最後は信じて、守るから。なんたってお母さんの趣味は家族やからね。家族が好きで仕方ない。家族がすべてで何が悪い？」

母娘の間に耳鳴りのしそうな沈黙が横たわる。やがて、歩美がもぞもぞ動いたかと思うと、テーブルの上にふたたび手を出してきた。麻矢がその手を握りかえすと、歩美はすばやく顔を寄せてささやいた。

「何も悪くない。お母さんは、かっこいいよ」

本番の緊張感が室温をあげていく中、俳優達のセリフをきっかけにして、娘の誕生日ディナーという設定のファミリー席に本物のケーキが運ばれてくる。イチゴだけでなくメロンやブルーベリーまでのった本物のホールケーキは、見るからにおいしそうだった。

ここから、エキストラが声を出していいシーンが少しつづく。

『ハッピーバースデー』の合唱が流れる中、麻矢はエキストラと俳優が口々に放つ「おめでとう」の中に紛れるように、けれど、歩美に向かってはっきりと言った。

「二ヶ月早いけど、お誕生日おめでとう、歩美。あの日に生まれてきてくれて、ありがとう」

歩美がコクリとうなずいた瞬間、監督が高らかに「カット」と叫ぶ。こうして、放送ではきっと五秒も映っていないであろう、ささやかなシーンの撮影が終わったのだった。

*

撮影を終えて煉瓦倉庫を出ると、風が一段と強くなっていた。波も高い。

歩美と連れだってストーブの前に行くと、風にちぎれて今にも消えてしまいそうな炎に手をかざしていたバンさんが振り向いた。

「お二人とも迫真のエキストラ演技でしたね」

厭味ではなく気遣いから出た言葉に聞こえるのは、バンさんの人徳だろう。

「バンさんには、たくさんご迷惑をおかけして、申しわけありません」

「すみませんでした」

麻矢と歩美がそれぞれ謝って頭をさげると、バンさんは「そんな全然」と浮かべたそばから霧散するような微笑みを作った。その微笑みを見て、麻矢はふと既視感を覚える。

次のエキストラはメルウォークの通行人だった。数が必要なようで、その場にいた全員が参加させられる。台風が近づいているため、スタッフ達も焦っていた。

名残惜しくもストーブの前から離れ、メルウォークへ移動している最中、最初にエキストラ達に説明と配役をしてくれた女性スタッフが駆け寄ってくる。リハーサルがはじまってからずっと監督の後ろでモニターを睨んでいた彼女は、走る姿もやはり気持ちいいくらいきびきびしていた。

「バンさん、すみません。こっちを着てもらえますか?」

そう言って彼女が突き出したのは、何の変哲もないグレーのスーツだ。

「え。このままじゃダメですか?」

「バンさんの年齢から考えると、その服はおしゃれすぎて目立ちます。レストランならまだしも、ただの歩道だと、何か意味ありげに映っちゃうんですよ。お願いします」

にこやかだが譲る気はないらしく、女性スタッフは突き出した手を引っこめようとしない。結局、バンさんが折れて、着替えることになった。

煉瓦倉庫内のトイレで着替えてくるというバンさんにひとまず別れを告げて、麻矢は歩美とメルウォークの方へ歩き出す。

板張りの遊歩道の先には、遠くに赤い大橋、すぐ近くに観覧車、海を挟んだ向こう岸にタワーが見えた。いずれもすでにライトアップの時間は終わっていて、黒いシルエットしかわからない。麻矢は歩美に「次はカレシと歩きなさいよ」と言いたいのをぐっとこらえる。

歩美が寒そうに首をすくめているので、麻矢はだまって自分のストールを渡した。

「エキストラで一番大事なのは、演技力でも輝きを放つ存在感でもない。徹底した防寒もしくは暑さ対策よ」

タケさんの受け売りをもったいぶって告げる。歩美は一瞬胡散臭そうな目をしたが、寒さには耐えきれなかったのか、「ありがとう」と受け取ってさっそく首に巻いた。

そして前方に目をこらし、すっと手をあげる。

「吸血さん」

弓月が海に落ちないよう作られた手すりに腰かけて、歩美に負けず劣らず寒そうに頰を両手で挟んでいた。歩美の声が聞こえたのか、そのままこちらを向く。小粒ながら整った顔立ちが、ひょっとこのようにゆがんでいた。

同時にふき出し、笑い転げる麻矢と歩美の前までやって来ると、弓月は「俺、帰るわ」とぶっきらぼうに告げる。

「え。まだ撮影シーンはいくつか残ってるわよ」

麻矢が驚いて目を見ひらいた。歩美も「せっかく今まで待ったのに」と残念そうだ。

そんな母娘を見比べると、弓月は「フン」とつまらなそうに鼻を鳴らした。そして黒いコートの懐から、タータンチェックの巾着を取り出して麻矢に突き出す。

「何これ?」と麻矢が巾着の口をあけてみれば、表面を耐熱ガラスに覆われた小判型の容器が入っていた。じんわりあたたかい。

「吸血くん、これは——」

「持って帰ってもらえば? 俺が先に一回使っちゃったけど」

麻矢はだまって容器をゆらす。耐熱ガラスの内側で白い雪がゆらゆらと舞った。

「あ、すごい。スノードームだ」

背の高い体をかしげるようにして覗きこんだ歩美に、巾着ごと手渡し、麻矢は言う。

「スノードーム湯たんぽよ。テレマキオのイチオシ防寒グッズなんだ。愛美にあげて。遅くなったけど誕生日プレゼントや」

歩美は「うん」と慎重に湯たんぽを抱え、それから思いきったように顔をあげた。

「お母さん、いつ家に帰ってくるん? 愛美も優美も反省してるよ」

く。

「自分もだろ」と弓月が尖った八重歯を見せて付け足すと、歩美は顔を赤くしながらうなずく。

「だからお願い。帰ってきてよ」

やっとか、ともう少しで声が出るところだった。頑固で意地っ張りな三人娘にため息をつく。けれどよく考えれば、そこは三人とも自分に似たのだ。麻矢は苦笑いを浮かべて首を振った。

「すぐには無理や。ここのシェアハウスが十二月二十五日までの契約だから。クリスマスが終わったら帰るわ」

歩美が残念そうに白い息を吐くのを見てから、「でも」ともったいぶって付け足す。

「北屋丘町から波名田はそう遠くないし、まあ、これから今まで以上にちょくちょく顔を出すわ。家事が大変やったら置いときなさい」

麻矢の言葉に露骨に笑顔になるあたり、子供は本当に現金だ。当たり前のように親から愛されて、世話をしてもらえると信じて疑わない。歩美だけでなく愛美も優美も信じているのだろう。麻矢は呆れつつも、三人の娘が親からの愛情を信じられるように育てた自分を、ちょっとだけ褒めたくなった。

何気なく視線をあげると、弓月が少しあわてたようにきびすを返すところだった。

「吸血くん、どうしたん?」

「言ったろ?　寒いから帰る」

それはそうだけど、と口をつぐんだ麻矢の横で、歩美が「バンさんだ」と声をあげる。

三人の横を急ぎ足で通り過ぎようとしていたバンさんと今まさに歩き出そうとしていた弓月が同時に動きを止めるのが、麻矢からは見えた。

「よく私だってわかりましたね。服を替えると、みなさん、わからなくなるんですけど」

おだやかだが、少し怯えているような声で言って、バンさんは笑った。バンさんの言う通り、何の変哲もないグレーのスーツ姿になると、平凡な顔立ちの印象がますます薄くなり、『サラリーマン』という言葉から万人がイメージする像を集約させた人物と化している。

「人や物のスケッチをたくさんしているので、特徴をとらえるのは得意なんです」

屈託なく答える歩美の横で、麻矢はバンさんを凝視した。やっぱり既視感がある。

この人とは、どこかで絶対に会っている。

やがて、麻矢は小さく「あっ」と叫んだ。

「あなた、不動産屋さんじゃない?」

「え」

「ほら。私に『シェアハウスおためしキャンペーン』を提案してくれた不動産屋の……」

「伴内(ばんない)だろ」

ぼそっとつぶやいたのは、弓月だ。バンさんが一瞬困った顔で弓月の方を見たが、弓月は「もういいよ」とばかりに、だまって首を横に振る。

麻矢は「そう！　伴内さんや。思い出したわ」と興奮気味に言って、弓月を見た。

「入居の日、私を『シェアハウスかざみどり』まで案内してくれた不動産屋さんよ。吸血くんも会ってるよね？」

「まあな」

どんどん嵩を増していく弓月の不機嫌さに怯えたように、歩美が麻矢の背中に隠れ、耳元でこそっとつぶやいた。

「バンさんの本業って、不動産屋さんだったんや？」

「私は本業・探偵、副業・エキストラって聞いていたけど……」

身を縮めたまま去ろうとする伴内の腕と、今にも走り出しそうな弓月の黒いコートの裾をしっかりつかんで、麻矢は「これ、どういうこと？」と叫ぶ。

「探偵と不動産屋、どっちがバン……伴内さんの本当の職業なん？」

こんなに寒いのに、伴内の額には汗が浮かんでいる。その汗がこめかみをつたって落ちるのを見て、麻矢は確信した。

「探偵か」とつぶやいて伴内の腕を放し、弓月の前にまわりこむ。

「なあ。吸血くんは、探偵が扮した不動産屋だってわかってたん？」

知らなかった、と言ってほしい。しかし、弓月は尖った八重歯を見せて、薄く笑っただけだった。

「むしろ、吸血さんが探偵の依頼主、とか？」

歩美の冷静な指摘を肯定するかのように、弓月は尖った八重歯を覗かせつづける。麻矢が思わずよろめくと、母親より十センチ近く背の高い歩美が肩を支えてくれた。

麻矢は『シェアハウスかざみどり』の最初の入居者だった。その後すぐに暢子、春になって有、夏の盛りに晴生、四人の住人達はみんな不動産屋に連れられてやって来た。印象が薄すぎ、すぐに立ち去ってしまうため、気にも留めていなかったが、その不動産屋は誰だった？　同じ人じゃなかったか？　日本各地に住んでいた住人全員が、伴内のいざないでベイリー邸に集まったんじゃなかったか？

「『シェアハウスおためしキャンペーン』は嘘やね？　住人はあらかじめ選ばれてた。選んだ人間をスムーズに集められるよう、探偵に不動産屋を演じさせたんやね？　違う？」

弓月は答えない。鼻をすすって背中を向けると、メルウォークを歩き出した。まばゆいライトに照らされた一角では、すでにエキストラ達のリハーサルがはじまっている。

海からの突風に顔をしかめながら、麻矢は必死で足を踏んばる。黒い海と同化しそうな弓月の背中に言葉をぶつけた。

「住人はあなたが選んだの？　どんな基準で選んだの？　何が目的？　答えてよ、きゅうけ――」

いつものように渾名で呼びかけようとしてやめ、麻矢は「弓月さん」と言い直す。

その瞬間、弓月の動きが止まったように見えたが、ほんの一瞬のことだ。すぐにまた長くて細い足を前に進め、振り向きもせずに去っていった。そして弓月に気を取られている間に、伴内も行方をくらましていたのだった。

次の朝、季節はずれの大型台風が観門市に上陸した。

市内のあちこちで浸水や土砂崩れの被害を出した台風が去った後、『シェアハウスかざみどり』の住人達に動揺が走った。

八角形の赤い屋根から、あの丸々とした大きな風見鶏が姿を消していたのである。

第四章

風見鶏に願いを

ドゥルットゥルッルル、と車内にエンジン音が響きわたっている。人によっては「うるさい」と感じるこの大音量が、川満有は好きだった。

これくらい車内の音が大きいと会話をつづけるのも一苦労だから、おのずと静寂が満ちる。一人で運転に集中できる。と思ったとたん、後ろから「ねえねえ」と話しかけられた。

バックミラーを見る。仕立てのよいスーツを着た青年が、一九七四年式の黄色いビートルの後部座席におさまっていた。太い鼻筋や大きな口やいつも潤んでいる細い目が、やんちゃ坊主のような印象を与える。印象だけでなく、実際の言動も小学生男子そのものだ。今も、さっき立ち寄ったコンビニで買ったポテトチップスの袋をあけ、パリポリ食べはじめている。

シートの隙間に落ちる菓子屑を気にしつつも、有は特に咎めたりしない。なぜならこのやんちゃ坊主、山名（やまな）颯馬（そうま）こそが黄色いビートルのオーナーであり、有のボスなのだ。颯馬が代表取締役社長とＣＴＯを兼ねる会社、Ｍ＆Ｈセーフティラボがなくなれば、五十代も折り返しを過ぎた有はたちまち路頭に迷ってしまう。

「川満さん、道、迷ってない？」

颯馬がからかうような調子で投げた質問に、助手席でノートパソコンを広げていた社長秘書の美浪（みなみ）笙子（しょうこ）が、ハッと身を起こし、有を睨みつけた。

「またですか、川満さん?」

「……すみません」

有は額にふき出した汗を拭く余裕もなく、細いハンドルを握りなおす。

颯馬の指摘通り、実はさっきから道に迷っていた。道沿いに並ぶ商店や雑居ビルのどれにも見覚えがない。また、ちょうど建物の陰に入ってしまったのか、観門の町でたしかな方角の目印となる山も海も見当たらない。車窓の向こうに広がる鈍色の曇り空は見るからに寒そうで、憂鬱と不安を嵩増ししてくる。

笙子がいらいらと手首を返して腕時計を見た。

「あと十五分で社に戻っていただかないと、クライアントを待たせてしまうんですけど」

「すみません」と頭をさげるしかない有の運転席と助手席の隙間からニュッと手が出てくる。

ポテトチップスをつまんだ颯馬の手だった。

「ポテチいる?」

「や、結構です」

助手席から飛んでくる氷のように冷たい視線を気にしながら有が丁重に断ると、颯馬はおとなしく手を引っこめて、代わりに口をひらいた。

「僕が無理言って、神社に寄ってもらったからやんな。道の細い住宅街でぐるぐるまわって、元来た道がわかんなくなったんや」

その通りです、とはまさか言えない。有は唇をグッと引き締め、アクセルを踏む。笙子が眉間にしわを寄せたまま後部座席を振り返った。

「たしかに、社長も悪いです。神社なんてどこにでもあるし、いつでも寄れるのに――」

「あそこは特別なんやて。知る人ぞ知る商売繁盛のご利益があるお稲荷様で、拝殿横の大銀杏を携帯電話の待ち受け画面にすると――」

「だからあ」と自分の話を遮られた笙子が颯馬の話を遮り返す。

「零細企業のトップやって信心深くなっちゃう気持ちもわかるけど、スピリチュアルスポット巡りはプライベートで行けばええやんか」

興奮のあまり社長への敬語がなくなっていた。その迫力におされたのか、颯馬は口をつぐむ。バックミラー越しに目配せされたが、有は無視を決めこんだ。首をすくめてこのままやり過ごせるかと思いきや、腕組みした笙子があらためて有に向き直ってくる。

「それにしたって川満さん、道に迷いすぎじゃありません？　社長付の運転手がひどい方向音痴って、ありえないんですけど」

「すみません」

もう謝るしかない。有は細いハンドルに齧りつくようにして背を丸めた。季節はずれのアロハシャツから突き出た毛むくじゃらの太い腕に鳥肌が立っているのを見たのか、笙子が露骨に顔をそむける。

車内の重苦しくはりつめた空気を無視して、颯馬が明るい声で尋ねてきた。

「なあなあ。川満さんの道に迷う癖って、東の都でタクシー運転手をやってた頃からなん？」

「え、あ、はい、まあ」

別に癖ではないが、と有が心の中でつぶやくと同時に、助手席の笙子も「方向音痴は癖と違うし」と語尾強めの独り言を漏らす。

聞こえていないはずはないが、颯馬は笙子を無視して朗らかにつづけた。

「じゃあ、タクシー運転手時代、一番やばかった方向音痴は？」

「……『富士山まで』って言われたのに、気づいたら東北に向かっていた時ですかね」

「うわ。反対方向？」

「はい。高速の入口を間違えちゃいまして」

「乗客に怒鳴られたでしょう」

決めつけるように笙子が口を挟んでくる。有は見知った道に戻る手がかりはないかと辺りの風景に注意しながら「それが」と首筋を掻いた。

「全然怒られなくて。逆に『ありがとう』って言われました。『予想外のドライブもたまにはいいものだね』と」

「へえ。いいお客さんでよかったやん」という颯馬の素直な相槌を打ち消すように、笙子がまた断言する。

「そんなん皮肉か当て擦りに決まってるでしょう」

「ええっ、そうなん？　ショック！」

いちいち真に受けている颯馬をバックミラー越しに眺め、有は首をかしげた。

「皮肉とかには聞こえなかったですけどね」

「ちなみに、その乗客を乗せた時間と場所は？」と笙子が詰問してくる。

「たしか、真夜中の繁華街でした」

「真夜中に都心から富士山まで？　ずいぶん長距離移動やん？」

「バブルと呼ばれていた頃の話ですから。真夜中まで飲んだサラリーマンが、高速を使ってタクシーで家に帰るのは、別に不思議じゃなかったですよ」

颯馬や笙子にとっては記憶のない時代なのだろう。お伽噺(とぎばなし)でも聞いたような顔で目を丸くした。

「とにかく」と笙子が話の流れを戻すように、人さし指をぴっと立てる。

「そんな真夜中の長距離移動中、タクシー運転手のしくじりで豪快に時間をロスされて、怒らない人間がいるわけないでしょう」

そう言われると、有もそんな気がしてくる。ハンドルをまわしながら「やっぱり当て擦りだったんでしょうかね」と小さな声でつぶやいた。

笙子は軽くため息をつき、そのまま身をよじって後部座席の颯馬に言う。

「社長。やっぱりカーナビをつけましょう」

「えー。ザ・昭和なこのビートルにカーナビは似合わへん」

「そういう問題じゃありませんから。手配は私がします。いいですね？　それといい加減、川満さんの制服をアロハシャツにしておくのもやめていただけます？　寒そうやし、第一、社長付の運転手の制服にはとても見えませんよ」

「ああ、そっか。ごめん。うっかりしてた。そうやんな。寒いやんな、川満さん。わかった。冬の制服を用意しておく」

颯馬は喋りながら有のヘッドレストをつかみ、フロントガラスの右側を指さした。

「あそこの川、行きも見たよ。あの先の橋を渡ってきたんやなかった？」

「そう……でしたっけ」

「そうだよ。この間の季節はずれの台風で川の水が氾濫して大変だったたって話したやん？」

「あ、思い出しました。そうですね」

ようやく見知った道に戻るきっかけをつかみ、有は左右を念入りに確認してからいそいそハンドルを切る。焦った時ほど慎重に。自分に常々言い聞かせている言葉だ。アクセルを踏む力を微妙に調節することで、ビートルは地面に吸いつくようにカーブを曲がった。

「運転が上手やなあ」と颯馬がすかさず褒めてくれる。

笙子は今にも舌打ちしそうな顔で膝にのせたノートパソコンをひらいたが、すぐにひゅっと息を吸いこむ。

「株式会社マキオサービスネットで、一万件以上の個人情報漏洩ですって」

「マキオサービスネットって、あそこ？　テレマキオの会社？」

颯馬はポテトチップスの袋を振りまわしながら、「ラーラララー、マキオーマキオー、テレビ通販『テレマキオ』、オー、イエー！」とご機嫌に歌ってみせた。

　実際にテレビ通販を利用したことのない有も、そのメロディと落語家のような着物姿とべらんめえ口調で商品を紹介しまくる名物社長の顔は知っている。たしか『シェアハウスかざみどり』の住人仲間である喜多嶋麻矢もここの通販をよく利用していたはずだ。

「サイバー攻撃かな？　大きな会社やから被害件数はもっと増えるやろね。対応大変そう。ウチが営業行った時に、ウィルス対策を頼んでくれたらよかったのに」

　自身が海外からも注目される優秀なエンジニアとしての顔を持ち、セキュリティ分野におけるコンサルティングやアンチウィルスソフトの開発を主とする会社を起ちあげた颯馬には、事態の重大さがよくわかるのだろう。ポテトチップスを食べながらではあるが、いくぶん深刻そうな表情になった。

　これに対し、笙子は断頭台の処刑人のような無慈悲な顔で言い放つ。

「ニュースになった時点で、信頼回復はほぼ不可能ですよ。あの会社、もうダメかも」


　結局、M&Hセーフティラボの入っている大きなビルに戻れたのは、クライアントとの約束の時間を十五分も過ぎてからだった。

「とりあえず僕、先に行ってるね」

　そう言って正面玄関に向かう颯馬の体が、不自然なほど上下にゆれる。歩く時に軽く右足を引きずってしまうのだ。幼い頃の怪我が原因だと聞いていた。

有は颯馬の分の荷物まで抱えてよろめいている笙子に「すみませんでした」と手を差し伸べる。

「その荷物、私が運びましょう」

「結構です」

「でも――」

「もういいですから」と有を睨みすえて、笙子は硬い言葉を投げつけた。

「川満さん、どうしてタクシー運転手を辞めたんですか？　自分から辞めたの？」

おそらく笙子は方向音痴のせいでタクシー会社をクビになったと思っているのだろう。

有はきゅっと喉を鳴らして、「一身上の都合です」とだけ答えておく。笙子は眉をひそめたものの、それ以上追及しようとしなかった。

大荷物を抱えて、颯馬と同じくビルの正面玄関から入っていく笙子を見送り、有はホッと息をつく。バブルは遠くなりにけり。

五十も半ばを過ぎた男に仕事の口はそうそうない。周囲の反対を押し切った社長の一存で決まった今の仕事を辞めるわけにはいかなかった。

たとえ、我が子ほどの年齢の若者に毎日こき使われようとも。厭味を言われようとも。

たとえ、自分が二度とやるまいと誓った業務でも。

有は奥歯を嚙みしめると、次の瞬間、会う人みんなに「人が好さそう」と称される笑顔を作って、黄色いビートルのドアをあけた。

＊

有が北屋丘町の坂の途中にあるこぢんまりしたビストロに辿り着くと、もう『シェアハウスかざみどり』の住人全員が顔を揃えていた。他のテーブルも地元の客できっちり埋まっており、なかなかの人気店のようだ。

「遅れてごめんよ」

有は大柄な体をなるべく縮めて、風間晴生の隣に着席する。晴生は「有さんの遅刻は想定内なんで」と生意気なことを言いつつ、ドリンクメニューを渡してくれた。店員がコートを受け取ろうと近づきかけたが、有の半袖アロハシャツを見てスッといなくなる。

「寒くないんですか？」

晴生が尋ねてくる。寒いよ、そりゃ。腕に立った鳥肌を見ればわかるだろう？　そう言いたいのをこらえ、有は笑顔でカバンの中から折りじわのついたライトダウンを取り出す。

「師走はお仕事も忙しいでしょう？　よく来ていただけたわねえ」

由木暢子がボブカットにした銀髪をゆらして、ねぎらってくれた。有は自分を見る彼女のつぶらな瞳の中に今日も、鼻のいい猟犬のような鋭い光が灯っていることを知る。料理のセンスがまるでなかったり突飛な作り話をしたりする反面、何もかも見透かすような視線を投げてくる彼女に、有はいつも居心地の悪さを感じていた。

「今日はシェアハウスのことで、何か緊急かつ大事な話があるって聞いたから」

有はライトダウンをはおりながら体を喜多嶋麻矢に向けて、さりげなく暢子の視線から逃れる。

麻矢は有に軽くうなずくと、ふくふくとした丸い頬を引きつらせて立ちあがった。

「みなさん、急に呼び出したりしてすみません。ちょっと屋敷では話しづらいことだったので。もうご存じの方も多いと思いますけど、管理人のきゅうけ……弓月さんのことです」

麻矢の重い口調に、晴生と暢子がかすかにうなずいたところを見ると、どうやら今日の会合の意図を知らなかったのは有だけらしい。

「吸血くんがどうかしたのか?」

割れた顎をザリザリなでながら聞く。自分だけ蚊帳(かや)の外だったさびしさより、話題が自分とは関係ないとわかった安心感の方が強かった。

「弓月さんは探偵を使って、私達をベイリー邸に集めたのよ」

「たんてい?」

麻矢の現実離れした説明に有が思わずふき出すと、暢子が低い声で諌める。

「本当にいらっしゃるのよ、調査会社にお勤めの探偵の伴内さん。通称『バンさん』といって、探偵とエキストラの仕事を掛け持ってるんですって。わたし達は全員、不動産屋になりきったバンさんに騙されて観門に来たの。覚えてない?」

有は顎をつかんだまま「うーん」と天を仰ぐ。不動産屋の顔はまるで思い出せないが、伴内という名前にはたしかに聞き覚えがある。山陰の町で何度目かの無職となり、新しい就職先と住む町を探していた時に声をかけられたのだ、たしか。借り手に都合のよすぎる物件、提出を求められたレポートが物件ではなく住人の生活についての質問ばかりだったこと、契約書らしき契約書を交わした覚えのないこと、思い返せばおかしなことだらけだが、観門市に本拠を構える今の会社への転職が決まってあわただしかったこともあり、入居前はただ「ラッキー」で片付けてしまった。そう思えるように、伴内が話や手続きの流れを作っていた気もする。

「たしかに、フェイクであそこまで不動産屋になりきれるのは凄腕かもな。でも何で？　俺達はどんなつながりで集められたんだ？　全員がこの屋敷で初対面だったよなあ？」

有の問いかけに、三人の住人は互いの顔をたしかめながらうなずき合った。

「それに、古い洋館なりのガタはきているが、吸血くんのメンテナンスのおかげで暮らしは快適だし、賃貸料も光熱費もいらないし、今のところ住人は得しかしてない」

「だから、逆に怖いのよ」

たまりかねたように麻矢が口をひらいた。感じのいい女性店員がサーモンのマリネとマッシュルームとクリームチーズのキッシュを持ってやって来たが、構わず話しつづける。

「得だ、得だ、って浮かれている間に、裏ですっごい事件に巻きこまれていたらどうする？」

「すっごい事件って？　たとえば？」

「たとえば……個人情報！　そうや。個人情報をすっごい相手にばらまかれてたりしたら、どうする？」

「麻矢さん、テレマキオのニュースの見すぎですよ」

晴生にやんわりたしなめられると、麻矢はいきり立って叫んだ。

「仕方ないでしょう！　私は当事者なんだから」

テレマキオからも漏れ、弓月からも漏れたら、もう私の個人情報なんてないも同然よ、と言って肩で息をする麻矢をなだめ、有は立ち尽くす女性店員に「どうぞ」と声をかけた。

店員は料理の材料と原産地についての説明を早口で済ますと、逃げるようにテーブルから離れていく。みんなの手がさっそく前菜に伸びるのを見ながら、麻矢はやや落ち着いた口ぶりに戻って言った。

「何で私達が選ばれたのか？　私達を集めて何をするつもりなのか？　弓月さんの背後にさらなる黒幕はいるのか？　みんなだって知りたくない？　私は知りたい。でも、エキストラ現場でバンさんを問い詰めても『依頼者に対して守秘義務があるので』って逃げられるし、弓月さん本人に尋ねても、『クリスマスまで待て』の一点張り。いい加減、嫌気がさしたというか何というか……。生意気な息子みたいに思ってきたけど、本当の弓月さんがどういう人間なのかなんて何もわかってなかったんやなあって」

麻矢は傷ついた気持ちが顔に出るのを防ぐように眉間にしわを寄せ、唇を舐めながらみんなを見まわすと、自家製サングリアを一気に飲み干して言う。

「ねえ、どうかな？　私達もバンさんを雇っちゃわない？」

「探偵を使って、吸血さんの身辺調査をするつもり?」

暢子の質問に、キッシュを口に運んでいた有の手が止まる。「だって」と言いよどむ麻矢を見すえ、慎重に口をひらいた。

「それは、あまりいい趣味とは言えないな」

有は自分がいつものような笑顔を作れているのか気になる。麻矢のふっくらした頰が引きつっているのが見えたからだ。

「そうやね。川満さんの言う通り。品性に欠ける行為やね。でも、これだけは忘れんといて。私達は弓月さんにそういうことをされて、ベイリー邸に集められたの」

そう言い放って、敵討ちのようにキッシュにかぶりつく麻矢を前に、誰も何も言えない。凍りついたテーブルの下で、晴生が有の足を蹴ってくる。何とかしてよ、と言いたげに。

有は気分を変えるべく三回ゆっくり呼吸する。空になったサーモンのマリネの皿をテーブルの隅に片付けつつ、明るく言ってみた。

「『クリスマスまで待て』って吸血くんが言ったんだろ? クリスマスになったら、ちゃんと教えてくれるんじゃないの? どうせあと数週間だ。待ってみたらどうよ?」

晴生と暢子が「異議なし!」と言いたげに何度も強くうなずくのを見て、麻矢は鼻を鳴らす。

「みなさん、ずいぶん悠長ですね。その間に、すっごい事件でも起こっ——」

「ビールのお代わりとイベリコ豚のソーセージ盛り合わせです」

先ほどの女性店員が会話の途中で割って入ってきた。お姉さん、グッジョブと心の中で拝みながら、有はビールジョッキを受け取り、ソーセージの皿をテーブルの真ん中に置く。香ばしいにおいが食欲を刺激するのにまかせて、パリパリとソーセージを噛んではビールを飲んだ。

麻矢は話の途中のまま口をあけて待っていたが、話題が戻りそうにないのを察したのか、やけくそ気味にソーセージを二本いっぺんに頬ばる。

やがて、女性店員が全国的にも有名な観門牛を使った牛ほほ肉の赤ワイン煮こみを運んでくる頃には、住人の間のぎこちない空気もだいぶほぐれ、お喋りの内容もいつもの食事会の世間話に落ち着いていた。

デザートのタルトタタンまできっちり食べきってから、みんなで細いミシン坂をあがる。紺色の空の下、白い息があちこちで連なった。あれほど不安と不満を口にしていた麻矢が、最後は一番陽気に酔って、三人の娘達の近況を聞かれもしないのに喋っている。

「春くらいに、長女の本が出るんですぅ。漫画の本。『元ヤンおかんの言うことには』ってタイトル。見つけたら買うたってくださいね。次女は十二月に入ってから立てつづけに三人に告白されよって、でも全員フったそうです。モテることに慣れるのも良し悪しやねえ。末娘はそのうちなでしこでワールドカップ行きますから。まだ小学生ですけど」

有が麻矢の背中を支えながら、「三者三様だな」と応じると、えへへと嬉しそうに笑う。

ふっくらした頰にぺこんとえくぼが出来た。母親が家を出てシェアハウスに入ったくらいだから問題が何もない家庭ではないのだろうが、最近は麻矢の口から家族の話題がよく出てくる。クリスマスを過ぎたら家に戻ると聞いて、有は他人事ながらホッとしたものだ。

坂の上にベイリー邸の屋根が見えてきた。風見鶏の消えた八角形の屋根は、いささか間抜けだ。有は今までシェアハウスの名前にもなっている風見鶏をじっくり眺めたことも気にしたこともなかったが、なくなると、その存在感や役割がよくわかった。

しかし今日はまた一段とものさびしい。そんな印象をベイリー邸に抱いた理由が、暢子の「明かりが消えているわね」という一言で明らかになる。

鉄門をくぐり、玄関のドアをあけると、その暗さが冷気と共にまともに顔にぶつかってきた。

「暖房もついてない」

晴生が非難がましく指摘し、「管理人さーん」と奥に向かって呼びかけたが、返答はない。

住人達は顔を見合わせると、急ぎ足で玄関ホールを通り抜けた。回廊に出てみたが、ここの明かりも消えたままだ。

「まさか、食事会をハブられて家出とか?」

晴生が叩いた軽口に、麻矢が「変なこと言わんといて」と叫ぶ。今夜の外食の言い出しっぺだけに、後味が悪いらしい。

「大の大人がそんなことでへそ曲げないって」

有が間に入ってとりなしていると、管理人室の紫のドアの前に立った暢子がひらひらと手を振った。

「由木さん、何？」

暢子は答える代わりに、ドアを指さす。麻矢を先頭にして行ってみると、そこには小さな貼り紙がしてあった。

『ちょっと旅に出る。よろしく。弓月』

一同に沈黙が落ち、だいぶ経ってから、暢子がぽつりと言う。

「よく考えたら、吸血さん、あんまり『大の大人』じゃないかも」

「よく考えなくても、管理人さんは大人げないっていうか、ガキだよ」

軽やかにまぜ返した晴生を睨んでから、麻矢は有に向き直る。

「ねえ、川満さん。この『ちょっと』ってどれくらいやと思う？」

知らんがな、と思わず観門のイントネーションで言いたくなったが、有は「さあ」と言葉を濁すにとどめた。

「二、三日よね、きっと」

麻矢は自分で自分に言い聞かせるようにつぶやく。

ところが、麻矢の願いに反して、連絡のとれなくなった弓月は、次の日も帰ってこなかった。その次の日も。そのまた次の日も。

風見鶏の次は、管理人の行方がわからなくなってしまったのだ。

＊

銀杏の黄色い落ち葉が絨毯となって広がる並木道を、銀杏と同じ色のビートルが静かに進んでいく。午後三時を過ぎて、冬の日の傾き出した観門の町は静かだった。

そしてビートルの中では、話し上手とは言いがたい有の声が途切れ途切れに響いていた。今日は助手席に笙子がおらず、後部座席の颯馬も珍しく聞き役にまわっている。

「そんなわけでうちのシェアハウス、管理人不在のまま五日が過ぎまして、なかなか弱ってるんですよね」

「管理人ってそんなに大事？　僕はマンションの管理人となんて顔を合わせたこともないけど」

窓の外を見たりスマホでどこかに連絡をとったりと上の空に見えていた颯馬だが、意外にもちゃんと有の話を聞いていたらしく、興味深そうにシートから身を乗り出した。有が毎日送迎で通う颯馬の家は、有名デザイナーが設計した高層マンションだ。あんな新築のものと比べられてもな、と有は脱力しつつ言葉を探す。

「うちの管理人は住みこみなんです。北屋丘町にある古い洋館なのでちょくちょく家のどこかが故障したり不具合が出たりして――」

「北屋丘町の洋館だって？」

とつぜん大きな声を出した颯馬に驚きつつも「はい」とうなずき、有は話をつづける。

「そういう時すぐ対応できるように、一緒に住んでくれているんです。だから交流もまあ、ないわけじゃなくて」

寒波が到来した今朝、食堂と玄関ホールの暖炉に火を熾そうとしたが、急にうんともすんとも言わなくなり、結局、住人全員が家の中でコートを着て生活するはめになっていると有が愚痴ると、颯馬は「本物の暖炉？　かっこいいな」と眉間にしわを寄せたまま、おかしなポイントで感心してみせた。

有は愛想笑いを返して、フロントガラスにへばりついた銀杏の葉をワイパーで払う。打ち合わせ先から「私は電車で帰ります」と肩を怒らせて去っていった笙子の背中が残像のようによみがえった。よく社長の颯馬に怒っている秘書の笙子だが、同じ車に乗ろうとしないほどの怒りをあらわしたのは、はじめてのことだ。

打ち合わせで何かあったことは、たしかだ。古観門のホテルの一室という打ち合わせ場所も、打ち合わせ相手の名が伏せられていたのも珍しいことなので、有も少し気になっていた。

バックミラー越しに颯馬と目が合ってしまう。颯馬は白い歯を見せてキシシと笑った。

「川満さん、何か聞きたいことがありそうな顔してるね」

「いえ、私は別に」

有があわてて首を振ると、颯馬は「ふーん」とつまらなそうに窓の外に目を移し、「あっ」と叫んでガラスに人さし指をくっつけた。

「風見船が海側を向いてる。今日はいいことがありそうや」

かざみぶね？　有がわき見運転にならないくらい瞬時に目を走らせると、大通りの交差点に建つデパートが見えた。昔から観門市民に親しまれてきた萬角デパートだ。方向音痴の有は町のシンボルの一つとして今までさんざん目印にしてきたが、いつも車で通り過ぎるだけなので、その建物の前に四角い時計台があることや、その時計台に船を模した風向計がついていることまでは知らなかった。

「そんな言い伝えがあるんですか」

「言い伝えっていうか、昔、ある人から教えてもらったんや。『風見鶏が海を見てると、いいことがある』って。それから『風見鶏が飛び立つと、悪いことが起こる』とも」

風見鶏の伝説とやらは、有のシェアハウスにもある。願いが叶うだの、鳴くだの、飛ぶだの、どこか怪談めいた噂を弓月が嬉しそうに話していた。しかし、風見船と風見鶏を一緒にしていいのだろうか？　有が軽く引っかかりを覚えていると、颯馬は肩をすくめて笑った。

「でも、今日はまだ、いいことないなあ。美浪さんを怒らせちゃったしなあ」

また目が合う。誘い水だ、と有は判断した。颯馬は話したがっている。

「何でまた？」と有が低い声で尋ねると、案の定、颯馬はすぐさま「ここだけの話なんやけど」とヘッドレストをつかんで身を乗り出してきた。

「さっきホテルで、株式会社マキオサービスネットの人達と会ってたんだ」

「マキオ……って、例の個人情報漏洩の？」

　テレビ通販の草分け的な存在だったテレマキオゆえ、利用した人間も多かったのだろう。個人情報漏洩のニュースではじまった騒ぎや抗議は、笙子の予想通り、社長の会見や謝罪がされた後もいっこうに鎮火せず、むしろ嘘や出所不明の情報が入り交じって日に日に大きくなっていくようだ。被害件数も第一報の一万から八万へと激増していた。

「情報漏洩のきっかけはサイバー攻撃だったらしくて、『助けてください』と頼まれた」

　セキュリティの神と称されるエンジニアの颯馬が、文字通り神頼みされたわけだ。有は「なるほど」とあたりさわりのない相槌を打ちながら、慎重にハンドルをさばく。

「セキュリティシステムについて一から教えてほしいって」

「イチから？」

「うん。要は顧問契約の要請や。僕、自分で言うのも何だけど、エンジニアとしてわりと有名やから」

　それは有も知っていた。M&Hセーフティラボは小さな会社だが、颯馬が国内外問わずよく取材を受けるおかげで、社長自身が広告塔となり、引きも切らず仕事のオファーがある。マキオサービスネットとしては、そんな山名颯馬のブランド力も利用したいのだろう。

「社長の名前を大々的に表に出して、世間を安心させるわけですね？」

「そうそう」

「それは」と言いよどんだ有の肩を、颯馬が後ろから叩いてくる。

「正直に言っていいよ」

「割に合わない」

くふっと笑い声が漏れた。バックミラーを覗くと、颯馬がシートに深々と座り直している。

「そうかー。そうやんなー。僕がこれからうまくシステムを構築して被害を食い止められたとしても、セキュリティというものの性質上、今までの漏洩分をなかったことには出来ひん。そうなると、漏洩された人達の怒りの矛先は、顔と名前を出した僕にも向くやんな、どうしても、心情的に」

「美浪さんは何て？」

有が笙子の名前を出すと、颯馬の顔がいたずらを見つかった子供のようにゆがんだ。

「『我が社を潰す気ですか』って」

そこそこ似ている口調で言って、颯馬は肩を落とす。

「美浪さんが心配してくれてるのはわかる。昔、マキオサービスネットにウチから営業に行った時の対応がけんもほろろやったから、『今さら何を』って腹が立ってるのもわかる」

そうつぶやいたそばから「でもなあ」とビートルの天井を仰いで短髪を掻きむしった。

「仕事を受けるかどうか、まだ返事はしていないんですか？」

「うん。今週中には決めるつもりと言ったら、美浪さん怒っちゃって。僕が最終的に引き受けるつもりで、彼女の反対を押し切るための期間を設けたと思っているんやろなあ」

会社と社長の行く末を思えばこその怒りだろう。有はふたたび笙子の背中を思い出す。仕事とはいえ、誰かを信じたり、誰かに賭けたり出来る彼女がまぶしかった。

ビートルは順調に進み、M&Hセーフティラボの入ったオフィスビルが見えてくる。地下駐車場の入口にまわろうとゆるやかに減速していると、肩越しに颯馬の声が落ちた。

「ま、自分を頼ってくれた人のことは、なるべく助けたいと思ってるのは事実なんやけど」

思わずブレーキを踏む有の足に力がこもり、ビートルはいびつに停止する。

「あ、すみません」

「平気。平気。でも川満さんが急停車なんて、珍しいな」

「どうして、そう思うんですか?」

「え? いや、いつもすごく安全運転やし——」

有は「そうじゃなくて」と首を横に振り、振り返って颯馬を見る。

「どうして社長は、結果次第で自分の周りから人がいなくなるかもしれない時でも、頼ってきた人を助けたいと思えるんですか?」

「動かなかった後悔より、動いてする後悔の方が楽やから」

すぐに答えた後、颯馬は太い鼻筋を掻きながら小首をかしげた。

「いや、違うな。正確に言うと、動いてする後悔の方が楽やと信じたいから、かな」

有はせわしなくまばたきをして前に向き直ると、無言のままふたたびアクセルを踏む。わざわざ颯馬が言い直した言葉の方が、まっすぐ胸に突き刺さってきた。黄色いビートルが風を切れば切るほど、その言葉の矢は抜けなくなる。

地下駐車場でビートルからおりた颯馬は、すっかり元気を取り戻しているように見えた。右足を引きずって歩きかけたが、すぐに「そうや」と大きな声をあげて車に戻ってくる。後部座席の下から紙袋を取り出すと、有に恭しく差し出した。

「冬の制服をどうぞ。特注だよ」

「ありがとうございます」

有が押し頂くようにして受け取ると、颯馬は待ちきれない様子でみずから紙袋の中に手を突っこみ、制服を取り出す。

「どう?」と聞かれ、有は言葉に詰まった。

今着ているアロハシャツと同じ柄の長袖シャツと、背中に金色の竜が刺繍された中綿入りのスカジャンがあらわれたからだ。

頬を引きつらせた有にはおかまいなく、颯馬は「これであったかいやろ」と満足そうに親指を立てると、右足を引きずって行ってしまった。

颯馬の姿が消えて、たっぷり三分待ってから、有は黄色いビートルに乗りこむ。しっかり窓がしまっていることを確認し、エンジンをかける。そして車内がドゥルットゥルッルルルルと大きなエンジン音で満たされるのを待って、思いきり叫んだ。

「着たくねえ!」

*

ふたたび食事会の水曜日が巡ってきた。弓月がいなくなって、ちょうど一週間経ったことになる。今年何度目かの寒波がきているとかで、朝から気温があがらず、氷雨の降る冷たい一日だった。

食事当番の有が会社帰りに寄ったスーパーの袋をさげて玄関ホールに立つと、高い天井からしんしんと冷気がおりてきて震えてしまう。暖炉は相変わらず壊れたままだった。

有は震えながらスカジャンを脱ぎ、長袖のアロハシャツの上から折りじわのついたライトダウンを着る。冬の制服として支給されて以来、毎日仕方なくスカジャンを着ているが、背中に金色の竜を背負うことでかかる妙な重力にはいまだ慣れなかった。

正面のガラス戸に、ばたばたと回廊を走ってくる影が映る。その速さと足音の荒さにただごとでない予感がしたとたん、ガラス戸がひらいた。

晴生が洗面器を持って入ってくる。

「何かあったのか?」

「雨漏りです」と言って、晴生は自分の頭上を指した。

「二階の洗面所の天井から漏れてきたんで、たぶん三階もヤバイんじゃないかって。今、麻矢さんと暢子さんが様子を見に行ってます」

「いいのか？　シェアハウスの住人が使えるのは二階までで、三階は立入り禁止だって、俺は吸血くんから最初に言われたぞ」

有が話しながら近づいていくのを、晴生は階段の手すりを握って待っている。

「俺も言われました。三階にはオーナーの私物が置いてあるからって。でも、場合が場合だし、今は麻矢さんと暢子さんが管理人みたいなものだし」

常にメンテナンスと掃除が必要になる屋敷の中はもちろん、この季節はひっきりなしに落ち葉で埋もれる鉄門の外の掃き掃除まで、家にいる時間の長い麻矢と暢子に管理人業務の負荷がかかっていることは、有も気づいていた。だからこそ、今日はちゃんと食事当番をこなそうと帰ってきたのだ。

有と至近距離で向き合うと、晴生は思い出したように「おかえりなさい」と言って頭をさげた。有の抱えたスーパーの袋を見て、目をかがやかせる。

「今日は有さんが食事当番か。うわー。レアだー。何、作るんですか？」

「チャンプルー。俺の故郷の味だ。島豆腐が置いてなかったから、木綿豆腐を使うけどな」

晴生と連れだって階段をのぼりながら、有はスーパーの袋をひらいて具材を見せてやった。その袋をいったん食堂に置くと、すぐ引き返し、晴生の後ろについて、共用トイレ脇の三階へとつづく階段に向かう。

「何か緊張するな。そういえば俺、ここのオーナーにまだ一度も会ったことないです」

「俺もだよ。てっきり資産運用の一環としてここを所有しているだけかと思っていたから、私物があるって聞いて、今、ちょっとひるんでる」

晴生と話しながら、有は華奢な螺旋階段を見あげた。

一階から二階へのぼる階段は幅が広く、踊り場までついた堂々たるものであるのに比べ、こちらはまるで非常階段のように地味な作りだ。もっとも、よく見れば手すりは青銅で、階段の側面には彫刻の施された瀟洒な趣向が見受けられ、非常階段にしては美しく豪華なことがわかる。そして、実際にのぼってみると、角度が急で、階段幅は狭く、気を抜けばすぐ転がり落ちそうな危うさがあった。

それでもどうにか螺旋階段をのぼりきり、三階に立つ。

「何だこれ？」

有は思わずうめいた。晴生も口をあんぐりあけたまま、まばたきを繰り返している。

三階に部屋は一つきりだった。二階の食堂と同じくらいの広さの部屋に、床が抜けないか心配になる量の物品が積みあがっている。アナログテレビやビデオデッキなどの古い電化製品からゲーム機、こまごましたキッチン用品にガーデニング用品、やたら場所を取る健康器具に未来的な形をしている美容機器、さらにはモデルのわからない胸像まで、とりとめのないラインナップだ。弓月によって定期的に風が通され、掃除が行き届いているせいか、カビ臭かったり、ホコリが舞ったり、見た目が汚かったりするわけではないが、部屋の密度の濃さにむせ返った。

「これ……全部、オーナーの私物かな？」

「だとしたら、相当なコレクターだ」

「嗜好品より生活用品が多そうだけど」

「そういうコレクターもいるんじゃないか？　逆にマニアックだ」

裸電球の下、男二人で好き勝手なことを喋っていると、どこからか暢子の声がする。

「吸血さんは、オーナーの私物の管理までやっていたのね」

裸電球の明かりのもと声のした方に目をこらすと、正八角形の壁すべてについた上げ下げ窓の中で唯一、両びらきになる窓の前でしゃがみ、周りの物を横にどかして、床を必死に拭いている暢子の背中が見えた。

有と晴生が物の山を迂回しながら近づくと、ボブカットの銀髪をゆらして振り仰ぐ。

「屋根から漏れてきた雨が、この窓の桟に染みこんで、二階へと漏れちゃってたみたい」

有はうなずき、窓の外に広がるバルコニーを見た。弓月がいつもラジオ体操をするバルコニーだ。

「ブルーシートか防水アルミテープがあったら、屋根にのぼってみるけど」

「俺、ブルーシート持ってます。あと土嚢も。この間の台風の時にバイトで使ったんで」

「借りていいか？」

「さすがに台風はもうしばらく来ないだろうし、大丈夫です。使ってください」

晴生はそう言うと、自分の部屋と三階を二往復してブルーシートと土嚢を持ってきてくれた。ただし一緒に屋根にのぼる気はないようで、「よろしくお願いします」と有にすべて差し出す。

「あ、うん。わかった」

有は自分の部屋から持ってきた雨合羽と長靴を身につけると、ブルーシートを担いでバルコニーに出た。雨合羽は道路工事の仕事をしていた時に、長靴はビル清掃の仕事をしていた時に、それぞれ使っていた業務用の物だ。職を転々としてきた経歴と専門道具がまさかここで役に立つとは思わなかった。


建物をぐるりと囲うように作られた三階のバルコニーは、白いウッドデッキになっていた。定期的に弓月がペンキを塗り替え、ワックスをかけていたらしく、傷んでいる部分は見当たらない。ただ、下から見て想像していたよりもずっと狭かった。三階の部屋と違って余計な物が何一つ置かれていないのに、だからこそ、その狭さが際立つ。バルコニーには手すりがついているが、その手すりも想像以上に低く、ちょっと体重をかけたら頭の重みで真っ逆さまに落ちてしまいそうだ。

吸血くんはよくこんなところでラジオ体操をやってたな、と有は感心した。

ぐっと近づいた赤い屋根の庇を見あげ、どうやってのぼろうか考えていると、中庭から麻矢の声がする。手すりから慎重に身を乗り出してみると、赤い傘をさした麻矢が頑丈そうな長梯子を抱えて立っていた。

「これ、使えそう？」

「ああ、助かるね。長梯子なんて、よく持ってたな」

「シェアハウスでのクリスマス用に、テレマキオで買っといたの。すごく軽くて伸びる梯子なのよ。ここからでも屋根に届くくらい」

　ここしばらく個人情報漏洩にまつわる恨み言でしか聞かなかった通販番組の名前を挙げて、麻矢は久々に得意そうだ。

　晴生が中庭から運んでくれたその長梯子をバルコニーに設置し、有は慣れた足取りで屋根にのぼる。鳶(とび)職に近い仕事や高層ビルの窓拭きの仕事もやったことがあるため、高所は別に怖くなかったし、高い足場での神経の配り方も身についていた。

　八角形の赤い屋根は勾配が急なので、有は四つん這いになって慎重に進む。働き者の弓月もさすがに屋根の手入れまでは頻繁に行えなかったようで、風雪を重ねたスレート屋根の赤い塗装はところどころ剝げ、錆(さび)だか腐食だかわからないものがこびりついている部分も多い。有は自分が動くことでこれ以上屋根を傷めないよう気を遣った。幸い氷雨の勢いは弱まってきている。首筋や顔を打つ雨は痛いが、屋根から転がり落ちないよう神経をさいている分、寒さは感じずに済んでいた。

　ブルーシートを担ぎ、雨漏りの原因となった部分を探す。「ああ」と思わず声が出た。

　屋根の中央、ちょうど風見鶏が立っていた部分の棟板金が大きくずれ、雨水が入りこんでいたのだ。有の頭の中に一瞬、丸々とした風見鶏が重そうにはばたき、飛び立つイメージが浮かぶ。『風見鶏が飛び立つと、悪いことが起こる』という颯馬の言葉もあわせて思い出してしまい、有は首をすくめた。

管理人がいなくなり、暖炉が壊れて、雨漏りした。俺には変なスカジャンが制服として支給され、今とても腹が空いている。それもこれも全部、風見鶏のせいってか？　笑える。違うぞ。風見鶏は飛び立ったんじゃない。台風で支柱ごともぎ取られたんだ。

有は自分に言い聞かせながら、てきぱきとブルーシートを広げ、隅に土嚢を置いた後、さらにテープやビニール紐を使ってブルーシートと土嚢がずり落ちないよう固定した。

「すごい、川満さん。手際がいい」

いつのまにかバルコニーに出てきていた晴生と麻矢から賞賛の拍手をもらって、有は苦笑する。手際は経験で身につく。無駄に年を取り、職を転々としてきた証拠なんだと伝えたら、彼らはどんな顔をするだろう。


応急処置を済ませて三階の部屋に戻ると、暢子の姿が見えない。

ひとまず、さっきまでひっきりなしに水が漏れてきていた天井や窓の桟が濡れなくなったのを確認してから、あらためて暢子を探すと、物干し竿のような巨大な健康器具にもたれて背中を向けていた。

「由木さん、どうかした？」

有が声をかけると、ビクリと身を震わせ「ごめんなさい」と大きな声で謝る。ぎょっとしているみんなの方を振り向いて見まわし、有の顔の上で視線を止めて頭をさげた。その目からはいつもの見透かすような眼差しが消えている。なぜかはわからないが、有はちょっとホッとした。暢子は手に持っていた物をみんなに向かって差し出す。

「何ですか、それ?」

晴生が真っ先に近づいていったが、手に取ったのは麻矢だ。有は少し離れた場所で濡れた雨合羽を脱ぎながら、麻矢の手元を見定めようと目を細める。

「スクラップブックか?」

暢子が「これは」と言いよどんでいるうちに、麻矢がさっさとひらいて目を落とす。その後ろから、有も晴生と並んで覗きこんだ。

スクラップブックの一ページ目に、観門から遠く離れた町の地方紙の小さな新聞記事が貼りつけられている。


父親の胸などを包丁で刺したとして、○○県警は15日、同県多手市横尾3丁目の中学3年生の長男(15)を殺人未遂容疑で現行犯逮捕し、発表した。同署の調べに対し、長男は「母親を助けたかった」と話しているという。

横尾西署によると、長男は同日午前4時40分ごろ、自宅で口論となった41歳の父親の胸などを包丁で刺し、自ら110番通報した。父親は病院に搬送され、全治3週間の怪我。命に別状はないという。長男は両親との3人暮らしで、16日に実施される県内の公立高校の受験を控えていた。同署は長男と父親の間にトラブルがあったとみて、仕事で家を空けていた母親にも事情を聴きながら動機を調べている。

日付を見ると、五年前の二月だ。

そんな事件があったことを有は覚えていなかった。ローカルニュース止まりで、有が当時住んでいた町までは伝わってこなかったのかもしれない。

麻矢からスクラップブックを借りてめくってみたが、その記事以外に何も貼られておらず、追加の情報はなかった。この中学三年生の長男がその後どんな刑罰を受けたのか、どういう人生を辿っているのか、彼に対する周りの人間の態度はどう変わったのか、わからないままだ。

有の横で晴生が興奮したように声をうわずらせる。

「ガセの七不思議の元はこれだったんだ」

「ガセ?」

「俺、前にバイト先でベイリー邸の七不思議の七つ目は『風見鶏の下に罪人が潜む』だって聞いたことがあるんです。で、それを言ったら、管理人さんに『それは不思議じゃなくてたちの悪い噂だ』ってえらく怒られちゃったけど、火のないところに煙は立たずってやつですよね。こんなスクラップがあるってことは――」

すると、だまって聞いていた暢子がぽつりと言った。

「吸血さん、多手市出身なのよね。いつか、本人がそう言ってたわ」

「多手市って、この事件が起こったところやんか」

麻矢の大声に、有の心臓がギュッと縮む。やめてくれ、それ以上掘り返さないでやってくれ、と祈る気持ちを折るように、晴生が狼狽して口走った。

「え？　この記事の『長男』が管理人さん？　嘘でしょ。管理人さんは自分の年齢を二十五歳だって言ってましたよ」

「逆にサバを読んでいるんじゃないかしら」

暢子が妙に静かな声でつぶやき、住人達の会話は途切れる。

『風見鶏が飛び立つと、悪いことが起こる』という颯馬の言葉がふたたびよみがえり、有は強くかぶりを振った。そのままの勢いで口をひらく。笑顔でなるべく明るい声をあげる。

「まあまあ。同一人物って決めつけるのは、やめようや」

「でも、もし同一人物だったら？」

麻矢の鋭い問いかけに、有は言葉をのむ。麻矢と晴生と暢子がかくれんぼで先に鬼に帰れてしまった子供のような、不安いっぱいの目で有を見つめてきた。

「もし彼がこの事件の犯人の少年だったら、どうすればいい？」

ちょっと前から「吸血くん」という呼び名を「弓月さん」に戻していた麻矢は、ここにきてぐっと距離を取った「彼」という三人称を用いた。それは無意識だったのかもしれない。ただ、有はその無意識にこそ本心が詰まっていると考えた。

弓月がいなくなり、残った者同士で協力し合わねばならないことが増えて、ようやく住人に対してひらきかけていた心の門がふたたびかたくとじるのがわかる。

「さあな」と有は首を横に振った。笑顔を作る余裕はない。

「正直に、前科者のことは信用できない、怖い、って態度を示せばいいんじゃないの？　どうせ離れていくんだろ？　取り繕ったって同じことだ」

有のいつになくきつい物言いに、三人が目を丸くするのがわかる。有は気まずくなって、背を向けた。

「俺、ちょっと部屋に戻って雨合羽干してくるわ」

そのまま有は部屋から一歩も出ず、料理も作らず、結果として食事会も食事当番もボイコットした形となってしまったのだった。

＊

翌日、地下駐車場のビートルの中で颯馬の外出を待っていた有に、笙子から連絡が入り、会社の会議室に呼び出された。M&Hセーフティラボの社員ではあるが、社長付運転手の有が社内に足を踏み入れるのは、転職の最終面接の時以来だ。それだけに緊張した。

昨日気まずくなった『シェアハウスかざみどり』の住人達とは朝も顔を合わせないまま出てきてしまったので、有はいつにもまして対人のやりとりを億劫に感じてしまう。

それでも、ノックして会議室のドアをあける頃にはいつもの笑顔を作れていた。

会議室の広いテーブルの奥に颯馬がいて、手前に笙子が立っている。待っていたのは、その二人だけだった。

「そこへお座りください」と笙子は自分のすぐ脇の席を示してから、有が着こんだスカジャンを凝視する。颯馬の方を振り返った。

「これ、ひょっとして？」

「うん。川満さんの冬の制服」

涼しい顔で答えた颯馬の顔を、笙子はしばらく見つめていたが、やがてフッと息をついて有に向き直る。

「川満さん。今日はあなたに尋ねたいことがあって来てもらいました」

「はい」

笙子のことさらあらたまった口調に不安を覚えつつ、有はスカジャンの前を掻き合わせる。

「川満さんは一九八二年三月から一九九〇年八月まで、東京にある武藤交通株式会社というタクシー会社にお勤めでしたね」

「……はい」

「どうして辞めたのか教えてください」

笙子がまっすぐ見つめてくる。その目は、妻、親戚、家族、友人、かつて有のそばからいっせいに離れていった人々と同じ色をしていた。だから、有は笙子が自分のどんな過去をつかみ、どういう処分を下そうとしているか、すぐにわかった。

「それなら面接の時に聞いたよ。一身上の都合で退職したって——」

颯馬が怪訝そうに有と笙子を見比べる。どうやら颯馬はまだ何も知らされていないようだ。ならば、と有は颯馬の方に体を向けて、一礼した。

「ええ、その通りです。ただ、こちらで運転手という仕事をするにあたり、一身上の都合の中身を言っておかねばならなかったと思います」

颯馬の後ろにある窓から、観門の空が見えた。昨日の冷たい雨は止んだが、まだどんよりと分厚い雲に遮られた空だ。有はその鈍色の雲の彼方に飛び去り、戻ってこない風見鶏を見た気がした。

『風見鶏が飛び立つと、悪いことが起こる』。たしかに、そうかもしれない。

「私は仕事に使っていた車で交通事故を起こしました。業務上過失致死傷罪で刑務所にも入りました。刑期はだいぶ前に終え、取り消された免許ももう一度取り直しましたが、常識的に考えて、運転の仕事をするべきではなかったと思います。ただ、この不況と自分の年齢を考えた時、契約社員であっても好条件で雇っていただける機会を逃したくないと、つい、その事実を隠してしまいました」

有は颯馬の目を見られないまま、「申しわけありません」と深々と頭をさげた。

「どういうつもり?」

颯馬のかたい声が頭上を通り過ぎていく。有がおそるおそる顔をあげると、颯馬の視線は、立ったままの笙子に注がれていた。

「川満さんは刑期を終えたんやろ?　きちんと社会復帰した人の過去をほじくっていちゃも

んをつけるなんて、卑怯や」

「私もそう思います。ただ、前科は前科です」

今日の笙子はあくまで落ち着いている。颯馬に自分の持っていた紙束を渡しながら、ひるむことなく視線をあげつづけた。

「町の調査会社にお願いするだけで、すぐにこれだけの資料があがってきました。今、日本中を騒がせているマキオサービスネットに山名颯馬がかかわれば、社長や我が社の身辺はもっとえげつなく掘り返されるでしょう。そういう時代です」

颯馬が調査報告書に目を落とすと、笙子は少し小声になって付け足した。

「コンピューターにも、自分の身辺にも、優秀なセキュリティが必要な時代なんです」

その決め台詞かキャッチコピーかというような言葉に、颯馬は乾いた笑いを一瞬浮かべ、すぐにまた真剣な目つきで笙子を睨んだ。

「はっきり言ってよ、美浪さん」

「社長がもし、マキオサービスネットの依頼を受けたいのであれば、リスクヘッジしておいてください」

「スキャンダルになりうる芽は摘んでおけってこと？」

ここではじめて颯馬の細い目の中の光がゆれた。有は自分に視線が飛んできたことを知りつつ、あえて目を合わせない。

「川満さんとの雇用契約を打ち切るか、マキオサービスネットとの仕事を諦めるか、二者択ーってこと?」

質問を重ね、颯馬は笙子から受け取った紙束を机に置いた。そして有に向き直る。

「ねえ、川満さん。よかったら、教えてよ。事故が起こる直前、川満さんはどういう状況にあって、どんな気持ちでハンドルを握っていたのか」

有は思わず息をのんで颯馬の顔を正面から見てしまう。有にそんな質問をぶつけた相手は今まで一人もいなかったからだ。

颯馬はいつもと変わらない表情をしていた。細い目にはとびきりのいたずらを考えているような光が宿って、やんちゃ坊主そのものだ。そして、有への態度もいつも通りだった。有の前科を知っても、怖じ気づいたり、距離を取ったりするそぶりは微塵もない。

有は「その頃」と言いかけて、声がかすれているのに気づき、咳払いする。自分がふたたび無職になるかどうかの瀬戸際だというのに、カウンセリングを受けているようなおだやかな気持ちで話し出した。


その頃、私には妻がいました。妻は近所に住む自分の妹と仲がよく、週末はよく妹夫婦と一緒にレジャーを楽しんだものです。

妹に赤ちゃんが出来たとわかった時の妻はもう大喜びでした。私達夫婦にはまだ子供がいなかったので、宙ぶらりんになった母性を、生まれてくる妹の子供にまるごと注いでいた気がします。

そして、あの日がやって来ました。夜勤明けの私が家で寝ていると、電話がかかってきたんです。妻の妹からでした。

「助けて、義兄さん」と妻の妹は言いました。

その第一声で、私の眠気は吹っ飛びました。妹の夫は仕事で家におらず、臨月間近のお腹がはげしく痛み、かなりの出血が見られるということでした。妹の夫は仕事で家におらず、私の妻もパートに出ていて留守です。携帯電話の普及していない時代だったので連絡はとりづらく、頼れるのは義理の兄の私しかいない状況でした。妻の妹は「病院に連れていってほしい」と言いました。わりと遠くにある産院だったので、車が必要だったんです。

私は「まかせとけ」と答えました。

ところが、当時も今も私は自家用車を持っていません。妹の家にも車はありませんでした。何とかしてあげたい。その一心で私は近所にあった勤め先の武藤交通株式会社に走り、社長に事情を話し、頼みこんで、空いているタクシーを強引に借りたんです。そして妹の家に行き、顔面蒼白な彼女を乗せて病院に向かいました。平日だったので道路はどこも空いていて、スピードを出すことが出来ました。ところが、ここで私の運転手としての致命的な欠陥が出てしまったのです。

ええ、救いようのない方向音痴です。

「赤ちゃんが死んじゃう」と泣き叫ぶ妻の妹をなだめながら、私は冷や汗をだらだら掻いて右折と左折を繰り返しました。当時はカーナビがなかったので、信号で停まるたび何度も地図を見直しました。でも、一時間で着くはずの病院が、一時間半かけても見つからず、近づいてきている様子すらなかったのです。

泣き叫んでいた妻の妹がぐったりだまりこんでしまったので、いよいよまずいと私は自分で連れていくのを諦め、救急車を呼ぶために公衆電話を探すことにしました。

しばらく走っていると、コンビニの前に電話ボックスがあるのを見つけました。

助かった、と思ったんです。私は迷うことなくハンドルを切って左折しました。サイドミラーを確認した気はするんですが、きっと気のせいです。習慣で顔は向けても、目に入っていなかった。焦りすぎていました。

結果、私は直進してきたスクーターごと女子高生をはね飛ばし、若い命を奪いました。

そして、妻の妹の命は助かりましたが、お腹の赤ちゃんは死産となりました。出血のあった時点で胎児の生存していた可能性は低いそうです。しかし、母親に精神的ショックを与えた責任は、間違いなく私にあります。

一気に話し終えた有は、そこで大きく息を吸い、言葉を結ぶ。

「結局、よかれと思ってやったことで、私は少女の未来と可能性を永遠に奪い、子供の誕生を心待ちにしていた夫婦を絶望させ、会社や上司に多大な迷惑をかけ、妻の心を病ませました。私の薄っぺらい善意が、みんなを傷つけた。大変申しわけなく、情けなく、悔やんでも悔やみきれない出来事です」

最後に大きく息を吐き、有はかつて自分の前から去っていった人々の顔を思い出した。四半世紀近く溜めこんできた過去は、口に出してみるとまるで他人の物語に思える。

刑期を終えて出てくると、有のそばからは誰もいなくなっていた。

当たり前のように手元にあった順調な日々は幻のように遠ざかり、住むところと仕事を転々としながら、明日の米があるのか気に病む生活をつづけてきたのだ。どこからともなく過去が漏れ、前科を知ると、たちまち距離を置かれてしまう経験を何度か繰り返し、いつしか、有は人と深くかかわることを意識的に避けるようになった。愛想笑いでやわらかい壁を作り、他人と適度な距離を保ちながら一人で生きてきた。

「よくわかったよ。聞かせてくれてありがとう、川満さん」

颯馬は太い鼻筋を掻いて、有にぺこりと頭をさげた後、笙子に向き直る。

「決めたよ、美浪さん。二者択一はしない。『助けて』って頼られたら、最後まで助ける。たとえその結果がどうなろうと、僕は後悔せぇへん。するもんか」

颯馬と有の視線が交わる。やんちゃ坊主の目に肉親を見るようなやさしい光が浮かんでいるのを、有はたしかに感じた。

「川満さん、安心してください。我が社はあなたを辞めさせたりしません。明日からも今まで通り、僕の送迎をよろしくお願いします」

「あ、はい、よろしくお願いします」

思わず中腰になって頭をさげた有に座るよう身振りで示すと、「マキオサービスネットに仕事を引き受けると連絡しなきゃ」と宣言のような独り言をつぶやきながら、颯馬は右足を引きずって会議室を出ていった。

ふいに静かになった会議室で、有は笙子と向かい合う。目は伏せたままだ。正直、気まずい。どんな顔をしていたらいいのか、わからない。

とつぜん「あーあ」と笙子が大きな声を出して、天井を見あげた。

「なんか、私、すっごい悪役やったわ。しかも、まぬけな悪役」

有と目が合うと、笙子は泣き笑いのような表情を浮かべて肩をすくめた。

「川満さんは葉山のおっちゃんに似てると思ってたけど、実は颯馬にも似てたんやね」

興奮して言葉遣いが荒くなっている時とは違う、くだけた話し方だった。有が慎重に首をかしげると、「怯えないでよ、川満さん」と微笑む。その微笑みがまた怖かったが、有はとりあえず「はい」とうなずいておく。

ずっと立ったままだった笙子は、「よいしょ」と乱暴に机に座った。ハイヒールをぶらぶらさせながら、有の顔を覗きこんでくる。

「葉山のおっちゃんっていうのは、私と颯馬が通っていた学童の指導員さんのことよ」

「わたしとそうま?」

「あ、うん。公にはしてへんけど、私と社長は幼なじみというか、実家が近所なの。年齢は私が一つ下で、でも保育園は一緒に通ったたし、同じ学区の公立小学校にあがってからは学童保育でも一緒やった。ほぼ一日中顔を突き合わせてた。今と変わらへんね」

小さい頃の自分を想像されることが嫌なのか、笙子は腕を組んで、有の視線から逃れるように顔をそむける。

「颯馬は葉山のおっちゃんにすごく懐いていて、それはたぶんおっちゃんが、幼い頃に離婚して家を出ていった颯馬のお父さんに似ていたからだと思うんやけど」

一瞬だけ顔を戻して有のスカジャンをじろりと睨み、笙子は言葉をつづける。

「川満さんは、その葉山のおっちゃんに似てるの」

「私が?」とつぜんあがった自分の名前に驚いて、有は椅子に座り直した。

「うん。四角い顔、太い眉、毛むくじゃらの腕、短い足、そっくりよ」

何だろう? 全然嬉しくない。有が複雑な顔で自分の足を見おろしていると、笙子は「私、すぐにわかったわ」とつぶやいた。

「颯馬が川満さんに葉山のおっちゃんの面影を重ねて採用したってこと。そういうの、川満さんに失礼だから最後まで反対したんやけど、あいつ全然言うこと聞かへんし」

笙子はいつも「社長」と呼んでいる相手を、一貫して「颯馬」と呼び捨てにし、ついには「あいつ」呼ばわりになったが、有はその言い方に家族の情にも似たやさしさを感じた。

有が自分のスカジャンとアロハシャツを引っぱり、「ひょっとしてこの服装って?」と尋ねると、笙子は申しわけなさそうにうなずく。

「うん。葉山のおっちゃんの趣味よ。パッと見、やさしいチンピラだった」

なるほど、と有は深く納得した。そしてまた疑問が湧く。

「それで今、葉山さんは？」

「さあ。どこにいるんだか」

泣き笑いのような顔で言って、笙子は肩をすくめた。

「葉山のおっちゃんは本当に子供が好きで、自分の休日にあたる日曜日も希望者がいて保護者の了解が取れたら、遊びに連れていってくれたりしてたのね。で、ある日曜日、希望者は颯馬と私の二人で、一緒に北屋丘町の洋館巡りをしたんだ。あの地震からまだ五年も経っていなくて、いろんなところがまだ工事中だったり空き地だったりする中、おっちゃんが『ミシン坂の上に建つ洋館に、立派な風見鶏がいるから見に行こう』って――」

「風見鶏？」と有は思わず声をあげてしまう。それってベイリー邸のことじゃないか。

「そう。七不思議を持つ風見鶏。観門じゃ結構有名なんやけど、知りません？」

笙子は当たり前のようにうなずき、話をつづける。

「『風見鶏が海を見てると、いいことがある』とか『風見鶏が飛び立つと、悪いことが起こる』とか、葉山のおっちゃんは『風見鶏の七不思議』をわりと信じてて、よく教えてくれたんです。後から聞いた話やと地震以降、学童で借りていたアパートが潰れたり、友達が亡くなったり、自宅を立ち退かされたり、当時のおっちゃんはいろいろなことがうまくいってなかったらしいから、そういうのにすがりたかったのかもしれない」

「縁起をかついだんですかね」

有の相槌に、笙子は「颯馬みたいにね」としみじみうなずき、そのまま声が沈む。

「でも、風見鶏はなかった」

「なかった？」

「地震の時に支柱が折れて山の方に落下したきり、誰も修理していなかったみたい」

笙子は暗い声のまま、ため息をついた。

「私達もそうやけど、葉山のおっちゃんが一番がっくりきちゃってね。『風見鶏、飛び去っちゃったなあ』って。『いいことなんてもう何もないんかなあ』って。だから、颯馬は――」

笙子の言葉が途切れる。有が見あげると、笙子もまた有を見ていた。「ああ、やだ」と言って目をおさえる。

「川満さんが、本当に葉山のおっちゃんに見えてくる」

「すみません」

理不尽だと思いつつも有が謝ると、笙子は少しだけ笑った。そして、一息に言う。

「だから、颯馬は『風見鶏を探す』って宣言して山に入ったんだ。葉山のおっちゃんを元気づけたかったんやと思う。風見鶏さえ洋館の屋根に立てば、全部うまくいって、おっちゃんが喜ぶと、シンプルに信じてたんやろね」

「風見鶏は見つかったんですか？」

笙子は首を横に振った。

「私と葉山のおっちゃんが見つけたのは、崖から落ちて大怪我をした颯馬だけ」

右足を引きずって歩く颯馬の後ろ姿が浮かび、有は「まさか」とうめく。笙子の表情がその「まさか」が真実であることを示していた。

「皮肉やんな。葉山のおっちゃんのためにとった行動が、自分の身に一生残る傷を負わせ、逆におっちゃんを追い詰める結果になってしまった」

「責任問題になったんですか?」

「うん。どこまで責められたのかはわからへんけど、葉山のおっちゃんはみずから学童をしめて、指導員も辞めた。それから、私達の前から消えるように姿をくらませてしまった。以来ずっと、二人でおっちゃんを探してるんやけど見つからない。たぶん颯馬はおっちゃんに直接謝りたいんやと思う。あいつ、『後悔してない』とか言って実は、自分の善意がおっちゃんに罪の意識を背負わせて不幸にしたと考えつづけてるんです。自分が興した会社名におっちゃんのイニシャルを入れたり、おっちゃんによく似た川満さんを無理矢理採用したり、私から見ればバレバレやわ」

笙子は今まで見せたことのないせつない眼差しで、有をまっすぐ見つめる。

「善意からとった行動について後悔することしか許されないつらさは、川満さんならわかるでしょう?」

有はようやく「川満さんは葉山のおっちゃんに似てると思ってたけど、実は颯馬にも似てたんやね」という笙子の最初のつぶやきの意味を理解した。同時に、「動かなかった後悔より、動いてする後悔の方が楽やと信じたい」という颯馬の言葉が、大好きな指導員を喜ばそ祈りだと知る。
うと山に入ったばかりに、片足の自由と指導員自身を失うはめになった過去から発せられた

会議室を使う予定の社員が「失礼します」と顔を覗かせたとたん、笙子は机からサッと腰をあげ、いつもの生真面目で事務的な社長秘書の態度に戻った。

「では、明日からも社長付運転手のお仕事をよろしくお願いします、川満さん」

「はい」と頭をさげて会議室を出ようとした有は、颯馬が机の上に置きっぱなしにしていった調査報告書の最後に書かれた調査会社と担当者の名前に目を留める。

いつまでも動こうとしない有に「どうかした？」と笙子が声をかけてきた。

「あ、いえ別に。失礼しました」

有があらためて背中を向けると、笙子があわてて「そうや」と言葉を継ぐ。

「方向音痴に関してだけは、何か手段を講じてほしいです。社長のスケジュールは厳守したいの。秘書としてお願いします」

「承知しました」

有は振り返って、心からの笑顔を作った。

＊

麻矢と晴生と暢子が連れだって食堂におそるおそる顔を出したのを見つけると、有はキッ

チンからフライパンを掲げてみせた。

「木曜だけど、食事会にしていいか？」

「チャンプルー作ったんですか？」と晴生が顔をパッと明るくする。

「ああ。昨夜はすまんかった」

さらりと謝った有の笑顔を見て、暢子が「あ、本当に笑ってる」と嬉しそうに言う。

「ここに放り出してあった食材を冷蔵庫に入れてあげたの、私やからね。感謝してよ」

そう言いながら、麻矢が手早くチャンプルーをのせる皿やごはん茶碗を並べてくれた。

「ありがとう」と頭をさげながら、有はさりげなくもう一枚ずつ皿と茶碗を加える。

炒めた物をフライパンから皿に移すと、味つけに使ったごま油の香りが湯気と共に立ちのぼる。

お盆を持って運びに来た暢子が目ざとく「あら、一人分多い」と皿を指さした。

「いいんです。使いますから」

「もう一人？　もしかして、帰ってくるとか？」

誰が、とは言わずに、晴生が視線をさまよわせる。そして、いつのまにかダイニングテーブルについているグレーのスーツ姿の男に気づいて「のわっ」と叫び声をあげた。

「え。誰？　いつのまに？」

麻矢と暢子も晴生が騒ぐまで気づかなかったようで、驚いたように口をあけている。

住人達の視線を独り占めした男は、縮こまるようにして頭をさげた。

「皆様、お久しぶりです。私は不動産屋の伴内――」

「バンさんやろ？　探偵の伴内さんやろ？」

麻矢が先頭を切って走り寄り、問い詰める。

暢子は首をかしげた。

「あなたが、わたしに『シェアハウスおためしキャンペーン』を勧めてくれた方？　ごめんなさい。お顔をよく覚えていなくて」

「本当にあなたでしたっけ？」

失礼なことを言われても、伴内は涼しい顔をして「恐れ入ります」などと答えている。

「でも、何でバンさんがここに？」

麻矢が疑わしそうに眉をひそめた。ふっくらした頰がふくれたりしぼんだり忙しい。

「俺が連絡をとったんだ」と有が伴内に代わって答える。

「よく連絡先を知ってましたね」

無邪気に驚く晴生にお盆にのりきらなかった皿を運ぶようううながし、有自身は大きなお盆を持ちあげてダイニングテーブルに移る。

「知り合いが調査会社を使った時に、担当したのがたまたま伴内さんでね」

「失礼ながら」と伴内が目を離せば三秒で忘れる特徴のない顔をあげ、奥ゆかしい調子で口を挟んできた。

「たまたまというより必然です。私の勧める調査会社は観門一の顧客数を誇り、私はそこで一番の稼ぎ頭ですから」

言っていることは、わりと図々しい。有は「ですよね」と相槌を打ち、住人達にテーブルにつくよう身振りで示した。

レタス、大根、卵、かまぼこ、もやし、にんじん、ポークハムなど、とりとめのない具材をこれでもかと放りこんだ味噌汁が入った大きめのお椀、ごはん茶碗、そして木綿豆腐のチャンプルーが入った皿を前に「いただきます」と手を合わせると、みんなの手と口がいっせいに動き出す。

有はすでに両親も生まれ育った家もない、幻のような南国の故郷を思いながら、みんなが一息つくのを待って、銀行からおろしてきた一万円札の束を伴内の前に置いた。

「この金で、伴内さんに吸血くんのことを頼もうかと思ってる」

ガチャンと大きな音がした。暢子が味噌汁のお椀を持ちそこねたようだ。汁のこぼれたテーブルをあわててふきんで拭いている。その様子を眺めながら、晴生がずばりと尋ねた。

「管理人さんの過去を探るんですか?」

「いや、過去じゃない。今だ。吸血くんが今、どこにいるかを探してもらうんだ」

かたまっていた住人達の顔がホッとしたようにゆるむのを見て、有は味噌汁をすすった。

この人達を信じてみよう、と思う。

「いろいろな意見があると思うが、俺個人は、吸血くんにどんな過去があろうと、早く帰ってきてもらいたい。彼が管理人としていかに優秀かはこの一週間あまりで身にしみてわかったし、おためしキャンペーンの期限が切れるクリスマス後は、俺達がこの屋敷を去ってしまう。『シェアハウスかざみどり』がなくなる前に、帰る場所のあるうちに、吸血くんを迎えてやりたいんだ」

有は弓月のつるりとした素肌を思い出す。あのみなぎるような若さのあるうちに、本当は何があったのか、ちゃんと聞いて「それでも一緒にいるよ」という態度を示してやりたい。もし出直したり消化したりすることに時間がかかるなら「どれだけでも待つよ」という意思を伝えてやりたい。

有は口の中にチャンプルーをかきこみ、ひたすら噛んだ。

「わたしも払うわ、調査費用」と暢子がぽつりと言う。

「吸血さんがどんな人か、わからないことの方が多いけれど、わたしが一番つらい時にそばにいてくれたのが吸血さんだったのは事実よ。感謝を伝えられずに去るのは、さびしいわ」

「それを言ったら俺だって、管理人さんがいてくれてずいぶん助かったことがあります。いろいろとひどいところもある人だけど、でも――」

うん、と自分で納得したようにうなずき、晴生は言い足した。

「いてほしいですよね、ここに。俺も調査費用出します。微々たるもんだけど」

三人の住人の視線が集まり、麻矢が居心地悪そうに味噌汁のお椀の上に顔を伏せる。そのままくぐもった声をあげた。

「私だって吸血くんの荒療治がなければ、長女とすれ違ったままやった。わかってる。不機嫌そうな顔をして、憎まれ口を叩きながらも、吸血くんがこのシェアハウスとシェアハウスに住む私達のためにどれだけ奔走してくれたか、私だってわかってる。一人暮らしなんてしたことのなかった私がシェアハウスを楽しめたのは、住人のみんなと管理人の吸血くんのおかげ。感謝してるわ。吸血くんがたとえ何らかの秘密を抱えていても、私達を集めた何らかの意図があったとしても、私はこの一年近く毎日顔を合わせ、言葉を交わしてきた、小生意気でやさしい、黒ずくめの管理人を信じたい。理由も聞かずにジャッジして、いきなり切り捨てられへんわ。川満さんの言う通り、まずは帰ってきてもらわなくちゃね。ってことで、私にも調査費用を払わせて」

自分に向かって一つ一つ説明し、納得させていく独白のような麻矢の言葉が、有をはじめ住人達の心を一つにする。

全員の視線を向けられた伴内は、おそるべき早さで食べ終わった皿やお椀を前に押し出し、両手を合わせて「ごちそうさま」とつぶやいてから、有を見た。

「ご依頼の件、承知しました。迅速丁寧をモットーに調べさせていただきます」

深々と頭をさげ、「と言いたいところですが」とまた顔をあげる。万札の束を恭しく両手ですくうと、腰を浮かせて有の手に丁重に戻してきた。

「これはいりません。調査が発生しないからです」

伴内の思いがけない言葉についていけず、住人全員がきょとんとする。伴内は余裕たっぷりの表情でどこからともなくスマホを取り出し、耳にあてた。物言いたげな有に向かって、人さし指を唇の前で立ててみせる。

しばらくの間の後、伴内は「お世話になっております。調査員の伴内です」といきなり話し出した。どうやら相手が電話に出てくれたようだ。

「今ですか？　『シェアハウスかざみどり』に来ております。え？　いえいえ、貴方様のご用事ではありません。住人の川満有さんに呼ばれたんです」

有は晴生に肘をつつかれる。

「ね、もしかしてこの電話の相手……」

「しっ」と今度は有がさっき伴内のやったように人さし指を唇の前で立てた。伴内の話を一言も聞き漏らすまいと耳をそばだてる。

「それで、住人の皆様から依頼されました。ええ、全員です。風間晴生様、由木暢子様、喜多嶋麻矢様、川満有様、四人全員が、貴方様の居場所を知りたいとおっしゃっておられます。『シェアハウスかざみどり』に早く帰ってきてほしいと伝えるために、です」

さあ、吸血くんは何て答える？　どう思った？

有は知らず知らずのうちに握りしめていた拳をひらいた。有の視線の先で、伴内はかすかにうなずき、スマホをテーブルの上に置く。

「どうぞ。後は、皆様が直接お話しください」

そう言って、伴内が指先で画面に触れると、通話がスピーカー機能に切り替わった。

——ども。

洞窟の中のような反響音と共に、聞き慣れた弓月の声がする。いつもとまったく変わらず、ぶっきらぼうな調子だ。住人全員が思わずスマホに向かって身を乗り出した。

晴生が非難がましい声をあげる。

「管理人さん、今どこにいるんです？　旅はまだ終わらないんですか？」

――仁埜市の里山にある鋳物工房『峰次郎』でずっと厄介になってた。もうちょっとなるつもりだ。

シンプルな答えに、住人達は顔を見合わせる。みんなの気持ちを代弁して、暢子が「鋳物工房って鉄器とか銅器とか作るアレ？」と質問すると、「そう。その、アレ」と皮肉な言い方で返してきた。通常運転きわまりない。

有が混乱しながら口をひらく。

「鋳物工房で何してるんだ？」

――風見鶏を直してる。

意外な答えに、有は思わず「嘘だろ」と声をあげてしまった。小さな声だったが、弓月には届いたようだ。むきになって口調が荒くなる。

――嘘じゃねえって。風見鶏が台風の時に支柱ごと飛ばされただろ？　必死で探して、裏の山で発見した時には、錆びたり、折れたり、へこんだりとボロボロだったんだ。それで、伴内さんに頼んでこの工房を紹介してもらった。

伴内はうなずき、「優れた調査員はおのずと顔が広くなるもので」と澄まして言う。

弓月と共に風見鶏まで見つかったという思いがけない展開に、有は興奮していた。

「飛び立った風見鶏が戻ってくるんだな」

——はあ?

「いや、こっちの話。早く帰ってきてくれよ」と有が言う。

「そうよ。みんな待ってるから」と麻矢が言い添える。

「暖炉が壊れて大変なんです」と晴生がつづけ、麻矢から肘鉄を食らう。

最後に暢子が歌うように結んだ。

「クリスマスを『シェアハウスかざみどり』で一緒に迎えましょうよ」

沈黙があった。有は祈る思いでスマホを見つめる。他の住人もきっとそうだろう。

やがて、弓月の肩をすくめる仕草が見えるような声が返ってきた。

——早くは無理だ。風見鶏がまだ直せていない。

「『直せて』って、ひょっとして吸血くんが自分で修理しているの?」

——悪いか? ここの親方に頼みたかったんだけど『師走で忙しくてこれだけに時間を割けない。新品を買うか作った方が早い』って言われたから、場所と道具を借りて、直し方を教えてくれって頼んだ。ベイリー邸の風見鶏はこいつ以外ありえないもんな。

弓月は言葉を切ると、急に恥ずかしくなったのか、舌打ちをして早口で言った。

——とにかく、そういうことだから。俺は風見鶏を直してから帰る。

「クリスマスには間に合いそう?」

——まあな。あと一週間くらいで何とか終わらせる。

えらそうに請け合った後、弓月はそっと付け足した。

——それでいいか？

有は弓月に「俺が帰ってもいいのか？」と聞かれているように感じた。

だから「もちろんだ」と大きな声で返事をする。タイミングはばらばらになったが、他の住人達も同じ答えを送った。

——わかった。じゃ、また。

電話は唐突に切れる。照れていることを隠しきれない若さが、その唐突さにあらわれている気がして、有は「青いねえ」と飴を転がすようにつぶやくのだった。

食事会が終わると、有は遠慮する伴内を半ば強引に黄色いビートルで送っていくことにした。

「七ノ淵駅までで結構ですから。本当に」

声にいくぶん迷惑そうな調子がこもる伴内にうなずき、有は急坂を安全運転でくだっていく。そして坂が終わって三番目の信号で停まった時に、有は食堂から持ってきた札束をあらためて助手席の伴内に差し出した。

「実はもう一件、観門随一の探偵に頼みたい調査があるんだが」

「何でしょう？　そちらの費用で間に合う範囲の調査であればいいのですが」

伴内の目には落ち着いた光が宿っている。自分の仕事に絶対の自信を持っている者が宿す心強い光だった。

「うん。ちょっと説明するわ」と言って、有は広い道路の路肩にビートルを停車させる。

それから、有は伴内に「ちょっと」というには長すぎる話をしたのだった。

*

ドゥルットゥルッルル、ドゥルットゥルッルル、ドゥルットゥルッルル……エンジン音が大きく響く車内で、有は緊張気味にハンドルを切った。

雇用契約をつづけると宣言してもらったばかりだけに、失敗は出来ない。したくない。救いは、設置したばかりのカーナビを使うまでもない、慣れた道ということだった。

それにしても静かだ、と有はバックミラーで後部座席をうかがう。

窓からきらきらと落ちる冬の陽射しを膝に集めて、颯馬と笙子が並んで座っている。仕事の移動時は、社長秘書の笙子が助手席に乗り、後部座席は社長の颯馬が一人で悠々と使うのが常だから、珍しい眺めと言えた。

珍しいといえば、かっちりしたスーツ姿の二人を見慣れた有は、颯馬の着るアランセーターや笙子の穿く細いデニムをさっきから何度も見返してしまっている。私服を見るとあらためて、二人が若者と呼ばれる年齢であることがよくわかった。私服といえばジャージかスウエットしか持っておらず、結局今日もアロハにスカジャンという、いつもの制服を着た有は少し気まずい。何か話さねば、と焦った。

「せっかくの日曜日に、朝早くからすみません」

赤信号で停車中に有が頭をさげると、颯馬が身を乗り出した。

「いや、社員のお家に招待してもらえるなんて光栄だよ。それに、川満さんが住むシェアハウスって北屋丘町の古い洋館なんやろ？　実は前からちょっと見てみたかってん」

その口調は妙に明るく、颯馬が少年時代に北屋丘町でどんな運命に襲われたか知った身としては、トラウマのある土地を無理に克服しようとしているように感じられる。

有と笙子の視線がバックミラー越しにかち合った。というより、笙子は完全に有を睨んでいた。「どういうつもりですか、川満さん？」という幻聴が嚙みついてくる眼力だ。

信号が青に変わったのを幸いに、有は目をそらし、ぎくしゃくとアクセルを踏む。

広い道路から逸れて坂道に入ると、ふたたび車内は重い沈黙で満たされ、エンジン音だけがまぬけに響き渡った。

颯馬が有のヘッドレストをつかんで身を乗り出したのは、いくつかの坂を越えて、最後の急坂であるミシン坂にさしかかった時だ。

のぼりはじめてほどなくして、坂の上にベイリー邸の八角形の赤い屋根が見えてきた。そのてっぺんで風見鶏が冬の陽を受けて燦然（さんぜん）とかがやいている。颯馬は目をこすった。

「あの風見鶏って、昔行ったお屋敷の？　そうやんな？」

颯馬に尋ねられ、笙子がゆっくり腕を組む。

「北屋丘町の洋館って聞いた時から『もしかして』って思っていたけど、やっぱり川満さんのシェアハウスってベイリー邸だったんや？」

「はい。屋敷も風見鶏も昔のままです。風見鶏はこの間の台風で吹き飛ばされて、一時行方不明になっていたんですが、管理人が探し出し、修理して、設置し直してくれました」

有が説明しているうちに、黄色いビートルは正八角形の建物の正面に辿り着く。待機していた晴生が、大げさな身のこなしで鉄門をあけてくれた。

なめらかな走りで、黄色いビートルは車寄せのポーチにするりと停まる。有がドアをあけに行くのを待たずに、颯馬が飛び出してきた。

「風見鶏をもっと近くで見ていい？」

「どうぞ。ドアをあけて玄関ホールを突っ切ったら、回廊に出ます。そこから中庭におりてください。中庭から見あげる風見鶏が、一番いい眺めです」

「ありがとう」

颯馬が右足を引きずりながらもスキップする勢いで行ってしまった後を、笙子と有が追いかける。


ガラス戸をあけて回廊に出ると、颯馬が山から吹きおろす寒風に身をすくめて、中庭の銀杏の前で立っていた。

「銀杏のクリスマスツリー？」

有の後ろで笙子があげた声に、麻矢の声がせっかちにかぶる。

「そう。私が飾りつけたの。あ、どうも。住人の喜多嶋麻矢です。『ガラスの仮面』のヒロインとは、同音異字でーす」

麻矢は建物の三階まで余裕で達する長梯子を銀杏の木に立てかけ、葉のすっかり落ちた枝に雪の結晶の形をした電飾を飾りつけていた。有が屋根の雨漏りを修理するために使った長梯子は、そもそもこのために麻矢がテレマキオで購入した物だ。電飾も長梯子と同じ日にテレマキオから届いた。昼間の太陽光を電力に変えて発光できるソーラーイルミネーションというものらしい。昼前のまぶしい陽射しの中では、カラフルなイルミネーションを拝むことは出来なかったが、銀杏の木にプラスチック製の雪の結晶がぶらさがっただけでも、あと数日で本番を迎えるクリスマスムードがだいぶ盛りあがった。

しかし、颯馬はそんな銀杏には背を向けて、赤い屋根の上だけを見つめている。笙子が中庭におりて近づいていくと、ようやく視線をはずして微笑んだ。

「海を見ている」

そう言って、颯馬が指さす先に風見鶏が立っていた。ふっくらとした胸をそらし、悠々と風を受けている。海側を向いているので、中庭からはその丸いお尻しか見られないが、それはそれで愛らしかった。

笙子が「よかったね」と幼なじみの口調で話しかけると、颯馬は「うん」とうなずき、いつもより少し低い声を出した。

「風見鶏が海を見てると、いいことがある」

そして目を細くして笑い、「あるといいよね」といつもの声の高さに戻って言った。

「じゃあ、風見鶏に願えばいいわ」と言いながらガラス戸をあけて出てきたのは、暢子だ。そのまま中庭におりると、大皿いっぱいのお菓子を盛ったトレイを颯馬と笙子に差し出した。

「こんにちは。住人の由木暢子です。どうぞ召しあがれ」

「ありがとう。おいしそうなクッキーや。手作りですか?」

「ええ、わたしの手作り。でも、クッキーじゃないです。シュークリームの成れの果て」

目をむいた颯馬に、暢子はフフフと笑ってみせる。

そして「シュークリームの成れの果て」をおそるおそる頬ばる颯馬と笙子に、ベイリー邸の風見鶏は、どこかの国の有名なまじない師が祈禱した金属を練りこんで作ったため大願成就のご利益があると、もっともらしい顔で語った。

笙子が有に「このおばあちゃん、何なんですか?」と目で問うてくる。有はだまって肩をすくめてみせた。

有にとっても暢子の話はどこまで信じていいのかわからないことが多い。実を言えば、さっきの「シュークリームの成れの果て」も怪しいと思っていた。

苦笑気味の面々の中でただ一人、颯馬だけは「そっか」と腑に落ちたようにうなずき、おもむろに風見鶏に向かって手を合わせる。目をとじて、何かを懸命に祈りつづけた。

長い祈りが終わると、颯馬は晴れ晴れとした顔で有を見る。

「川満さん、今日はお招きありがとう。海を向く風見鶏を見られたし、風見鶏に願いまで託せた。来てよかったよ」

有はそわそわと腕時計を眺め、「もうお帰りですか？」と上の空で尋ねる。

「そのつもりやけど」

颯馬は誰かを探すように目を動かして、太い鼻筋を掻いた。

「例の、働き者の管理人さんの顔も拝めたりすんの？」

「え。あ、ええと、彼は今——」

「俺の顔だけでいいのか？」

玄関ホール側の回廊から、弓月の声がした。


一昨日、弓月は完璧に復元した風見鶏を担いで、仁埜の山から帰ってきた。住人達が歓声をあげて出迎えると、一瞬大きな飴をのみこんだような顔になったが、すぐにまたいつもの不機嫌な表情を作り、着替えもせずに暖炉の修理に取りかかった。

そしてその晩、麻矢がイレギュラーな食事会を提案して、住人全員が食堂に集まると、弓月は「おたくら暇だよね、本当に」と憎まれ口を叩きながら、いつも以上にたくさん食べて、飲んだのだ。

その席で、有が理由を先に伝えてから風見鶏の設置をお願いすると、「わかってる」と何もかも知っている顔でうなずいた。もしかすると、事前に伴内から聞いて本当に知っていたのかもしれない。数日前に会ったばかりの伴内の顔を思い出すことの出来ないまま、有はふと思ったりした。


颯馬は真夏の雪を見るような視線を弓月に向けたが、すぐに白い歯を見せて笑った。

「驚いた。管理人さんはずいぶん若いんやね」

弓月は不機嫌そうに顔をしかめて中庭におりてくると、風見鶏を見あげる。

「おたく、風見鶏に何を願った？」

「それは内緒」

あっさり返され、弓月の薄い瞼がぴくりと震える。苛立ったらしい。有はあわてて間に入ろうとしたが、ガラス戸の前で待機している晴生に目配せで止められた。

「じゃあ、俺が当ててやる」と弓月は風見鶏から視線を落とし、ガラス戸に向かって言う。

「おたくの願い事って……これじゃないか？」

晴生が軽く会釈をしてガラス戸を大きくあけると、一人の老人が進み出た。

先に声をあげたのは、笙子だ。

「葉山のおっちゃん？」

両手で口をおさえ、芝を踏んで四歩ほど前に進みかけ、動かない颯馬を振り返る。

「颯馬。おっちゃんだよ」

颯馬は細い目を大きく見ひらき、コクリとうなずいただけだ。

「川満さんが探してくれたの?」と笙子に聞かれ、有は笑顔で手を振った。

「私にそんな特技はありません。餅は餅屋に頼みました」

「餅屋?」

目を白黒させている笙子から視線をそらし、有はあらためて老人を見る。

似てるか、俺と?

自分ではよくわからない。ただ、服装がそっくりであることは一目瞭然だった。

「なんだか、葉山さんと有さんって双子コーデみたいですね」

口を滑らせた晴生は、弓月の冷たい一瞥を浴び、「すみません」と小声で謝る。

葉山は少し耳が遠くなっているのか、晴生を振り返ることなく中庭におり、颯馬と笙子の方へと歩み寄っていく。その足取りはしっかりしていた。

笙子の前まで来ると立ち止まり、葉山は頭をさげる。

「ありがとう」

第一声が感謝の言葉であったことに、有は胸をなでおろした。葉山は見慣れぬ人物がたくさんいる周りを気にすることもなく、颯馬と笙子だけを交互に見つめながら話す。

「俺をずっと探してくれていたと、伴内さんから聞いたよ」

「バンナイ?」

「ああ。顔はちょっと忘れてしまったが、調査会社の人の名前や。北の果てで暮らす俺を探し出し、颯馬と笙子が会いたがっていると伝えてくれた」

「葉山のおっちゃんのこと、川満さんに話したんや？」と颯馬が笙子に尋ねる。

「うん。勝手なことして、ごめん」

「いいよ。でも」と颯馬は有に視線を移して首をひねった。

「その伴内さんって調査員、どうやっておっちゃんを探し出したんやろ？　今まで何度も調査会社に頼んだけど、誰も見つけられへんかったのに」

「そんじょそこらの調査員じゃ無理な案件だったんだ。依頼者の話から手がかりをつかめる腕があって、情報収集のコツを熟知していて、日本全国に手足のように動いてくれる知り合いがいて、最後まで手がかりを辿り尽くす粘り強さを持っている探偵じゃなきゃな」

　自信たっぷりに言ったのは、弓月だ。有もうなずく。

「私が伝えた葉山さんの情報から、伴内さんはすぐ『指導員　アロハシャツ　風見鶏』でネット検索をかけました。それで、何件かヒットした土地に知り合いを派遣し、次に自分もその土地へ出向き、最終的に見事、本人を発見したそうです」

　有の説明で、颯馬は「ああ」と手を打った。

「おっちゃんと風見鶏か。それはまた意外な手がかりを辿ったね。たしかに新しい角度からの探し方やわ」

　それから颯馬は葉山の方へ向き直ると、かぼそい声で謝った。

「おっちゃん、ごめんなさい」

「なぜ謝る?」

「僕、勝手に山に入って、勝手に崖から落ちて、勝手に右足をダメにして、それなのに全部、葉山のおっちゃんのせいになって——」

「『勝手に』やない。おっちゃんのために、風見鶏を探してくれようとしたんやろ?」

葉山がやさしく笑う。久々に口にしたらしい観門のイントネーションは、少し不自然だった。

「だけど僕のその軽い思いつきが、おっちゃんを観門にいられへんようにして、学童指導員も辞めなきゃいけなくした。おっちゃんにひどいことをしたって、ずっと思ってた」

だからごめんなさい、とふたたび深々と頭をさげる颯馬の肩をつかんで、葉山は顔をあげさせる。葉山より背が高くなった颯馬が、大人の庇護を必要とする子供に見えた。

葉山は綿のしっかり詰まったスカジャンのポケットから、一枚の写真を取り出す。颯馬と笙子はもちろん住人達も、後ろから覗きこんだ。

真っ白な雪景色の中、丸窓のついた山小屋のような建物の前で、葉山が五人の子供達と一緒に雪だるまを作っているところを写したものだった。山小屋の上には手作りらしい、少し不恰好な風見鶏が立っている。

葉山がのんびり言った。

「もう一度はじめたんや、学童保育」

言葉を発しない颯馬の後頭部を、有は見守る。

「北の大地で?」と尋ねる笙子を見て、葉山は首をすくめるようにうなずいた。

「ああ。流れ流れて辿り着いたここで、どうにかな」

葉山はふたたびスカジャンのポケットに手を突っこみ、今度は雑誌の切り抜きらしい紙片を取り出す。折りじわがくっきり入ったその紙片は、すでにくたくたになって印刷の文字がかすれていた。

「ずっと持ち歩いているから、ずいぶん汚くなってしまった。読めるか？」

有はすぐにそれが何の記事かわかる。他の者もわかっただろう。もちろん颯馬も。笙子から受け取った切り抜きを持つ颯馬の手が、見ていてわかるほどに震え出した。

――セキュリティ研究開発の分野において、日本を世界の中心に据える人物。

そんなキャプションをつけて写真入りで紹介されている人物は、『M&Hセーフティラボ代表取締役社長兼CTO　山名颯馬』だ。

「これ、アメリカから帰ってきて会社を興した颯馬が、はじめてマスコミに取りあげられた時の記事――」

笙子は途中で言葉をのむ。自分の目から大粒の涙がポタポタこぼれてきたことに、自分が一番驚いているようだった。そんな笙子の頭に、葉山が大きな掌を置く。

「これをたまたま目にして、俺はもう一度学童保育に携わろうと思ったんや。もう一度子供達と向き合う勇気をもらえた」

だから、と葉山は少し背伸びして、もう片方の手を颯馬の頭に置き、二人の髪をぐしゃぐしゃと掻きまわした。

「ありがとうな。それから、えらいぞ。よくがんばった。おっちゃんはおまえらを誇りに思う」

その仕草と言葉からあふれる愛情はおそらく、かつてこの観門の町の片隅で、小学生だった二人が毎日胸いっぱいに吸いこんでいたものだろう。

葉山が髪を掻きまわしやすいように腰をかがめた颯馬の目からも、とうとう涙が落ちる。颯馬は子供みたいに声をあげて泣いたのだった。


「ほうら、やっぱり。ベイリー邸の風見鶏は願い事を叶えたわ」

暢子が有に耳打ちすると、晴生も嬉しそうにささやいた。

「風見鶏が海を見ていたから、さっそくいいことがあったんじゃないですかね?」

「どっちでもいいでしょ。でも、ま、ウチの屋根には風見鶏がいないとしまらないよね」

麻矢はそう言って、赤い屋根の上に立つ丸々とした風見鶏をまぶしそうに見あげる。晴生と暢子がつられ、有も思わず顔をあげた。

そのとたん背中をつつかれて、あわてて振り向く。いつのまにかすぐ後ろにやって来ていた弓月が、不機嫌な顔を崩さないまま言った。

「浮かない顔だな」

吸血くんほどじゃない、と内心思いつつ、有は葉山と笙子と三人で歓談をつづける颯馬を眺める。

「社長の後悔が取り返しのつくものでよかったな、と思ってね」

「おたくの後悔は取り返しがつかないか？」

弓月の切れ長の目が濡れたように光っていた。有は、自分と同じ種類の後悔を弓月も抱えているのだと悟る。

ああ、そうか。有はふいに納得した。弓月の不機嫌な顔と自分の愛想笑いの根っこは同じだ。同じ表情をしていれば、体を引き裂いてしまいそうな悲しい孤独を外に漏らさずに済むという一点において。

「川満さん」と颯馬に呼ばれ、有は救われたようにそちらを向く。

「休日にごめんやけど、僕と葉山のおっちゃんと笙子ちゃんを乗せて水都（すいと）まで送ってくれへん？　たこ焼きを食べたいんや」

「子供の頃、よくおっちゃんと通った店が水都にあるの」と笙子が説明を加えた。

水都のたこ焼きは、ソースではなく出汁につけて食べることで有名だ。

「もちろんです。どこにでも送りますよ。カーナビも付きましたし」

そう言って、颯馬達の方へと歩き出そうとする有の襟首が強くつかまれた。弓月が横から覗きこむように顔を出す。

「かつて取り返しのつかない後悔があったとしても、今回は違うだろ？　おたくの中にある誠意とか善意とか正義とかが、ちゃんと報われることもある。それは忘れない方がいい」

耳元で早口でささやかれた言葉は、他の誰にも聞こえなかっただろう。その分、有の中にストンと落ち、心の深い穴をすっぽり埋めてくれた。

有はうなずき、弓月を見つめて尋ねる。

「吸血くんも報われたか?」

それは、弓月にとってよほど不意打ちの質問だったのだろう。不機嫌な顔が一瞬崩れ、素の表情が覗く。ひどく傷ついてきた者の顔をしていた。弓月は言葉を探すように『シェアハウスかざみどり』の住人達を順番に眺めると、最後に有を見すえてはっきり言う。

「だから帰ってきたんだろ、ここに」

くだらねぇこと聞くなよ、とプイと横を向いた弓月は、耳まで赤くなっていた。

「よかった」

有は心から安堵して、「早く早く」と自分に向かって手招きしている颯馬を見やる。

自分にもまた「川満さん」と呼んでくれる声がある。

「いってらっしゃい」「もう道に迷うなよ」と手を振ってくれる人々がいる。

「ただいま」と帰るのを待っていてくれる家がある。

善意は報われる。誠意は伝わる。だから、自分も誰かのしあわせを願っていい。誰かを助けたいと思っていい。動かなかった後悔より、動いてする後悔の方が楽だと信じよう。

有はゆっくり風見鶏を振り仰ぎ、心の中でつぶやく。

——俺はしあわせ者だ。

長い長い迷い道の出口を、今、ようやく見つけた気がした。

終章

クリスマスのシェアハウス

クリスマスがやって来た。観門の町には今日も風が吹いている。山から町を抜け、海へ。八角形の赤い屋根に立つ風見鶏は、海を向いている。その丸々とした姿に朝から白い雪が降っては溶け、降っては溶けを繰り返していたが、昼過ぎには止み、太陽がゆっくり顔を出した。

ベイリー邸の玄関ホールでは、暖炉があたたかい光と熱、そして薪の爆ぜる音を発している。ガラス戸の脇に並んだキャリーケースやデイパックはそれぞれ、四人の住人達の手荷物だ。クリスマスの本日をもって、『シェアハウスおためしキャンペーン』は終了となる。

ガラス戸がひらき、四人の中で一番物持ちで、荷物整理に時間のかかっていた暢子が、大きなキャリーケースを晴生に運んでもらってきた。

「これで最後ですよね、暢子さん？」

「後は、ベッドとかデスクとか段ボールに詰めた漫画とか――」

「持ち運べないでしょ、さすがに。それは引っ越し屋におまかせしましょう」

晴生と暢子のやりとりが一段落すると、暖炉に手をかざしていた麻矢が振り返る。ふっくらした頬が炎の熱で桃色に染まっていた。

「暢子さんの新しいアパートって、ここから近いんですよね？」

「ええ。萬角デパートが気に入ったものだから、余生はこの町で暮らすことにしたの」

「嬉しい。これからも萬角でお茶しましょうね」

麻矢は手を叩いて喜んでから、確認するようにつぶやく。

「たしか、えーと、川満さんはあの社長くんが用意した社宅に入るんだよね？」

「そうそう。芽衣左の川沿いに建つ超豪華マンション！　俺、新しい家具を運ぶのを手伝った時に部屋にあがらせてもらいましたけど、めっちゃ広かったです。羨ましいな」

「芽衣左ってあの高級住宅地？　一生分の後悔を喜びへと変えてくれた大恩人への、社長の感謝の気持ちがこもってるわねえ」

暢子がしみじみ言うと、晴生も「ですね」と素直にうなずいた。

麻矢がそんな晴生に目を移し、ふっくらした頰にえくぼを作って尋ねる。

「で、風間くんは我が家と同じ波名田で、児童福祉司のカノジョと同棲するんやっけ？」

「違いますよ。カノジョじゃねぇし。ボランティアで世話になってるだけだし」

動揺するあまり乱暴な口調になりつつ、晴生は懸命に説明した。

「でも誘われたんでしょう？　『同棲しよう』って？」

「だから違うって。『来年、公務員試験を受けないか』って誘われたんです。配属がどうなるかわからないけど、ゆくゆくは自分と一緒に児童福祉にかかわる課で働いてほしいって」

「なるほど。その逆プロポーズがあったから、風間さんは就職活動をきっぱりやめて、毎晩遅くまで机に向かい出したってわけね。フフフ」

　暢子にまでそんなふうに言われ、晴生はげんなりした顔でうなずいた。

「はい。それでいいですよ、もう。ただ、俺は堂さんの知り合いの不動産屋から紹介された波名田のアパートに移るだけで、堂さんと同棲なんかしませんからね。そこは彼女の名誉……名誉？　とにかく、そういうもののためにも誤解のなきようお願いします」

「そんなことより」と晴生が強引に話題を変える。

「俺、ずーっと気になってたことがあるんですけど」

「何？」

「ベイリー邸の『風見鶏の七不思議』の本当の七つ目、誰か知りません？」

　暢子と麻矢はぽかんと口をあけて、顔を見合わせる。

「私が聞いたのは『風見鶏は鳴く』だけやわ」

「あとたしか『願い事を叶える』と『飛ぶ』もあったような――」

　晴生はがっかりしたように眉をさげ、すらすら暗誦してみせた。

「その1、ベイリー邸の風見鶏は鳴く。その2、ベイリー邸の風見鶏は飛ぶ。その3、ベイリー邸の風見鶏は願い事を叶える。その4、ベイリー邸の風見鶏が海を見ているといいことがある。その5、ベイリー邸の風見鶏が飛び立つと悪いことが起こる。その6、ベイリー邸の風見鶏は悪運をはらう。……俺が管理人さんから教えてもらったのは、この六つだけなんですよね」

「残り一つか」と暢子が首を傾けて考え出す。

暢子が作り話をでっちあげる前に、麻矢が興味なさそうに言い放った。

「最初から七つもないのと違う？」

「そんな予感がしますね」と晴生がうなだれた。


「おい、吸血くんを見なかったか？」

有がガラス戸をあけて、回廊からあらわれる。

「部屋にも二階にも三階にもいない。そろそろ銀杏のクリスマスツリーに点灯して記念撮影しないと、引っ越し屋が来ちゃうだろ」

「ツリーの点灯は管理人さんみずから『俺がやりたい』って言ってましたよね」

「うん。だから、探してんだ」

「どっかに隠れてるんじゃないですか？　あの人ならやりかねない」

そんなことを言いつつ、晴生が有と入れ替わりに回廊の方へと出ていく。

玄関ホールに残った麻矢が、梅干しの種をのみこんだような顔で暢子と有をうかがった。

「吸血くん、また旅に出たとか？」

「いいや。そんなことはしないはずだ。『クリスマスに全部話す』って約束したんだから」

有がきっぱり否定した時、回廊の方から晴生の短い叫び声が聞こえてきた。玄関ホールにいた三人はあわててガラス戸をあけて飛び出す。

三人の視界に入ってきたのは、すぐ左手の白いドアの前で腰を抜かしている晴生の姿だった。

「どうした?」と言いながら、有が手を差し伸べると、晴生は尻もちをついたまま、長い足をじたばたさせる。

「あかずの部屋に……誰か、いるみたいで」

恐ろしそうに身をすくませる晴生をまたいで、暢子が進み出る。みんなの制止をふりきってドアに耳をつけると、「あら、本当。音がする」とのんきにつぶやいた。

「状況的に言って、中にいるのは吸血くんじゃないのか?」

有のその言葉にうなずき、暢子は耳を離してノックする。

「吸血さん? いるの?」

返事はない。しばらく待っていると、いきなり白いドアがあいた。

「ひゃ。あかずの部屋があいた」

晴生は尻をついたまま後ずさる。

ずっととざされていた部屋から出てきたのは、有の言う通り、弓月だった。クリスマスを意識したのか、黒いビロードのスーツで着飾っている。小さすぎる顔や長すぎる手足のせいで若干二次元のキャラクターじみていたが、そんなことはあまり気にならなかった。もっと気になるものがあったからだ。

弓月の後ろに、同じく黒いスーツを着た一人の老人が立っていた。中背だが、丸い禿げ頭が人一倍小さく、豆粒のような印象を受ける。

「どちらさま?」

暢子が老人と弓月の顔を見比べ、おっかなびっくり声をかけた。返事が来る前に「あれ?」と前に出たのは麻矢だ。

「ひょっとして」と老人を指さし、正面から向き合う。

「テレマキオに出ている社長?」

「はい。かつては」

麻矢は「わっ」と驚きの声をあげ、両方の掌を胸の前でパチンと合わせた。

「私、ファンなんですぅ。あの、売り文句っていうんですか? 社長が商品の紹介の前にするちょっとした小咄? 前説? 口上? とにかくあれが大好きで——」

「えー、この国じゃ毎年クリスマス、クリスマスってえれぇ騒ぎになりますが、実はあれ、クリスマス前日のイブまでで、肝心のクリスマス当日になるってぇと、年越しと正月に気持ちが持っていかれちまってる人も多いんじゃないでしょうか。中には二十五日のうちにクリスマスリースをしめ飾りに、クリスマスツリーを門松に、とっとと交換したりしてね、てんやわんやにもほどがあるってもんで。焦りすぎて買いそびれた物はありませんか? マキオサービスネット代表、牧尾潤壱でございます」

老人は表情を変えないまま一気にまくしたてた。その口調はテレビで見かけるキャラの強い社長とそっくり、というか、そのものだ。

「ナマだ。本物だ」と晴生が叫ぶと、住人全員の視線が集まった丸い禿げ頭をつるりとなで、老人は笑った。

「ええ。本物です。テレビに出る時は、着物を着てカツラをかぶって変装してましたがね」

「この人が、ベイリー邸のオーナーだよ」

弓月が不機嫌な顔で付け足し、まだ尻をついたままの晴生をじろりと睨む。

「あかずの部屋は、オーナーの部屋だ。部屋主が不在だったからとじていただけ」

「何だ。そうだったのか。だよね。あかずの部屋なんてあるわけ――」

晴生が言いきる前に、「あ」と有から声が漏れる。カツラや着物をつけて変装していない、ありのままの牧尾の姿を、最近テレビで見たことを思い出したのだ。

「つい先日、会見をされましたよね?」

「ええ。お客様には本当に申しわけなかった」

牧尾が真面目な声で謝り、麻矢の方を向いて深々と頭をさげると、晴生と暢子もネットやテレビで見たニュースを思い出したらしい。

「個人情報漏洩の責任を取って、社長の職をお辞めになったんですってね?」

暢子の言葉に、牧尾がうなずく。晴生はやっと立ちあがり、尻をはたきながら聞いた。

「引退後の余生をここで暮らすことにしたんですか? 俺らと入れ替わりでオーナーが住み、シェアハウスはただのハウスになるんだ?」

牧尾はすぐに返事をせず、しばらくして「ちょっといいかな?」と声をあげた。

「みなさんに話したいことがあるんだ」

住人達が顔を見合わせている間に、弓月は「引っ越し業者ならさっき『少し遅れる』と連絡が入ったぞ」と言い残して牧尾と共にガラス戸をくぐり、二階にあがる階段へ向かって歩き出す。


暖炉が焚かれた食堂のダイニングテーブルには、いつのまにかお茶の準備がされていた。テーブルの真ん中に、クリスマスツリー型の大きなフルーツタルトが置かれている。

「私からの差し入れだ。食べてくれ」

「みんな、コーヒーでいいな？　俺が淹れるぞ」

牧尾と弓月の息はぴったり合っていた。

住人達が席につくと、キッチンでコーヒーを淹れている弓月をちらりと見やってから、牧尾は口をひらく。

「私は六十九年間生きてきて、『もう絶体絶命だ』と思ったことが四度ある」

とつぜん何の話をはじめたのかと、住人達は目をしばたたかせた。六十九年間で四度の絶体絶命。それが多いのか少ないのかもわからず、相槌を打ちそこねる。

しかし、牧尾は住人達の反応をうかがうこともなく、目の前のフルーツタルトに視線を落としながら淡々と話しつづけた。

「一度目は、十歳の頃だ。大きな戦争が終わってやっと十年経つか経たないかのあたりで、日本はまだまだ貧しかった。観門の港で仕入れた海鮮の干物や外国製のお菓子や煙草を扱う、万屋（よろずや）兼乾物屋の両親のもと、六人兄弟の次男坊として生まれた私は、口減らしのために東の都で電器屋をしていた遠い親戚夫婦のもとに、養子に出された」

晴生が首をかしげている。『口減らし』という言葉をはじめて耳にしたのだろう。

法律上は養子だったが、いわゆる丁稚奉公扱いだった。小学校に通いながら、帰ってくれば親父さんのお供をして商品を届けたり、修理したり、店番したりで、自分の時間なんてほとんど取れない毎日を過ごしたよ。

そんな私のひそかな楽しみは、一人でやらされるお使いの帰りに、町のそこここに残っていた防空壕の一つに忍びこみ、何をするでもなくただぼんやり過ごすことだった。今思えば、ストレス解消ってやつだろうな。

忙しい家業、慣れない学校や友達、観門よりずっと進んでいた勉強、ストレスを感じる要素はいくつもあったが、一番は言葉だ。時代と下町という土地柄のせいかな。クラスの友達の中には江戸落語の噺家みたいな喋り方をする子がまだ結構いてね。彼らからしたら、私の使う観門のイントネーションや言い回しはさぞ奇異に響いたんだろう。ずいぶん笑われたもんだ。私だって彼らの言葉や口調が啖呵（たんか）を切っているようで怖かったしね。お互いさまだな。

そんな思い出があるのに、後年テレマキオではあえて彼らの言い回しを真似たセールストークで他の通販との差別化に成功したのだから、人生ってわからないものだよ。ん。ああ、すまん。話がそれた。そう、防空壕だ。

ある日、いつものように私が防空壕で休んでいると、同い年くらいの女の子がやって来た。彼女がしゃれたバスケットに本とお菓子を詰めてきているのを見て、私はその子にとっても防空壕は一人になれる特別な場所なんだろうって、すぐにわかったよ。店に戻る時間も迫っていたし、自分が出ていけばいいと思った。

だけど、なぜだろうな？ 手足の細い女の子がつぶらな瞳を好奇心できらきらさせているのを見ていたら、「一緒に遊ぼう」って誘いが口をついて出てしまった。本当は新しい学校のクラスメイトに言いたかった言葉がね。彼女の言葉遣いがクラスメイトと違って、いくぶんおっとりしていたことも、怖じ気づかずに済んだ理由の一つだろう。

「いいわよ」と彼女はあっさりうなずいて、笑ってくれた。嬉しかったなあ。東京ではじめて出来た友達だったんだ。

それから私達は防空壕で会えた時は、いつも一緒に遊ぶようになった。小さな洞穴の中で、鬼ごっこもしたし、かくれんぼもしたし、絵も描いたし、明かりを持ちこんで本も読んだ。だけど、何といっても一番おもしろかったのは、彼女がしてくれる『お話』だった。

冴えない日常を吹き飛ばしてくれるような楽しい話が多くて、私は夢中になったものだ。中でも銀杏の話は傑作で、百万本に一本、オスでもメスでもない、オメスって特別な銀杏が生まれるのだと教えてくれた。そんなオメスの根っこが伸びて作られるトンネルは、日本全国につながっていると言われて、ホームシックにかかっていた私はどれだけ救われたことだろう。

　ここでの奉公がどうしてもつらくなったら、家が恋しくて我慢出来なくなったら、オメスのトンネルを使って観門に帰ればいい。そう思えたことで、お守りをもらったように心が軽くなった。

「銀杏の根元にうろがあったら、オメスの印だよ」

　女の子が教えてくれたオメスの印を探して、近所の銀杏を一本一本見てまわったのもいい思い出だ。結局見つからなかったけれど、最後まで女の子が一緒に探してくれたことが嬉しかった。何より、嬉しかったんだ。

　作り話？　ああ、そうかもしれない。当時だって、それくらいわかっていた。だけど、救いのない現実に立ち向かうために、奇想天外な想像の翼が必要な時だってある。私の小さな頭で予測出来ることは知れていて、おまけに暗い想像ばかりだったから、断言できる。

　十歳かそこらの私が、苦しいだけで何の楽しみもなかった奉公を勤めあげられたのは、防空壕で遊んでくれた女の子と、彼女のしてくれたオメスの話のおかげだ。

「現実逃避は悪く言われることの方が多いが、私はそうは思わない。逃げるが勝ちって戦い方が必要な時も、人生にはやって来る。それを十歳で知ることが出来たのはしあわせだったと思う。本当にそう思うね」

　牧尾が言葉を結ぶと、斜め前に座った暢子がおずおずと手をあげる。

「あの……牧尾さん、あのね、わたし、その……オメスの女の子なんだけど」

は？　と全員の声がかぶる中、暢子は肩をすぼめ、ますます小さくなった。

「防空壕の遊び相手は、わたしです」

みんなの驚きの声があがる中、暢子は「一緒に遊んでいた男の子の顔も名前も忘れていたけれど、彼のためにしたその作り話は覚えているの。わたしで間違いないと思う」と言って、たしかめるように牧尾を見る。

牧尾はおだやかに「きっと、そうです」とうなずき、笑った。

「銀杏を見ると、オメスを探す癖がいまだに抜けない」

「ごめんなさい。でも、ありがとう。わたしの話をおもしろがってくれて嬉しいわ。心配していたのよ。牧尾さん、急に防空壕に来なくなったでしょう？」

「配達コースが変わって、立ち寄る暇がなくなったんです。一言、挨拶出来たらよかったんだけど。申しわけない」

暢子はその答えにホッとして目をしばたたき、少年も青年も中年も飛び越し、老年と呼ばれる年齢になった男を眺める。「立派になって」という感想を抱くには知らなすぎる相手だったが、懐かしさがこみあげてくる。

——よくまあ、お互い、生きてきましたね。

そんな感慨が懐かしさという感情にすり替わったのかもしれない。

「今日は会えてよかった」

牧尾が立ちあがり、テーブル越しに右手を差し出す。暢子の頬が紅潮した。人生の大半をお気に入りと作り話の殻にとじこもってきた自分を恥じることはあっても、誇ったことなど一度もなかった。それが今日、今、この瞬間、思いがけず肯定された気がした。

「光栄です」

そう言うと、暢子は牧尾の右手を両手でぎくしゃくと包み、かたい握手を交わした。

暢子と牧尾の握手を見守っていた有が拍手すると、晴生と麻矢もつられて手を叩いた。

「あ、タルト。ここで切り分けましょう」

思い出したように、麻矢が立ちあがる。ふと落ちた沈黙を埋めるように、有がコーヒーを飲んで口をひらいた。

「その後、観門には？」

「帰らなかったね。会社の支社を観門に作って、そこでの仕事が軌道に乗って、この屋敷を別荘として買い取るまでは、何年かに一度、日帰りで立ち寄るくらいだった」

奉公に出されていた十歳の子供が、どこをどうやって自分の会社を興すまでになったのかという話はあっさり省かれる。

カッティングボードとケーキナイフを持って戻ってきた麻矢が、クリスマスツリー型のフルーツタルトを器用に切り分けていくのを見ながら、牧尾は「二度目の絶体絶命は」と切り出す。

「投資に失敗して、無一文になった時だな」

あまりにさらりというものだから、全員が聞き流しそうになった。かろうじて、晴生だけが喉を鳴らし、「いつの時代の話ですか?」と尋ねる。

牧尾は晴生のハリのある肌をまぶしそうに見つめ、「知ってるかな? バブルと呼ばれた時分なんだが」と答えた。

「異常すぎる好景気に後押しされ、うちの会社も株式上場したんだ。私はまだ四十代で、経営者としては若かった。強引な攻めの姿勢を崩さないのがいけなかったんだろうな。事業をさらに拡大しようと投資をはじめたら、あれよあれよという間に借金だけが積もってしまった。会社の権利を人手に渡し、妻は子供を連れて出ていき——」

「転落話の王道を行くって感じだな」

切り分けてもらったタルトを口に放りこみながら、弓月が茶々とも受け取られかねないことを言うので、住人達はハラハラする。管理人が雇用主のオーナーにそんな口をきいて大丈夫なのだろうか? しかし、当の牧尾は意に介さず、淡々と話しつづけた。

無一文になった私は、自殺を考えた。ありふれた発想だな。自殺場所を富士山の近くの樹海にしたのも、「自殺といえば」で真っ先に浮かんだ場所だったからだ。

財布にあった金をすべて飲み屋街ではたいて——といっても屋台のラーメンくらいしか食べられなかったんだが——深夜のタクシー争奪戦に参加した。札束を掲げてまでタクシーを停めようとする人達が大勢いる中で、私はただ手をあげただけだ。内心、最後の賭けをしていた。これでタクシーが停まらなければ、樹海には行かない。死ななくていいと勝手にルールを決めてね。内心、死ぬのが怖かったんだろう。

しかし、本来なら車が入ってはいけない路地から飛び出してきたオレンジ色のタクシーが、はかったように私の前でぴたりと停まったんだなあ、これが。

あいたドアから運転手が顔を覗かせ、にこにこ笑って言ったよ。

「どちらまで？」

福の神のような笑顔をふりまく死神もいるのかと私は観念し、「富士山まで」と答えた。さすがに「樹海」とは言えなかった。

高速道路を使って深夜に長距離を走ることについて、運転手が何か疑問なり不満なりを持つかと思ったが、彼は愛想よくうなずき、さっさとアクセルを踏んだだけだ。いよいよ死へのカウントダウンだと、私は後部座席にもたれ、目をつぶった。運転手からあれこれ話しかけられずに済んで、本当に助かったよ。

無念無想で死に向かっているつもりの私の頭の中は、けれどすぐに、膨大な借金を返済する方法でいっぱいになった。この期に及んで、借金をさらに重ねてまでも手を出したい投資事業を思いついたりしてね。この投資に成功して事業が軌道に乗れば一発逆転だと、体中の血が熱く沸き立つのを感じた。つまり、この世への未練だらけだったんだ。

どれくらい時間が経ったか、今どのあたりを走っているのか確認しようと目をあけて、私は驚いたね。タクシーが富士山とは反対方向の高速道路に乗って、ぐんぐん進んでいたのだから。運転手が道を、というか、そもそもの高速の入口を間違えていたんだなあ。

ガチャンと音を立ててコーヒーカップをテーブルに置き、有が牧尾の顔を見る。

「あの時のお客さん？」

「まさか」と有の太い眉があがり、もともと大きなどんぐり眼がさらに見ひらかれる。

とつぜん牧尾の話に割りこんだ有を、麻矢と暢子が見た。有は二人に訴えるように言う。

「その運転手は俺なんだ。たしかにバブルの頃だった」

「方向音痴は昔からなんですね」と晴生が妙な感心の仕方をすると、弓月が空になったタルトの皿を押しやり、肩をすくめた。

「よく覚えてんな」

「そりゃ覚えてる。タクシーの運転手時代、道を間違えても怒らなかったどころか、『ありがとう』と言っておりてくれた客は、後にも先にも、その人一人だけだったんだから」

「あの時は本当に心の底から感謝していたんだ。あなたが道を間違えてくれたから、私は自殺を完全に思いとどまることができた。気持ちを切り替えて、タクシーの中で思いついた投資に賭けてみることにしたんだよ。テレビ通販という事業にね」

新しい事業への投資がどれだけ成功したか、牧尾は話さなかったが、わざわざ聞かなくても、その場にいる全員が知っていた。今やテレマキオは日本で知らぬ者はいないほどお茶の間に浸透している。

「あなたは本物の福の神だったよ。ありがとう」

牧尾からそんなふうに言われ、有は「とんでもない」と胸の前で手を振った。

「俺の方こそ、そんな話を聞かせてもらえてありがたいです。たった一度の『ありがとう』を言ってくれたお客さんだからこそ、ずっと『道を間違えて悪いことしたな』って思ってきましたし、方向音痴は昔も今も変わらず、俺のコンプレックスですから」

有はそこで言葉を切って、宙を睨む。しばらくして、ぽつりと言った。

「救われました」


弓月がふと表情をやわらげたのを、麻矢は見逃さない。「吸血くん」と声をかけ、立ちあがる。

「あなた、ひょっとしてオーナーの絶体絶命を救った人間を探し当てて、シェアハウスの名のもとに集めたんやないの?」

麻矢はテーブルについた住人の顔をぐるりと見まわすと、最後に弓月と牧尾を見比べた。弓月も牧尾も表情一つ変えない。弓月は切れ長の目でじろりと麻矢を見返し、細い首を折るようにかしげた。

「だったら、おたくはどんなふうに救ったんだ、オーナーを?」

麻矢の口が「いっ」という形のまま固まる。思い当たるふしがないのだ。口の中でもごもごしていると、牧尾がおだやかに手をあげる。

「もう少し、私に喋らせてくれるかね?」

「どうぞ」

麻矢がしぶしぶ腰をおろすのを待って、牧尾は口をひらく。

「立て直した会社はバブルの崩壊にもゆらがず、成長していった。そして重ねた年月は、死ななかった私に意外な喜びを用意してくれていたんだ」

牧尾は上品にコーヒーカップを持ちあげ、一口飲む。弓月が「お代わりを作ってきてやろう」と立ちあがった。

弓月がトレイの上に全員分のコーヒーカップを置き、キッチンに運んでいくのを目で追いながら、牧尾は言う。

「息子が私には内緒で、私の会社に入社した」

「え。奥さんが連れて出ていったお子さんが?」

麻矢の問いかけに、牧尾は嬉しそうにうなずいた。

「別れてから八年ほど経っていた。その間、元妻との約束もあって、一度も会えずにいた。入社式で名乗られて、心底驚いたよ。面影はあったが、男の子は骨格から変わるからな。まるで気づかなかった。元妻の姓で最終面接に臨んだ息子を、私はそうと知らぬまま採用したんだ」

「優秀な息子さんなのねえ」

暢子がしみじみ言うと、牧尾は心底嬉しそうに顔をほころばせた。

「息子自身の希望もあって、他の新入社員と同等に扱ったよ。営業研修もさせたし、入社早々観門に出来たばかりの支社にも配属した。ウチの仕事の手順を覚えるのは、支社勤務が一番手っ取り早いからな。息子は弱音も吐かず、もくもくと仕事してくれた。親の欲目を差し引いても、なかなか出来るやつだった」

言葉とは裏腹に、牧尾の表情が曇る。陸にあがった魚のように口をあけてはとじを何度か繰り返し、やがて押し出すように重い単語を並べていった。


観門を大きな地震が襲ったあの朝、私も支社長との打ち合わせがあり、たまたま観門に来ていた。ベイリー邸はまだ所有していなかったので、古観門の駅前にあるホテルに宿泊し、そこで被災した。エレベーターの止まった高層ビルから命からがら逃げ出した後、半日かかって本社経由で支社の様子を聞き出したよ。当時は携帯電話もパソコンも広くは普及していなかったから、災害時に個人で連絡を取り合うことが難しかったんだ。

本社の人間がまず報告してくれたのは、支社の入っている貸しビルの状態だった。壊滅ではなかったが、大きなひびが入り、倒壊の危険があるかもしれないと言う。

「そんなことはどうでもいい」と私は怒鳴ったものだ。早朝の地震で、会社に残っている社員は一人もいなかった。だったら、建物はどうでもいい。社員は無事なのか？　それを一番に知りたかった。

いや、正直に言おう。

息子は無事なのか？　その情報が何より知りたかった。

私の本音は筒抜けだったのだろう。本社の人間は電話口で一段と声を低くして、ささやいた。

――息子さんの無事をたしかめる電話が一件、本社にかかってきました。

「誰から？」

――若い女性の声でした。連絡が取れない。会社の人間で誰か波名田にある彼のアパートに行ってもらえる者はいないかと、かなり興奮していたようで。

「住所を教えろ。私が見に行く」

息子の住所は、社員名簿を探すまでもなく、電話の女性がメッセージに残していた。私は古観門から波名田まで走った。電車が止まり、道路に亀裂が走り、あちこちで家屋が倒壊し、泣き叫ぶ声が風で運ばれてくる、地獄のような光景を横目に走ったよ。私は戦後に生まれたので、焼夷弾で焼かれた観門の町をこの目で見たことはない。想像したこともなかった。だがこの日、観門の町を走っている間に、何度も目に浮かんできた。まるで体験したように浮かんだんだ。町が壊れた後というのは、きっと戦争でも地震でも同じようなにおいがするんだろう。大勢の死が放つにおいがしていた。

走っている間中ずっと、私は一つの単語に引っかかっていた。「アパート」だ。電話口で若い女性は「彼のアパート」という言い方をしたらしい。そして実際、彼女が本社に伝えた息子の住所には『ひかり荘一〇二』の文字があった。その古風な字面に、マンションのイメージはない。

支社勤務の人間には社宅がない代わりに、『住宅補助』という手当を給料にプラスして与えていた。月三万だったかな。独身の若い社員が多かったからね。バブルがはじけて間もない当時、社宅の賃貸料程度の自腹を切れば、新しくて清潔で安全性の高い、そこそこのワンルームマンションは借りられたはずだ。それなのに、なぜ息子はアパートを選んだのか？私は不思議に思いつつ、ひたすら祈ったものだ。

——ひかり荘が木造アパートじゃありませんように。

しかし、私がくだんの住所に辿り着いて見たのは、かつて二階建てであっただろう建物の瓦礫の山だった。おたまとかドライヤーとか本とか、その建物の中にきちんと収まっていたはずの住人の持ち物が、やけに生々しく散らばっていたのを覚えている。

血も死体も見当たらなかった。でも、私にはわかったよ。息子はもうこの世にいないと。状況を見て諦めたとかじゃないんだ、断じて。信じてもらえないかもしれないが、心より先に、体が納得してしまった。アパートの前まで来た時、ポカンと地面が半分なくなる感じがしてね。自分の血を引く者がすでに消えてしまった後であることを、この身に感じたんだ。たまらなかった。涙も出なかった。

その後、私は自分が何をしていたのかよく覚えていない。「なぜアパートなんかに住んだ?」と何度もつぶやいていた気がする。本当に謎だった。息子は贅沢が過ぎるわけではないが、それなりに快適な暮らしを求めるやつだ。それがなぜ、狭くて古いアパートに住んでいたのか? 何度も考えた。答えも出ないのに考えた。そしてその堂々巡りは、支社の社員達にきちんとした社宅を用意出来なかった自分への怒りとなった。

頭の中が息子へのクエスチョンマークでいっぱいになりながら、私は瓦礫を一人で掘り返そうとした気もするし、かつてアパートだった場所の前にぼんやり座っていた気もする。誰かに避難所に行けと怒鳴られたかもしれない。そのうち救護隊だか自衛隊だか、はたまた近所の人だかが駆けつけてきて、生存者確認のために一緒にアパートの瓦礫をどけてくれた。結果は、『絶望』だったがね。

そして、私の頭の中に残る記憶では、次はもう夜の場面なんだ。波名田のあちこちで火があがっていた。避難所も危ないということで、ぞろぞろ歩いて遊具のない広い公園まで移動し、誰かが見つけてきたブルーシートでテントを作った。一月の厳しい寒さをやり過ごすのに、風よけがあるのとないのとでは全然違うからね。

テントの中で、口をひらこうとする者はいなかった。私も喋らなかった。町や人があまりにあっけなく失われていく様を一日見てきて、たぶんみんな、元気というか生きる気力そのものがなくなっていたんだな。

彼女が訪ねてきたのは、そんな時だよ。

「助けてください」と彼女はテントの前で叫んでいた。中に入れてください、とね。

しんとした食堂で、全員の視線が麻矢に集まる。しかし、麻矢は何も言わなかった。すでに号泣しており、言葉を発することが出来なかったのだ。

えぐえぐと響く麻矢の嗚咽(おえつ)を背景に、牧尾は話した。

「テントに入れてほしいと訴える女の子の声を耳にしても、最初は誰も動こうとしなかった。テントの中はすでに満員だったから、これ以上他人と押し合いへし合いして不快な思いをするのは嫌だったし、それでも入りたいなら勝手に入ればいいと思っていた。私を含めみんながぐったり疲れていて、心身共に傷ついて、投げやりになっていた。他人を構っている余裕なんかなかった。だが、彼女の次の言葉を聞いた瞬間、空気が変わったんだ」

「何て言ったんです?」

晴生が麻矢を見る。麻矢は肩をひくつかせながらも、どうにか声を出した。

「赤ちゃんが、生まれそうなんです、って」

牧尾はゆっくりうなずき、遠くを見るように視線をあげた。

「いや、驚いたね。驚きすぎて、とっさに端っこにいた私はテントの入口をひらいてしまったよ。そしてもう一度驚いた。女の子は若かったんだ。すごく若かった」

「女子高生だったから、一応」

嗚咽の合間に、麻矢が冷静になって言う。そしてふたたび目頭をぬぐう。

「そう。かわいい少女が大きなお腹を抱えて立っていた。必死な目をしてね」

「かわいい、少女?」

無意識に繰り返した晴生を睨み、麻矢が「女子高生だったから、当時は」と繰り返した。

「気づいたら、私は少女をテントの中に引き入れていた。産気づいているのは明らかだったから、必死で探したね、医療従事者を」

「『がんばれ、お母さん』って私に言ってくれたおじさんが、牧尾さんだったんですね?」

麻矢が涙を止めて、牧尾をまっすぐ見つめる。味方が誰もいない中でつづけた妊婦生活と、将来の不安どころか明日の命の心配をしなくてはならない非常事態での出産を思い出すと、今でも震えがくる。自分も娘も生かされたのだという思いが強くなり、頭をさげた。

「『お母さん』って言われて、『がんばれ』って励ましてもらって、本当に嬉しかったです」

「そうか」と牧尾は鼻の頭を少し掻き、「そうかあ」とふたたび言って大きくうなずいた。

「実際、必死でがんばったよね、あなたは。あなたが苦しんで、苦しんで、それでもがんばって、新しい命を観門の町に産み落とした時、地震発生からずっと私の周りに漂いつづけていた死のにおいがパッと晴れたんだ。あれはすごかった。失われた命や町が戻ってくることはなく、その傷がすぐに癒えるわけではないが、それでもここからまたはじまる、いや、すでにはじまっているんだという不思議な感慨を持った」

弓月がトレイに新しいコーヒーをのせて戻ってくる。明らかに話の区切りがつくタイミングを見計らっていたようだ。

牧尾は「ありがとう」と言ってカップを受け取ると、すぐに一口飲んで「うまい」とうなった。わからない程度に軽く頭をさげた弓月を見あげて、微笑む。

「あの日、母になった女子高生に救われて、私は息子の死を受け入れた。しかし、それですべてが丸くおさまったわけじゃない」

心配そうに身を乗り出す住人達を見まわし、牧尾は「息子がなぜアパートで暮らしていたか、後々わかってきた」と言って首を振った。

「一人暮らしじゃなかったんだ。息子は恋人と二人、いや当時、恋人のお腹にいた赤ん坊を入れると三人で、あのアパートに住んでいた。自分が守っていく家族のために、倹約できるところは切り詰めていたんだろう。住宅手当分の金は貯金にまわしていたらしい」

「おめでたい話じゃないですか」

暢子が怪訝そうに言う。牧尾は一度うなずき、「だが」と首を横に振った。

「当時の私はそこまでポジティブにわりきれなかった。息子の死を乗り越えるのに必死で、ずっと後になってからようやく観門にやって来た臨月の彼女に食ってかかってしまった」

出産間近のため隣の県にある実家へ戻っていて難を逃れた恋人の女性は、ただただ泣き崩れ、牧尾に頭をさげつづけたという。

「私は弱く、卑怯な人間だ。どうにもならない事実や自分で処理しなければならない後悔まで彼女になすりつけ、憎むことでどうにか立っている有様だった。見ず知らずの少女が作った新しい命は祝福できて、救われもしたというのに、自分の息子の子供を宿した女性にはっらく当たってしまった」

結局、牧尾は彼女を許さなかった。恋人の女性は牧尾の援助を得られないまま赤ん坊を産み落とし、赤ん坊は認知されない婚外子となった。

「私は彼女と赤ん坊がその後どうなったのか知ろうとしなかった。思い返すこともなかった。息子の死から気持ちを切り替え、立ち直るために、この世のどこかに息子が愛した女性と息子の子供が存在するという事実を切り捨てて生きてきた」

深々とため息をついた牧尾に、誰も声をかけられない。やがて、晴生がおそるおそるといったように口をひらいた。

「あの、それも絶望の一つ……ですか？　俺、かかわってます？」

牧尾は目が覚めたようにまばたきして、晴生を見る。

「いや、別にこれで絶望まではしていない。四度目の絶望は、また別の時だ。つい最近のことだ」

「つい最近？」

晴生が考えこむように腕を組む。順番的に自分がかかわっている話のはずだから、牧尾に会った記憶を辿っているのだろう。

「そうだよ。風間晴生くん、あなたは私にとって最新の恩人だ」

「そういえば、風間くんの入居が一番遅かったっけ」

「そうよ。夏の終わり頃だったかしら」

「たしか俺達も、吸血くんに急に言われたんだよな。『住人がもう一人増える』って」

顔を突き合わせてうなずく住人達を前に、晴生は心細そうに首をすくめた。

「最近つうか四回生になってからはずっと就活に振りまわされていて、誰かを助ける余裕なんてなかった気がするけどな」

それでも晴生は何か思い出そうと「えーとえーと」と目線を斜め上にして考えていたが、やがてハッと背筋を伸ばした。

「もしかして、ヒーローショーを観に来てくれました？」

「いや、あいにく。ヒーローショーとは何かね？」

晴生はテーブルについた肘をカクッとずらす。

「えーと、じゃあ、大学でお会いしました？」

「いいや」と首を横に振り、牧尾は気の毒そうに眉を寄せた。

「別に、無理に思い出してくれなくていいよ。私が話すから」

晴生は露骨にがっかりした顔で「はあ」とうなずく。


そうだな。季節は春だったね。桜の満開時期はもう終わっていたが、何とはなしに町がまだうわついている季節だった。

私はといえば、別の意味で地に足がついていなかった。

自分がゼロから興し、テレマキオとして日本中に知られることになった株式会社マキオサービスネットが、とんでもない問題を引き起こしていることを部下から知らされたんだ。

それは、顧客情報の保管されたメインコンピューターがハッキングされているという報告だった。

わかるだろう？　通販会社にとって命より大事にしなければならないのが、お客様の個人情報だ。生年月日、住所、電話番号、携帯番号、メールアドレス、クレジットカード番号……漏れていいものなんて一つもない。それが何万人という単位ですでにばらまかれた後だというのだ。

終わりだと思ったよ、何もかも。いくたびもの不況だけでなく、投資の失敗からくる倒産の危機や息子の死すらも乗り越えてやって来た会社が、今度こそ潰れる。私は社会的に抹殺される、とね。

この時点ですでに私は間違っていたんだが、自分一人ではそれに気づけなかった。私はただ必死に解決策という名の逃げ道を探っていたんだ。その時、顧客の情報漏洩については社員の中でもまだ数名しか気づいていなかったと思う。事実がこれ以上広まらないようにしたい、世間に知られる前に最小限の人数で何とか事態を収めたい、と私は願った。

つまり、気づかれないうちに事実を揉み消したいと願ったんだ。

どんなに悲惨な体験を乗り切っても、どれだけ深い絶望から生還しても、その経験を強さややさしさに変えられる人間ばかりじゃない。結局狡（ずる）いまま、卑怯なまま、弱いままの人間の方が圧倒的に多いのではないだろうか。少なくとも、私はそうだった。

私はまた、間違った選択をしようとしていた。また間違えて、自分と自分の人生を台無しにしようとしていた。

そうとは気づかぬまま、私は四度目の絶体絶命を迎えようとしていたんだ。


覚えてないかな、風間晴生くん？　あなたと私は湊遊園地という名前の、市役所の南にある運動公園で、隣り合ったベンチに座り、同時にため息をついた。

先に口をひらいたのは、私だ。自分のことは棚にあげて、あなたに聞いてしまった。

「何かつらいことでもあるのか？」と。

あなたは答えた。

「これから、就活の最終面接なんです」と。

がんばりどころだな、と口には出さず思っていた私に、あなたは言ったじゃないか。

「でも、あの会社にはお客様への誠意がない」と。

俺はそんな会社に勤めるのは嫌なんです、と若いあなたがはっきり言いきった時、私はガツンと殴られた気がした。

ようやく気づいたんだ。自分が決定的に間違っていたことに。

私はお客様の顔を忘れていた。会社の存続や自分の保身のことしか考えていなかった。情報が漏れて一番困るのはお客様自身であるにもかかわらず、だ。

情けなかったよ。自分がたとえようもなく腐った人間に思えて、自分で自分を呪った。信じてもらえないかもしれないが、私には顧客のニーズを考え、顧客のために会社を大きくしてきた自負があったんだよ。

この屋敷の三階に行ったことはあるかね？　行った？　なら話は早い。物であふれていただろう？　あれらはすべて、テレマキオで扱う商品を決める時に、私が実際に使ってみた物だ。お客様のために最高の商品を本心からお勧めしたいと考え、自腹を切って、手間暇かけてやっていた。私の会社にはそういう時代が長くあったんだよ。それなのに。

いつしか、私は自分で自分の矜持(きょうじ)をへし折ってしまっていたのだ。会社をダメにしているのは、他ならぬトップの私だった。


「思い出した」とぼんやりした顔で晴生がつぶやく。

視線を牧尾に向け、口をぱくぱくとあけた。腹話術の人形のように、遅れて声が出る。

「湊遊園地で会ったおじさんが牧尾さん？　えっと、すごくヨレヨレのジャージを着てましたよね？　俺、ホームレスの方だとばかり思いこんでた」

「うん。私も精神的にかなり追い詰められていてね。しばらく自宅にも戻らず、会社にも出ず、新幹線でふらりと観門に逃げて来たはいいが、ベイリー邸に寄ればすぐに足が付いてしまうし、ホテルも同様の理由から泊まれず、東の公園、西の公園と寝泊まりしていた。だから、基本的にあなたの理解で正しかったと思うよ」

「信じられない。俺、テレマキオの社長と話してたんだ」

ふうと大きな息をつき、晴生は自分と牧尾のやりとりをだまって見守っていた住人達から視線をそらせた。

追いかけるように麻矢が尋ねる。

「結局、風間くんはどうしたの？　その会社の最終面接は受けなかったの？」

「結果だけ言えば、そうですね」と晴生の肩がさがった。

「ただ『受けない』と突っぱねるほど、俺の肝はすわってないんで。本当はあたふたと面接に向かったんです。受付時間に間に合わず、面接が受けられなかったってだけの話で」

「ださっ」

弓月が容赦なく切り捨て、それでもどこか楽しそうに尖った八重歯を見せて笑う。

牧尾も微笑んだ。

「風間くん、あなたの走り去る後ろ姿は輝いていたよ。背中が大きくて、未来が見えた。あなたのような若者をがっかりさせたくない、誠実になりたい、と私はせつに願ったものだ。それで、ようやく決意できたんだよ。我が社の不手際による情報漏洩について、ちゃんと公表しようと。被害者になってしまったお客様には、出来るかぎりの償いをしようと」

社内での調整が難航し、ずいぶんと時間はかかってしまったが、株式会社マキオサービスネットは不祥事をみずから明らかにした。それは大きなニュースとなり、顧客数は激減した。顧客はもちろん、顧客ではなかった人も、いろいろな場所で会社と社長の牧尾に対してひどい言葉を吐き、見当違いの憶測を事実であるかのように垂れ流し、ホームページやＳＮＳを炎上させ、会社の社会的信用を地に落とした。

けれど、会社として「もう終わった」とささやかれながらも、牧尾は一人でみんなの前に立ち、謝りつづけた。一方で、優秀なエンジニアである山名颯馬の会社M&Hセーフティラボに協力を求め、今後のセキュリティを万全にする対策を整えた。やがて人々が次のターゲットを叩きに向かって静かになると、牧尾は会社の存続する道がきちんと整備されたことを見届け、社長の地位をひっそり辞したのだ。

退職金の大半と個人的に所有していた土地や建物は、被害者への補償の一部にあててもらうつもりだと、牧尾は説明した。

「だから、季理人には申しわけないんだが、この屋敷も年明け早々に人手に渡ることになってしまった。すまんな」

頭をさげた牧尾の口からこぼれた「季理人」という名前に、住人達がざわめく。

弓月がむっとした顔で右手をあげた。

「俺の名前だけど、何か?」

「季節の『き』に、理性の『り』、人の『と』、で、季理人だよ」

宙に漢字を書いてみせる牧尾に向き直り、「やめてくれ」と口を尖らせたが、その頬は赤く、てんで迫力がない。

「かっこいい名前だね。バンドのボーカルとかにいそう」

素直な感想をそのままぶつけた晴生には、わりと本気のパンチが飛ぶ。

「自分の名前は嫌いだ。大嫌いだ」

「そんなことを言うもんじゃない」

なだめる牧尾に、弓月は食ってかかった。

「おたくの息子の命名センス、俺とは合わないんだ」

聞き逃さなかったのは、弓月に代わって三杯目のコーヒーを淹れに行っていた麻矢だ。

「ちょっと待って。どういうこと？」

人数分のあたたかいコーヒーと暢子と一緒に作ったクッキーをのせた皿をテーブルに置いてから、麻矢は牧尾と弓月を見比べた。

「二人の関係は、オーナーと管理人ってだけじゃないの？」

「牧尾さんの亡くなった息子さんが、吸血さんの名付け親ってことは……？」

暢子が小首をかしげて問いかけ、そのままの状態で目をまん丸にする。

「もしかして、亡くなった息子さんの恋人のお腹にいた赤ちゃんが、吸血さん？　牧尾さんは、吸血さんのおじい様？」

「そうだ」とうなずく牧尾と弓月の仕草と声が揃う。

住人達の驚きの声が漏れる中、弓月は星形のクッキーを手に取ると、ポリポリ齧りながら何でもないことのように言った。

「もっとも、互いの消息を知り、顔を合わせたのは、俺が少年刑務所を出た後だけど」

「少年刑務所」という単語がさらりと出て、住人達にさらに動揺が走る。三階で見つけたスクラップブックに貼られていた新聞記事の内容をどうしても思い出してしまう。

「クリスマスにすべて話す」という約束を忠実に守るつもりらしく、弓月は言いよどみもせず話しつづけた。

「貧困家庭に育った十五歳の少年が、包丁で継父を刺した事件は、地方紙の小さな記事だったのに、なぜかマスコミにウケて、しばらく週刊誌のネタになりつづけた。少年のプロフィールをさらすようなサイトも出来た。世の中には底意地の悪い暇人がたくさんいて、少年にゆかりのある人間すべてに嫌がらせの電話をかけたりした。この人もそんな『被害者』の一人だよ。とっくの昔に縁を切ったはずの自分の孫が罪を犯したと教えられ、寝耳に水の状態だったらしい。それでこの人が何を感じ、何を思ったのかは知らないけど、受刑中に母親が死に、被害者でもある継父からは縁を切られ、身元引受人が誰もいなくなった俺の前にあらわれたんだ」

受刑、と暢子がうめく。いつか何気ない会話の中で弓月が言っていた「学生の時分は、デートどころじゃなかった」という言葉の理由を知ったからだ。

牧尾が首を振りながら言う。

「正直に言おう。私はマスコミや正義を語る匿名の者から季理人が犯した事件について謝罪を求められた時、『報いが来た』と感じたんだ。十五年前に自分が切り捨てて逃げたものが、あの時よりさらに大きな問題となって降りかかってきたとね。季理人がこれ以上騒がれぬよう、私との関係を暴いた記事が出そうになると金を積み、あらゆる方面から圧力をかけて揉み消したが、季理人自身からは今度こそ逃げちゃいけないと、みずからを奮い立たせた」

牧尾の眉間にしわが寄る。そのしわは、順風満帆とは言いがたい彼の人生の折々で少しずつ刻まれてきたかのように深かった。

「『いくら継父の暴力から母親と自分の命を守るための正当防衛とはいえ、傷害は傷害だ。一度誰かに抱いた殺意は、対象を変えてまた誰に向けられるかわかったものではない』。そんな正論という名の非難や善意の裏に貼りつく悪意は、名のある評論家の発言やネットの匿名の書きこみで、嫌と言うほど目にしていた。だから、身元引受人になると決めた時、私は自分に課したんだ。絶対に季理人を責めないと。孫にも息子にもなりそこねたまま十五歳になった少年のやったこと、考えたこと、感じたこと、置かれた環境、何もかもをいったんは丸ごと受け入れ、信じてみようと」

それは本当はもっと早く、家族としてやっておかねばならないことだったのだから、と消え入りそうな声でつぶやいた牧尾は苦しそうだった。そもそも自分が許せていれば、縁を切らなければ、という後悔があるのだろう。

晴生は蓮から「ヒーロー」と呼ばれた日のことを思い出す。あの日、蓮が心の病を抱えた母親から虐待を受けていたことを知り、弓月は言ったものだ。

――子供相手に、いついかなる理由があっても、親は暴力をふるったらアウトだ。

それはずっと自分に言い聞かせていた言葉だったのかもしれない、と晴生は察する。

久々に再会した祖父と孫の間にどんなやりとりや衝突があったのかは、二人とも口にしなかった。住人達も聞かなかった。

ともかく弓月は牧尾の申し出を受けて、生まれ育った東の港から観門にある牧尾の別荘ベイリー邸に移り住んだ。屋敷の管理をしつつ、世間の目を避け、隠遁生活を送りはじめたのだ。

「この人は東京で仕事があるから、なかなか観門に来る機会がなかった。だから俺はたいてい一人だったけど、古い洋館の修理やメンテナンスをしながら、風見鶏を眺めて暮らす毎日は平和で、生まれてはじめてリラックスできた気がする。どこからか俺の素性を知った誰かが近所でよくない噂を流しても、この屋敷の中にいれば安心だった」

尖った八重歯を覗かせ、晴れ晴れと言いきった弓月は、あわてて不機嫌な顔に戻る。

「そんな暮らしを何年かつづけて、ちょうど二年前の今日、クリスマスに珍しく休暇を取って観門にやって来たこの人が、俺に言ったんだ。『三人の恩人を探してほしい』とね」

「引退を考える年になってきていたからな、受けた恩の総決算をしたくなったのかもしれん」

「ちゃんと全員探し出せたら、この屋敷と敷地および幾ばくかの財産をやると言われて、俺はがぜん本気になった。貧乏ゆえにひどい男の言いなりになって、子供もろくに守れない母親の背中をずっと見てきたからな。金さえあれば、ってずっと思っていたんだ。この人が調査費用に上限を設けなかったのをいいことに、凄腕の調査員を雇って何が何でも探させた。

それから、恩人達がゆくゆく報酬を要求してくるような厄介な人物でないかこの目でたしかめようと、一定期間この屋敷の住人になってもらうことにした」

住人達はめいめいクッキーをつまみながら、うなずき合う。弓月の率直さは無礼だったが、納得のいく説明になっていたからだ。

「だけどほら、マキオサービスネットの不祥事で、この人すごく忙しくなっちゃったし、かと思えば、『探してほしい恩人が一人増えた』なんていきなり追加されるし、風見鶏は壊れるし、最後はずいぶんバタバタしたよ」

肩をすくめる弓月に、牧尾が頭をさげた。

「本当にありがとう、季理人。おかげでいいクリスマスを迎えられた。当初予定していた額にはほど遠いが、おまえに遺すものはちゃんとあるから――」

牧尾が言いかけるのを制し、弓月は「いいよ、もう」と横を向く。

「最初はおたくからもらう金のためにやったシェアハウスごっこだけど、案外、まあ少しは、ちょっとくらいは、楽しかった。いや、楽しかったっていうか、何やかんやと世話の焼ける住人達だったから、退屈しなかった。『おはよう』『おやすみ』を言い合ったり、天気予報を見て傘を持っていった方がいいか意見を聞かれたり、何かをちょっと修理しただけで『ありがとう』って四人から声をかけられたり、小学生が言うような冗談でバカみたいに笑ったり、逆にしらけたり、ごはんをみんなで食べたり、並んで洗い物をしたり……そういう、ささやかで退屈でくだらない毎日を重ねていくのが、誰かと『一緒に暮らす』ってことなんだなって、俺にもやっとわかったから」

弓月は大きく息を吐き、住人達を睨むように見まわす。

「シェアハウスごっこをした一年弱、俺は毎日クリスマスプレゼントをもらっていたようなもんだ。生きるって楽しいことでもあるんだって、おたくらに教えてもらった。人間って怖いやつばかりじゃないんだって、おたくらを見て知った」

言葉を切り、少し考えてから、弓月は「うん」とうなずき、牧尾に視線を戻した。

「だから、俺へのプレゼントは、もう考えなくていい。おたくの屋敷も財産もいらない。いろんな人がいる社会に戻って、俺もちゃんと働いてみようと思うから」

「そうか。では図々しい願いだが、私にもう一つクリスマスプレゼントをくれないか」

牧尾の意外な言葉に、弓月の眉があがる。牧尾は気にせず人さし指を立てた。

「ベイリー邸は手放すが、私は水都駅の近くに小さなアパートを借りて、これから観門で暮らしていくつもりだ。季理人さえよかったら、一部屋しかない狭い家だが一緒に住まないか？　季理人の未来を私に見せてくれないか？」

弓月が目をむく。間髪容れず、麻矢が「それがいいわ」と手を叩いた。

「水都からなら、私や風間くんの住む波名田や暢子さんが住む七ノ淵には三十分程度、川満さんが住む芽衣左でも四十分ほどで出られるもの。近い。近い」

「は？　おたくらの新しい家までの距離と、俺がこの人の家で暮らすことに、何の関係があるんだよ？」

「またみんなで集まれるじゃないの。今度は牧尾さんも入れて」と暢子がのんびり言うと、有と晴生もうなずいた。

「せっかく知り合ったのも何かの縁だしな。食事会をつづけりゃあいい」

「あ、食事会いいっすね。『シェアハウスかざみどり会』って名前でどうです？」

「えー。名前とかいる？　食事会は食事会でいいやん」

好き勝手に話しはじめる住人達を前に、弓月は口を尖らせたまま何も言わない。そんな弓月の頭を、牧尾がしわだらけの手でそっとなでた。弓月は一瞬びくりと震えたが、抵抗はせず、ゆっくり目をつぶる。

「そろそろ引っ越し業者が来ちゃいますよ。中庭で最後の記念撮影をしなくていいんですか？」

とつぜん声がかかり、みんなは驚いて食堂の入口を見る。

いつからそこにいたのだろう？　気配も存在感もまるでない、グレーのスーツを着た中年男性が立っていた。全身を眺めまわしても何一つ印象に残らず、首からさげた立派な一眼レフカメラだけがやけに目につく。

「伴内さん？」

ほぼ全員の声が揃うと、伴内は浮かべたそばから溶けてしまうような笑顔になった。

弓月が細い首をひねって問いかける。

「俺、おたくに何か仕事頼んでたっけ？」

「いいえ。ただのアフターフォローです」

澄ました顔でそう言うと、伴内はみんなを中庭へといざなった。

中庭におりると、雪で濡れた芝を踏みしめて、弓月が銀杏に走り寄っていく。

しばらくすると、パッとまばたきするようにソーラーイルミネーションが点いた。雪の結晶の形をしたライトが青い光を放つ。太陽はまだ出ていたが、イルミネーションの明かりが中庭と中庭に集まった全員をほのかに照らした。

「さあ、みなさん。銀杏の前に集まってください」

伴内が玄関ホールにつづくガラス戸を背にカメラを構えようとするのを、牧尾が制する。

「山側から、屋根の上の風見鶏も写るように撮ってくれ」

「わかりました」

牧尾のリクエスト通り、伴内は銀杏の隣を突っ切って庭の北側に移動する。その間に住人達は牧尾を囲むように集まり、少し離れて立つ弓月を手招きした。

「吸血くんも早く」

弓月は不機嫌な顔を崩さない。けれどちゃんと小走りになって、みんなの輪の中に入ってきた。

「ベイリー邸の風見鶏の下で誓った絆は永遠となる」

牧尾がとつぜんぶつぶつと唱えた言葉に、みんなはぎょっとして動きを止める。

「何の呪文ですか、それ？」

麻矢の質問に、牧尾は朗らかに答えた。

「呪文じゃない。観門に伝わる『風見鶏の七不思議』だ。知らんのか？」

「七つ目だ！」

晴生が飛びあがって喜び、弓月は鼻を鳴らした。

「私はこの不思議を信じたいね。あなた達との縁がつづくことを願っている」

そう言って笑う牧尾に、住人達がうなずく。

カメラを何度も覗き、構図を決めていた伴内が声をはりあげた。

「それでは撮りますよ。か、ざ、み、ど——」

「りー！」と叫んだ面々の中で一人、「くだらねえ」とふくれっ面でつぶやく弓月を、風見鶏が見おろしていた。